主 编 徐志英 骆 洪

副主编 谢 萍 张丽花 杨素珍 孙 芳

外国文学研究

云南大学出版社

YUNNAN UNIVERSITY PRESS

图书在版编目（CIP）数据

外国文学研究 / 徐志英，骆洪主编 . -- 昆明：云
南大学出版社，2018
　ISBN 978-7-5482-3586-6

　Ⅰ.①外… Ⅱ.①徐…②骆… Ⅲ.①外国文学—文
学研究—文集 Ⅳ.①I106-53

　中国版本图书馆 CIP 数据核字 (2018) 第 282441 号

策划编辑： 王翌沣
责任编辑： 孙小林
封面制作： 王嫣一

外国文学研究

主　编　徐志英　骆　洪
副主编　谢　萍　张丽花　杨素珍　孙　芳

出版发行： 云南大学出版社
印　　装： 廊坊市海涛印刷有限公司
开　　本： 787mm×1092mm　1/16
印　　张： 11.75
字　　数： 211 千
版　　次： 2018 年 12 月第 1 版
印　　次： 2020 年 8 月第 2 次印刷
书　　号： ISBN 978-7-5482-3586-6
定　　价： 42.00 元

社　　址： 昆明市一二一大街 182 号（云南大学东陆校区英华园内）
邮　　编： 650091
电　　话： （0871）65033244　65031071
网　　址： http://www.ynup.com
E - mail： market@ynup.com

若发现本书有印装质量问题，请与印厂联系调换，联系电话：0316-2516002。

前　言

　　云南大学外国语学院有着悠久的办学历史，英语专业始于1938年设立在国立云南大学文法学院文史系的外国语文组，1945年5月外语组正式扩充为外语系。外国语言文学属于人文学科，云南大学深厚的人文积淀为外国语言文学专业奠定了坚实的学科基础并创造了良好的发展环境。经过几代人的不懈努力和长期建设，外国语学院已发展成为多语种、多层次的办学模式和格局。法语专业建于1972年，日语专业建于1988年。1984年和1993年，云南大学外国语学院先后获得英语语言文学和法语语言文学硕士学位授予权，是西南地区较早、云南省最早获得外国语言文学硕士学位授予权的院校。小语种专业源于20世纪90年代，之后一度停办，2013年恢复重建越南语、缅甸语和泰语本科专业，2017年开设印地语专业。2010年云南大学外国语学院增设外国语言文学一级学科硕士学位授权点以及英语和法语翻译硕士学位授权点，2012年增设日语语言文学硕士学位授权点，2013年增设亚非语言文学缅甸语方向和泰语方向硕士学位授权点，2018年增设印度语言文学和亚非语言文学越南语方向硕士学位授权点。

　　2012年云南大学成为国家"中西部高校基础能力建设工程"和"中西部高校提升综合实力工程"实施院校，"小语种专业及外国语言学科"被列为重点建设项目之一。2017年云南大学成为中国首批42所"一流大学"建设高校之一，"小语种与外国语言文学学科建设项目"获准立项为云南大学首批"一流大学建设项目"。近年来，云南大学外国语学院围绕国家"一带一路"建设，以云南大学"双一流"建设为契机，致力于学科建设，不断提高人才培养的质量，培养了一批高层次、专业型、创新型多语种外语人才，为云南省社会经济的发展做出了贡献。

　　云南大学外国语学院的全体教师在完成教学科研任务的同时，积极探索外语学科的学科定位和学科内涵。面对外语专业目前所面临的危机，很多教师认为，外语学科应回归人文学科的学科本位，培养学生的人文素养和思辨能力，避免"工具化"倾向。文学研究是人文学科的重要组成部分，文学研究对人性的探索有助于塑造个人和社会的精神面貌，为个人成长和社会发展提供精神动力。外国文学研究是云南大学外国语学院的传统学科方向，通过多年的发展，外国文学研究已形成了一支优秀的教学科研队伍，产生了一批有影响力的科研成果。为鼓励教师在完成繁重的教学任务的同时，积极开展外国文学研究，学院特组织编写了这部论文集。

本论文集共收录了19篇云南大学外国语学院教师撰写的论文，按内容分为三个部分。第一部分是文学文本研究。这部分论文既有对小说文本的研究，也有对诗歌文本的研究；既有对英语文学文本的研究，也有对法语文学文本的研究；既有对经典文学文本的研究，也有对当代文学文本的研究。文本对象的多样性体现了教师广泛的研究兴趣和丰富的文学修养。第二部分是文学现象及风格研究。这部分论文包括句式句法的文学意义研究、文学要素研究、文学作品的思想性研究等，涉及英语、日语、法语、越南语、印地语等多个语种，体现了老师们在各个语种文学研究方面所取得的显著成果。第三部分是文学理论研究，这一部分的两篇论文从文学和美学的角度出发，对文学审美和文学的哲学内涵进行了深入挖掘，体现了作者扎实的理论基础和哲学功底。

希望这本论文集能成为云南大学外国语学院老师们文学研究的一个交流平台，进而促进学院的科研发展，提升教师的科研水平，激励更多的老师投入到外国文学研究中，产生更多、更好的科研成果，为云南大学的"双一流"建设做贡献。

编　者
2018 年 8 月

目　录

文学文本研究

文学现象及风格研究

文学理论研究

文学文本研究

莫里森《天堂》里的身份认同*

徐志英**

摘　要：本文以非裔美国黑人作家莫里森的作品《天堂》为例，探究非裔美国黑人的族裔创伤经历和记忆对他们身份认同的影响。指出非裔美国黑人在治疗创伤和寻求身份认同的过程中实行的自我隔离、逆向种族歧视和性别歧视，不仅不能帮助他们守住"天堂"，反而加速了"天堂"的解构。如何构建一个更具包容性、没有排他性的和谐社会是《天堂》留给读者的思考。

关键词：莫里森；非裔黑人；创伤记忆；排他性；身份认同

一、引　言

　　作为一个黑人作家，莫里森始终关注黑人的命运和未来。从她的第一部小说《最蓝的眼睛》(1971)开始，莫里森一直关注非裔美国黑人的身份认同，刻画在白色主流文化背景下的黑人形象，在她的大部分小说中，莫里森强调了身份的重要性、"自我"的形成以及环境和社会对个人和族裔身份的影响，《天堂》也不例外。

　　《天堂》是莫里森创作的第七部长篇小说，发表于1998年。在《天堂》中，莫里森继续挖掘非裔美国人历史上的关键时刻，从历史的源头探索黑人身份和族裔的复杂起源，希望找回迷失在西方秩序中的黑人自我，寻求黑人身份重构

　　* 2017年度云南省哲学社会科学规划项目"非裔美国小说中的隐含作者形象与美国黑人的身份认同"（项目编号：YB2017068）阶段性成果。
　　** 作者简介：徐志英，云南大学外国语学院教授，研究方向为美国文学。

之路。"实际上,《天堂》所代表的是一种尝试,从一种独特的非裔美国人的视角来书写美国经历的几个同心圆的历史。换言之,这部小说讲述的是美国的黑人历史。"(Widdowson,2001:316)《天堂》"可以被看作是非裔美国人'美国性'的代表,它是美国历史的一面镜子,因为主角们都在复制和颠倒被认定为'美国人'的文化密码"(Fraile–Marcos,2003:6)。《天堂》也是对非裔美国黑人个人和集体文化创伤较全面的描述。通过强调基督教对美国主流社会和非裔美国人族裔的历史重要性,《天堂》开启了它所包含的治愈这种创伤和消除不公正的可能性。"在民权运动和黑人民族主义运动失败后,《天堂》的创作似乎想要为所有美国人带来完全平等和社会公正。"(Romero,2005:415)

二、族裔创伤记忆

"文化创伤"指的是"身份和意义的急剧丧失,社会结构的撕裂,影响了一群具有某种共性的人"(Eyerman,2004:160)。"当个人和群体觉得他们经历了可怕的事件,在群体意识上留下难以磨灭的痕迹,成为永久的记忆,根本且无可逆转地改变了他们的未来,文化创伤就发生了。"(杰弗里·C. 亚历山大,2011:11)相同的处境和遭遇使非裔黑奴有着同样的创伤,他们的创伤是奴隶制造成的。对他们而言,奴隶制不仅是一种制度或经历,而且是一种集体记忆,一种根植于他们身份构建过程中的记忆形式(Eyerman,2004:163–164)。

非裔黑奴不仅因为他们所属的种族而受到歧视,而且还因为他们是奴隶和属于奴隶这个社会群体而受到歧视。由于这些群体身份,除了满足归属感的需要之外,他们还需构建在自己眼中以及在别人眼中的身份。在他人的眼中,他们是次等人,而这又反过来影响到他们如何看待自己,因为他们将社会的种族主义内化了。这就是莫里森小说中的人物难以构建个人身份的原因。作为一个少数族裔群体,非裔美国黑人一直生存在充满敌意和歧视的白人主流社会之中。他们的身份认同具有"双重意识",他们希望自己"既是黑人又能成为美国人"(Howard–Pitney,1990:365)。其结果是一种自相矛盾的公共认同,即他们既是美国的又是独立的。他们一直强调自身的独立性,既强调非洲根源在他们身份构建中的绝对重要性,又希望能融入美国主流社会。然而,白人种族主义的观念并没有随着奴隶制的废除而消失,黑人的社会身份、平等权利得不到保障,非裔美国黑人要得到美国主流社会的认可就需要达到白人的标准。一次次的尝试和失败使非裔美国黑人不断受挫,创伤加重,身份缺失加剧。弱势地位使他们长久以来缺乏安全感，种族主义让他们历尽磨难，反复遭遇的排斥和屈辱使他们凝聚起来一致对外，期望治愈创伤和消除不公正，获得身份认同。

《天堂》中非裔美国黑人的创伤经历被反复提及，积淀成厚重的集体记忆，而其中的磨难和屈辱越来越成为后代人行动的缘由。小说以美国内战结束，废除奴隶制，黑人得到初步解放为历史背景。故事发生在美国南方俄克拉何马州彼此相距十七英里的两处地方：一处是全黑人聚居的小镇鲁比，另一处是有着天主教背景的破旧修道院。小镇俨然是一个人们享受着自由与保护的世外桃源，而修道院则是饱受各种精神创伤的女性非正式避难所，她们与鲁比镇的居民有着密切的关联。鲁比镇居民的"祖先来自黑文，再上溯则在密西西比和路易斯安那"（Morrison，1998：123）。祖辈中有人曾于南北战争后在南方政府中任职，但由于他们的肤色，没能得到平等的权利，最终还是被排挤出政府（Morrison，1998：126）。为寻找自由的家园，在祖父泽迦利亚的带领下，158名获得自由的非裔黑人开始迁移，寻找一个他们可以称之为家的地方。从密西西比州到路易斯安娜，再到俄克拉何马，一路上他们备尝艰辛、屈辱，"在每一粒土壤上都没受到欢迎。他们被富有的乔克托人和穷白人打发走，被院子里的狗追逐，被帐篷中的妓女和她们的孩子嘲弄，被已经建起的镇子中的黑人挑衅拒绝"。他们"受到了刺痛，弄得糊涂了"。除了上帝为他们引路外，没有人帮助他们。"随着一次次的厄运，他们变得更倔强，更自豪。"这一历程的艰辛，"在礼拜天祈祷会的夕阳中，在大烤炉近旁阴暗的谷仓中"，"被人们讲了又讲"（Morrison，1998：11），使得这一历程的艰辛不断地被强化、深化，刺激人们的思维和感情，种种创伤的细节都刻在了他们的记忆里。它既是集体记忆中刻骨铭心的创伤，又作为一种对其族裔生命力量的认可，源源不断地给这个族群以自豪、自信和集体的凝聚力以及对其他种族的一种冷漠的敌视。

经历了一年的长途跋涉，他们终于在俄克拉何马州建立了由纯黑人组成的社区小镇，并特意取名为"黑文镇（Haven）"。"Haven"意为"安全的地方、憩息处、避难所"，在发音和书写上近似"天堂"（heaven）一词，表达了黑人对建立自己的人间天堂的憧憬。他们优先砌烤炉，以此表明他们的成就（Morrison，1998：7）。通过刻意的遗忘和反复的提及，创伤记忆不仅成为他们统一族群意愿、重构集体身份的重要依据，还被后来的鲁比镇居民尤其是摩根家族所利用，在构建自己的神圣性的基础上，保障自己的权威、权力和利益。

三、自我隔离

在鲁比镇居民的集体记忆中，黑文镇是他们的祖先在创造"梦想小镇"时的暂时成功。他们的迁徙与清教徒前辈们的朝圣之旅一样，是他们的自我救赎之旅。由于在白人既定的秩序中找不到自己合适的位置，非裔美国黑人试图以自我隔离的方式，在本族中寻找安全感和归属感。建立起黑文镇后，他们认为黑文镇既然是在神的指引下建立的，那么他们就肩负着把此镇建成人间天堂的使命。他们筑烤炉为约，一度建立起了夜不闭户、路不拾遗的理想天堂，在与世隔绝中享受着自主的幸福。然而，他们无法让这个天堂置于"时间之外"，仿佛一个永恒的天堂坐落在一个无限的空间里（Noble，1968：X）。每当在叙述中涉及日期时，历史就被允许侵入，破坏孤立的幻觉，并强调人们对更大历史潮流的依赖，预示着不可能实现的神话。1949 年，由于小镇经济受国际、国内政治的侵扰，黑人与西进的白人混居，黑文镇的"天堂"随之衰落。

为扭转黑文镇的颓势，寻求新的发展机会，第三代黑人摩根家孪生兄弟斯图亚德和第肯决定带领大家再一次西迁。他们拆了烤炉，装上卡车，带着族裔的创伤记忆，再次迁徙。途中，摩根家的女儿鲁比在急需治疗时因是黑人没得到及时治疗而死在医院候诊室的板凳上，这加重了他们的创伤，使他们变得更加狭隘排外。为纪念死者并寄托希望，他们把新的定居地取名为鲁比，以纪念"那个可爱、守规矩又爱笑的女孩"（Morrison，1998：75），同时，也为了让镇民们牢记曾经的耻辱。他们在镇中心重筑了祖传的烤炉，企图重建"天堂"和黑人的生活理想。"美丽和隔绝"是鲁比镇居民的名片，"他们都肤色煤黑，身材健美"，"所有的人对外界都保持着一种冷冰冰的怀疑态度"（Morrison，1998：105）。

他们通过自我孤立和排斥他者，传承了过去的神话，构建新的神话，把带领族群迁徙的领袖作为精英，赋予他们神圣的权力，形成了一个父权制封闭社会。这种与世隔绝，显然是这个黑人群体的权力阶层刻意追求的，他们试图通过隔绝和排斥他者来拯救族群，治愈创伤。鲁比镇的老一代黑人竭力维持这种貌似世外桃源的状态，拒绝外人进入。在鲁比镇，"外人和敌人是一码事"（Morrison，1998：138）。鲁比镇的与世隔绝，使其居民与美国主流社会的发展脱节，其结果是几乎完全与世隔绝，远离了影响着美国主流社会的任何文化、政治和经济事件。在这个"沉睡的镇子里，只有三个相隔不足一英里的教堂，没有为游人提供服务的项目。镇子里没有餐馆，没有警察，没有加油站，没有公共电话，没有电影院，没有医院"（Morrison，1998：10），也没有电视、没有迪斯科舞厅（Morrison，1998：177）。二十年来，没有人去打破他们的孤立。

然而，从20世纪60年代开始，在青年教士理查德·米斯纳的鼓动下，年轻人开始宣称他们与外界的联系，反抗保守的生活方式和社区老一辈族长的权威政治，从而使祖辈的梦想处于危险之中。这时的鲁比镇表面上秩序井然、邻里友爱，但却危机四伏，经历着由于僵化停滞所产生的阵痛和观念变革。从前的完美城堡如今变成了一座监狱，社区完美和稳定的自我形象与其实际情况大相径庭。鲁比镇不再是创建者们所设想的"完美天堂，而是成了一个保守的、家长式的、彻底种族化和暴力的社区"（Dalsgard，2001：233）。到处是乌七八糟的音乐，街头犯罪、盗窃案、清早的谋杀案频频发生（Morrison，1998：177）。由于封闭，他们实行近亲结婚，这导致了潜在的乱伦关系，未婚先孕、堕胎现象屡见不鲜，种族退化，有些孩子多病，甚至夭折。但他们有意忽略了这些事实，认为这样摩根的子孙后代就能保持"纯种"，并把孩子的畸形怪罪到接生婆头上。

四、逆向种族歧视

鲁比镇是建立在排他性原则上的天堂，排他性主要是基于种族的纯洁。其创始家族以其无可挑剔的深色皮肤而闻名，证明他们没有混血。尽管先辈们都不接受外界对他们身份的界定，但从一开始把他们联系在一起的就是他们的纯种血统。从那时起，他们的社区和身份构建就建立在种族基础之上，由此再现了美国历史上特有的悖论，即一方面认为自己决定命运，而另一方面又认为血缘决定命运（Fraile – Marcos，2003：15）。

这个全黑的鲁比小镇，依托美国身份的核心内涵清教神话和仪式，构建了自己的人间天堂形象。然而这个"天堂"名不符实，非裔美国人"拥有房子，而没有家"。因为"他们极力想要摆脱的种族主义和性别歧视思想也进到了这里"（Schur，2004：277）。源于白人的歧视和浅黑色黑人的冷遇的创伤经历和记忆，导致他们质疑黑人族群的同一性，质疑黑人的集体身份认同，造成新身份的建构需求。共同的创伤经历和记忆成为深黑色黑人连接彼此的纽带，也使他们失去了安全感。白人推行的种族隔离政策使黑人几百年来饱尝屈辱和痛苦，然而，《天堂》里的非裔美国黑人"对白人的种族歧视行为进行了讽刺性的效仿，他们把自己既惧怕又无法达到的严厉的道德规范用于小镇和修道院，再现了美国历史上特有的歧视逻辑"（Gauthier，2005：398）。过去他们受到白人的歧视、隔离和排斥，建立了自己的小镇后，便同白人对待他们一样，反过来歧视、排斥白人和浅色黑人。他们颠覆白人中心主义、白人至上的种族主义思想，逆转种族歧视的做法，挪用美国主流社会压迫和排斥他们的那些思想，建立了一个以种族纯洁和父权权威为基础的排外主义霸权社会。严格实行"血缘法则"，以"八层石头"（指煤矿最底层乌黑发亮的煤块）的血统和炭黑肤色为荣，实行了黑皮肤至上的种族主义，以肤色深浅论道德优劣，并为保卫黑人的纯正血统而战，试图以此来维护自尊，宣泄仇恨，治愈创伤。小镇上形成了以人种纯洁为核心内容的族裔文化，走向了新的种族主义。

对于第三代领导人来说，血缘是先决条件，那些保持血统纯正的人，构成了上流阶层，他们是一个神话起源的守护者，并力图维持这种状态。那些混血的人会被排斥并失去他们的地位。血缘被转化为决定身份地位的要素，被用作武器来排斥异己。正如清教徒们相信他们不仅有权利，而且还有义务，驱逐那些偏离了他们所设定的神圣戒律的人，鲁比镇的统治阶层通过与世隔绝和基于种族纯洁来排斥那些威胁他们社会秩序的人。自我身份、形象的构建离不开与他者身份、形象的参照、对比，小镇主流所构建的神圣纯黑性离不开对浅肤色黑人的混血他者形象的构建，天堂的建立依赖于确定谁被纳入天堂，谁被拒之门外。创建小镇的深黑肤色家庭享有核心权威地位，在他们眼里，他们深黑色的皮肤意味着他们的血液从未受到其他血液的玷污，他们的纯洁被视为至高无上的神圣，标志着他们是未受污染的、真正的"上帝的选民"。纯黑性成为与真理及权力相关的规定价值、准则以及行为规范。纯黑性被构建为体面、道德、正直，而混血黑人的行为需据此标准来评价。从深黑到纯黑，从纯黑到"上帝的选民"，小镇先辈们精心构筑了神圣和权威，而权威反过来强化纯黑的延续，抵制所谓的种族玷污，以确保权力的延续。

镇上浅肤色的人因此成了被歧视的对象。拥有"八层石头"血统和炭黑肤色的罗杰·贝斯特"第一个破坏了血统规则"，娶了一位浅肤色混血为妻，使自己成为一个"没人承认他存在的人"（Morrison，1998：127）。妻子难产时，贝斯特不在家，全镇人冷漠地听任她在难产中死去而不为她外出求医，结果致使母婴双亡。贝斯特的大女儿帕特因遗传母亲的浅肤色被排挤在鲁比社会的边缘。当她意识到漆黑黑人的高贵，便选择了漆黑黑人做丈夫，同时，她对女儿比莉的浅色皮肤感到失望。不幸的比莉因浅肤色而被人嘲笑，没有朋友，母亲的冷淡和暴力让她精神苦闷，被迫离家出走。比莉因三岁时当众把礼拜天的紧身短衬裤拽了下去被解读为天性放荡，从此，她便生活在人们异样的眼光之中，被安上莫须有的放荡罪名。比莉的玫瑰色嘴唇被摩根太太的有色眼镜视为涂了口红，她拦住比莉，想抹掉口红，却发现手帕抹过之后仍然干干净净。就连比莉的母亲帕特也持久注视着比莉，担心她的浅色皮肤与放荡的关联。具有讽刺意义的是，比莉一直保持着贞节，而她的密友阿涅特未婚先育，就因为阿涅特血统纯正，尽管十四岁时就有了性经历却受到镇上人的保护，由此足见在鲁比镇"血缘法则"规定着对人评价的双重道德标准。

帕特虽然作为学校的唯一老师，却没有权力为学校的圣诞剧演出挑选演员，就连她自己也从未入选。怀着对自己浅肤色的愧疚，为了逢迎黑皮肤至上者，她以家谱的形式记载下小镇居民珍视的过去，却逐渐意识到小镇有一个潜在的规定："只有烤炉上的话才有所暗示。"（Morrison，1998：127）因此"只有她才能揣摩出，为什么从布莱克霍斯家书中通过伊坦·布莱克霍斯的名字会拉出一条系，在摩根家族的家书中隐藏在撒迦利亚名字旁边的浓墨点又是什么含义"（Morrison，1998：123）。撒迦利亚"给自己重新起了名，咖啡是他的乳名"（Morrison，1998：125）。撒迦利亚有一个双胞胎兄弟，在他改名字之前，他俩分别叫咖啡和茶。对于咖啡和茶的故事镇上的人们很少记得，记得的人也不愿提及。因为作为撒迦利亚的兄弟茶的肤色更浅，而浅肤色则暗示了摩根家族"种族杂交"的历史（Gauthier，2005：410）。这种种族杂交性或者血脉不洁性正是小镇父辈们极力隐藏的秘密，是帕特费尽心机也无法从长辈口中套出的事实真相。为了保护自己构建的种族纯洁神话，先辈们有意将茶的存在抹去，在"遗忘"中构建体现自己理想的历史。墨水印以及父辈们的沉默，隐藏的不仅仅是摩根老爷爷"咖啡"的孪生兄弟，而是漆黑黑人并非纯种黑人的事实，这样既保证了小镇种族纯洁的历史记忆，也维护了小镇大众所认同的纯黑黑人的权威性。

五、性别歧视

性别也是排斥他者的一个依据。对于鲁比镇的深黑肤色男性领袖来说，种族和性别是紧密联系的，因为保持他们种族的纯洁离不开繁衍后代，而繁衍后代就必然涉及性和性别。帕特的例子给他们的启示就是"世世代代都不能混血，而且要避免通奸。'上帝保佑纯洁和圣洁的人'"（Morrison，1998：142）。帕特也悟出："在这种情况下，让他们担心的一切都一定是来自女性。"（Morrison，1998：142）事实上，女性总是被男性精英们看作是外部的诱惑和内部的隐患。外部的诱惑，如《旧约》中的夏娃，可以毁掉男人的美德，甚至更糟的是怀孕并会生出一个混血孩子，使得男人被驱逐出天堂。内部的隐患会毁掉鲁比镇的种族纯洁性。因此，对"种族"的控制，本质上与对繁衍后代的女性的控制有关，女人们就成了所有困扰鲁比镇多年的麻烦的替罪羊。

距离鲁比镇 17 英里处的修道院里的女人们本来都是在外面世界中饱受创伤和耻辱的女性，这座修道院成了她们唯一的避难所。在这样一个纯女性的空间里，她们跨越了年龄、种族、阶级及经历的不同，相互安慰和帮助，修复精神创伤，重新找回自我，获得新生。从某种程度上来说，修道院构建了一座博爱、宽容的女性精神乐园，成了这些曾经受伤的女人们远离尘嚣的天堂。但是，这样的一个女性天堂却对鲁比镇面临着崩溃的世外桃源构成了潜在威胁，被鲁比镇之父们看作是一座与鲁比镇格格不入的地狱。修道院女性的宽容大度与鲁比镇统治阶层男性的偏狭闭塞形成了鲜明的对照，她们的独立自由挑战着他们的至高男权，她们混杂的肤色威胁着他们依据"血缘法则"建立起的纯黑人世外桃源。这些女人们彻底颠覆了父权制家长意识形态下的"家里的天使"。她们"粉红色的内衣，蓬松的头发，透明的裙子"和"摇摆着的躯体"（Morrison，1998：102 - 103），在鲁比镇男人的眼中是不道德的，会带给鲁比镇女人坏的影响，使她们不再纯洁和服从。对鲁比镇的男人而言，修道院就是一座"女巫"聚会所。

"鲁比镇的年轻人和女性，尤其是女修道院中女性的抗议声，与鲁比镇黑人男性领袖的父权霸权话语之间形成了一种对话关系。"（Fraile - Marcos，2003：4）其结果是强调了鲁比镇潜在的种族和文化混杂。当修道院成了汇聚宗教、种族、阶级和性别，并使文化混杂成为可能的阈限空间时，鲁比镇的统治者们将混杂视为一种破坏性的邪恶，威胁着他们的自我和族裔地位。因此，当鲁比镇潜在的危机一触即发时，为了捍卫他们心目中的由纯种组成并按等级划分的天堂，他们将矛头对准修道院，将一切痛楚归罪于无辜的修道院女子。他们决定通过攻击修道院来消灭差异，这些女性成了解决危机的替罪羊。一伙身份不明的人袭击了女修道院，"他们先朝那个白人姑娘开了枪。对于剩下的人他们可以从容下手"（Morrison，1998：5）。小说一开始就是颠覆了"天堂"一词可能会给读者带来任何联想，这个开篇情节与书名形成错位与反差，把"天堂"变成了噩梦。表面上看被摧毁的是修道院，被驱赶的是女修道院的居民，而这里所隐喻的是解构了理想中的天堂(Schur, 2004: 280)。父权制男人们把对修道院女子的无情枪杀作为情绪的出口, 疯狂发泄心中的不满, 但这并没有帮他们守住"天堂", 反而加速了"天堂"的瓦解, 《天堂》不复存在。然而, "就像《圣经》中失去的天堂一样, 这是一个幸运的失落, 从狭窄的正义之路、从安全同时又具有排他性的家落到了一个令人不安和苛刻的开放式大家庭"(Krumholz, 2002: 31)。虽然失去了世外桃源, 但是鲁比镇居民终于有机会破茧而出, 融入主流社会。

六、结　语

在《天堂》里, 莫里森从多个视角来解读历史, 探讨了种族、性别、身份、创伤记忆以及自我和他者之间的关联。族裔的创伤经历和记忆, 使得《天堂》里的黑人男性心理扭曲, 变得排他狭隘, 同时他们期望治愈创伤和消除不公正, 获得身份认同。在他们追寻"既是黑人又能成为美国人"的双重身份认同, 并试图建立他们期待的"天堂"的过程中, 他们从受虐者变成施虐者。为了保持种族的纯洁性, 他们选择与世隔绝, 排斥异己。根据"血缘法则", 实行逆向种族歧视和性别歧视。然而这一切不仅没能守住"天堂", 反而加速了"天堂"的解构。《天堂》留给读者的思考不仅仅是如何构建一个更具包容性、没有排他性的社区, 也强调了自我和他者相互依存的关系。理解这一点, 将有助于构建一个能够包容各方差异的和谐社会。

参考文献

[1] Dalsgard, Katrine. The One All – Black Town Worth the Pain: (African) American Exceptionalism, Historical Narration, and the Critique of Nationhood in Toni Morrison's Paradise[J]. African American Review, 2001, 35(2): 233 – 248.

[2] Eyerman, Ron. The Past in the Present: Culture and the Transmission of Memory[J]. Acta Sociologica, 2004, 47(2): 159 – 169.

[3] Fraile – Marcos, Ana María. Hybridizing the "City upon a Hill" in Toni Morrison's "Paradise"[J]. MELUS, 2003, 28(4): 3 – 33.

[4] Gauthier, Marni. The Other Side of "Paradise": Toni Morrison's (Un) Making of Mythic History[J]. African American Review, 2005, 39(3): 395 – 414.

[5] Howard – Pitney, David. The Afro – American Jeremiad: Appeals for Justice

in America[M]. Philadelphia：Temple University Press，1990.

[6]Krumholz，Linda J. Reading and Insight in Toni Morrison's Paradise[J]. African American Review，2002，36(1)：21 – 34.

[7]Morrison，Toni. Paradise[EB/OL]. http：//vdisk. weibo. com/s/C607rh2 UnmVuH，1998.

[8] Noble，David Watson. The Eternal Adam and the New World Garden：Central Myth in the American Novel Since 1830 [M]. New York：George Braziller，1968.

[9]Romero，Channette. Creating the Beloved Community：Religion，Race，and Nation in Toni Morrison's"Paradise"[J]. African American Review，2005，39(3)：415 – 430.

[10]Schur，Richard L. Locating"Paradise"in the Post – Civil Rights Era：Toni Morrison and Critical Race Theory[J]. Contemporary Literature，2004，45(2)：276 – 299.

[11] Widdowson，Peter. The American Dream Refashioned：History，Politics and Gender in Toni Morrison's Paradise[J]. Journal of American Studies，2001，35(2)：313 – 35.

[12][美]杰弗里·C. 亚历山大，迈向文化创伤理论[C]//陶东风，周宪. 文化研究(第 11 辑). 王志弘译. 北京：社会科学文献出版社，2011：11 – 36.

"无形人"的困惑与美国黑人的
身份认同政治

——小说《无形人》的主题分析*

骆　洪**

摘　要： 艾里森的小说《无形人》描写了主人公"无形人"对其黑人文化身份的积极探寻和建构，主人公的身份探寻之路充满艰辛。白人种族歧视给黑人的进步造成了巨大的障碍，而黑人思想家们分歧的政治主张也对年青一代造成思想上的困惑。非裔美国文学领域有关个体或群体探寻自我的描写或评论都带有一定的政治色彩，但我们应该质疑单一、刻板的身份认同倾向。

关键词： 身份认同；困惑；身份政治

一

小说《无形人》(*Invisible Man*，又译《看不见的人》)出版于 1952 年，作者是当代著名的非裔美国作家拉尔夫·沃尔多·艾里森(Ralph Waldo Ellison)(1914—1994)。该书被称为"划时代的小说，可以说是现代美国黑人生活的史诗"(O'Meally，1988：3)。

故事讲述了不知名的主人公"无形人"作为美国黑人这一边缘文化群体的代表，在多元文化共存的美国社会里，怀有争取自由和平等、能在社会上获得成

　＊　2017 年度云南省哲学社会科学规划项目"非裔美国小说中的隐含作者形象与美国黑人的身份认同研究"(项目编号：YB2017068)阶段性成果。

　＊＊　作者简介：骆洪，云南大学外国语学院教授，研究方向为非裔美国文学。

功的抱负而进行奋斗的历程。主人公因幸运地得到奖学金而获得了接受高等教育的机会，后又因"违反校规"被开除，于是从美国的南方移居到北方，在一家白人的油漆厂工作。在油漆厂，主人公备受欺凌，曾在一次事故中受伤入院手术。出院后被黑人妇女玛丽收留养伤，其间感受到了黑人传统文化的力量。后来，主人公参加了"兄弟会"，力图通过努力施展政治抱负。他经历了不同的事件，目睹白人警察的暴力和同伴遭枪击致死，还遭遇了来自黑人极端分子的攻击。之后，在哈莱姆地区的骚乱中，主人公无意中掉进地下坑道，便躲藏在里面，开始蛰伏。他冥思苦想，回顾过去一次次的希望破灭，思考自己将何以面对未来，最后决定走出地下，肩负起自己的社会责任。书中自始至终没有出现他的名字；他既然是黑人，自然被视为"看不见的人"。他始终被所期望的文明世界拒之于门外。主人公的痛苦经历，归根到底在于他黑色的皮肤。但他的"无形"同时也是由于他那"与众不同"的思想和追求而造成的，所以他对于"兄弟会"或者玛丽等来说也是"无形"的。小说真实地再现了当时美国黑人的生存状况，反映了白人种族主义倾向给黑人在社会生活中造成的种种障碍。

小说的一个重要主题即是主人公"无形人"对其黑人文化身份的积极探寻和建构，主人公的身份探寻之路充满艰辛：一方面，白人种族歧视较为严重，他们对黑人"视而不见"，无视黑人的存在，这一严峻的现实使得黑人难以实现对自我的认同；另一方面，对黑人该向何处去的问题，其内部也有不同的看法。黑人思想家们的意见各有分歧，提出的纲领和引导的尝试往往会相互冲突，这也给年青一代的黑人造成思想上的困惑。他们面对未来，有时振奋，有时迷惘。《无形人》的主人公所经历的种种以及思想上的彷徨正是黑人这一困境的写照，也是黑人精英政治思想既冲突又交叉的体现。

二

在《无形人》的主人公所生活的年代，即 20 世纪上半叶，有几位黑人领袖的思想一直在影响着美国黑人，这些领袖对黑人如何争取政治上的平等、如何实现自我等问题各自有不同的主张和尝试。其中较有影响的黑人领袖主要是弗雷德里克·道格拉斯（Frederick Douglass）、布克·T. 华盛顿（Booker T. Washington）、W. E. B. 杜波依斯（W. E. B. DuBois）和马库斯·加维（Marcus Garvey）。这些领袖们的思想及其影响在小说中均有不同形式的反映，主要体现在主人公为黑人的进步、为自我探寻进行努力奋斗之时的所思所想和行为方式。

主人公对不同黑人领袖或其政治思想的反应与黑人的身份认同政治有着紧密的关联。

美国黑人内部对华盛顿的思想和实践存在着较大的分歧。华盛顿主要认为："通过勤俭节约的生活方式、勤奋的工作态度和基督教的人格塑造，美国黑人终将获得美国宪法赋予每个美国公民的各种权利。"（王恩铭，2006：65）华盛顿的立足点在于黑人必须获得应有的合法权益，但他在亚特兰大棉花博览会上的演讲引起了较大的争议。他说："在一切纯属社会性的事务上，我们（黑人和白人）可以像一只手掌，五指分开；但在一切对我们共同进步至关重要的事情上，我们将像一个拳头，五指紧攥，不可分离。"（Sundquist，1995：37）从其言辞上看，华盛顿似乎只强调（经济）发展，忽略政治（不跟白人争夺政治权利），因而遭到后来其他黑人人士的批评。

《无形人》的主人公对华盛顿的思想颇有怀疑。在小说中，学校奠基人其实就是华盛顿的化身。奠基人已经过世，为了纪念他，学校为他修建了一座铜像，矗立在校园里。主人公面对雕像，感慨万千：

> 然而，我脑子里却浮现出了学院奠基人的那尊铜像，那尊冷冰冰的创始人的铜像。他平伸出了双手，正激动人心地给一个跪着的奴隶掀起面罩。那用褶皱的金属片做成的面罩仿佛在随风飘动。我困惑不解地兀立着，无法确定那奴隶脸上的面罩是正在被揭开还是被捂得更加严实，这是给人们一种启示，还是更巧妙地把人们蒙蔽？（艾里森，1998：33）

主人公看着奠基人雕像引发的思考其实就是他质疑、挑战华盛顿的表现，也是杜波依斯思想的体现。华盛顿到底是在启蒙黑人还是在试图蒙蔽黑人？是在为黑人的进步而努力，还是在迁就白人，把黑人出卖给了白人？而且，当主人公满怀激情听完巴比牧师关于学校奠基人（即华盛顿）的事迹的演讲之后，他特别注意到了巴比原来是盲人。巴比看不见即是一种隐喻，主人公对此的强调实际上也暗示了他对巴比精彩演讲的质疑。因为巴比"看不见"事实真相，所以不能正确判断华盛顿的思想是否真像人们所信奉的那样，对黑人的进步有着积极的影响，为黑人的自我认同提供指路明灯。

不过，结合华盛顿的思想及其种种努力和尝试来看，他在一定程度上被人们误解了。实际上，华盛顿"并不是要黑人永远地放弃政治权利，而是主张黑人客观地认识形势，注意轻重缓急，逐渐从经济地位的提高走向政治地位的提高"（王恩铭，2006：81）。而小说主人公却对华盛顿极端排斥，"让布克·华盛顿的那一套见鬼去吧"（艾里森，1998：285）。主人公的看法反映出黑人领袖们的政见冲突对黑人身份认同产生的强烈影响，也是杜波依斯驳斥华盛顿的体现。

小说中出现的另一个黑人领袖是道格拉斯，19世纪中期美国黑人的代表性人物，著名政治活动家、废奴主义者。道格拉斯抨击奴隶制的罪恶，揭露其惨无人道的实质，致力于"唤醒黑奴向奴隶制开战，敦促自由黑人积极争取美国宪法赋予所有公民的政治和社会权利……争取白人开明人士的支持，一起消除种族隔阂、实现种族大和睦"（王恩铭，2006：1）。道格拉斯强调黑人民族思想、黑人团结和黑人民族道德力量，强调黑人的自尊，也十分重视黑人的谋生方式和经济发展。道格拉斯的黑人民族主义思想与其他人提倡的黑白分离、非洲中心论相反。

> ［实际上，］道格拉斯对美国自由民主思想和制度深信不疑、对美国中产阶级价值观和生活方式情有独钟，其大力提倡黑人提高道德修养、争取经济自理的目的，是要黑人们以美国主流社会的道德标准和生活方式来约束自己，以便尽早被白人社会所接纳，然后以平等一员的身份融入美国社会……［其民族主义思想］的现实作用就是：通过鼓励黑人建立民族自尊心来增强民族自信心，使他们看到希望，看到未来，并进而为改变和提高黑人的政治、经济、和社会地位而不断斗争。
> （王恩铭，2006：37）

道格拉斯的思想为美国黑人所广泛接受，他不仅关注种族问题，积极为黑人争取政治权利，而且还关心女性的社会问题，因此深受黑人的爱戴。

《无形人》中有几处提及道格拉斯，主人公和其他人物对道格拉斯充满敬意，十分崇拜。书中描写到：

> "孩子，你知道那是谁吗？"
> "啊，知道"，我说，"是弗雷德里克·道格拉斯"。
> "是啊，就是他。你很了解他吗？"
> "不很了解，不过我爷爷常给我说起他的故事。"
> "那就行了。他是个伟大的人。你不妨常常看他几眼。你需要的东

西像纸啊一类的全有了吗?"

"全有了,塔普兄弟。还得谢谢你给我挂上道格拉斯的肖像。"

"别谢我,孩子",他站在门口说,"他属于我们大家的"。

我面对弗雷德里克·道格拉斯的肖像默坐,不觉心里陡然生起一股敬意……(艾里森,1998:350-351)

主人公从祖辈那里得知道格拉斯,全家人都对他充满敬意,也折射出他和家人对道格拉斯(以法律的手段融入美国社会的思想)的认同。小说中还有一个场景,描写大家对一幅宣传画的反应。

这是一张富有象征意味的宣传画,上面出现一群英雄人物:一对美国印第安人夫妇,代表被剥夺了的过去;一位金发碧眼的兄弟(穿着工装裤),还有一位领头的爱尔兰姐妹,代表被剥夺了的现在;还有托德·克利夫顿兄弟和一对白人夫妇(光有克利夫顿和一位姑娘大家认为不妥),周围有一群不同种族的孩子,代表未来。这张彩色照片上的人物皮肤肌理光洁,对比悦目。

"真的?"我直愣愣地望着这幅神话般的图画。它的标题是:

"斗争过去以后:美国未来的彩虹"。

……那些年轻会员……拿了这张彩虹宣传画,把它贴在自己家的墙上,尽管两旁贴的是什么"原主保佑吾家"和"祷告辞"。他们简直喜欢得着了迷。那批激进派的人也是这样。(艾里森,1998:356-357)

这段描写反映出大家对融合的期待,不同肤色、不同种族的人生活在一起,和谐共荣是当时美国黑人对美国社会的展望和期待。道格拉斯这样期待,华盛顿和杜波依斯的思想里也有这样的表述。这个不起眼的小片段实际上却凸显了主人公对美国社会的展望,是美国黑人在身份认同政治方面的一个(所期待的)主要倾向之一。艾里森在其"一个惊人场合上的勇敢寄语"的演说中把美国比作一个大家庭,不同的族裔构成了这个家庭的各个组成部分,而作为黑人,也是这个家庭的重要成员之一(Ellison,1964:66-68)。艾里森的讲话表明了他对"融合"的赞赏。

小说中还突出描写了另一种思潮,即加维主义(Garveyism),以及人们对此的反应。主人公对以规劝者拉斯(Ras the Exhorter)为体现的马库斯·加维及其加维主义无法认同。

从美国内战后的南部重建时期开始直到二战结束，美国南方的黑人一直源源不断地向北以及中西部和西部地区迁徙。尤其在北方的大城市里，黑人的数量剧增，生活在贫困线上的黑人贫民数量较大。黑人精英们提倡的用本民族文化来唤醒黑人民众、培养种族自豪感等方式对黑人下层的作用不大，而下层的民众的确需要能够代表他们的黑人领袖来关注他们，使之能够从政治、经济和社会生活等方面获得真正意义上的进步。马库斯·加维的出现赢得了城市下层民众的支持，他在普通黑人中产生了巨大的影响。

加维的思想或者说"加维主义"主要包含以下几个方面：黑人民族复兴（建立自己的国家，同时带有"非洲中心论"和"黑种人优越"的逆向种族主义观念）、黑人宗教信仰（上帝是黑人，而黑人才是上帝真正的信徒）、黑人经济独立（创办黑人的企业，发展黑人的经济）和返回非洲（非洲辉煌的历史和灿烂的文明惨遭白人浩劫和践踏，重返非洲，建立一个自由、独立、强大的，有自己文化根基的国度，即非洲，使黑人民族获得拯救）（王恩铭，2006：168 – 179）。加维不信任白人，强调黑白分离，提倡黑人种族的纯洁性，带有极端民族主义的色彩。

《无形人》中的"规劝者"拉斯即是加维形象的代表。拉斯口才好，善于言辞，但却也很暴力。拉斯一出场，小说人物之间的对话即刻反映出人们对他的反感。

> 我心里想，原来那个人就是"规劝者"拉斯。"我们跟索债鬼拉斯会闹纠纷的——我说的是规劝者"，一个大个儿女人说道……"他看到黑人和白人在一起就会暴跳如雷"，她对我说。（艾里森，1998：338）

拉斯看到主人公及其他黑人与白人在一起便暴跳如雷。他向主人公吼道："你干吗要跟这些白人混在一起？干吗？……你是我的兄弟啊，伙计。兄弟的肤色应该是一个样，你怎么会跟这些白人称兄道弟呢？乱扯淡，伙计，就是乱扯淡！兄弟们的肤色应该是一样的，我们都是非洲妈妈的儿子，难道你忘了？你是黑人，黑人！……你是非洲人，非洲人！……他们奴役我们——你难道忘了？他们怎么会好心好意对待黑人呢？他们怎么可能成为你的兄弟了呢？"（艾里森，1998：343）拉斯仇恨白人，不仅不允许黑人和白人在一起，他还想"创建一个光荣的黑人运动"（艾里森，1998：344），也就是加维努力尝试的返回非洲建立泛非大陆的行动。主人公借同伴克里夫顿之口表示对拉斯的言论不屑一顾，"这个人疯了"（艾里森，1998：345，348）。

拉斯不能完全说是加维的化身，但他对黑人民族主义的狂热、对非洲中心论的推崇、他那富有感召力的街头演说等，与加维完全一样。小说对加维主义的思想给予否定，在对待黑人身份认同的问题上，并不赞成其中的极端民族主义和非洲中心论调。

杜波依斯虽然在文本中没有具体的代言人或象征，但其思想和矛盾的心态则通过主人公的意识或反应不断得以展现，其身份认同政治充满着矛盾的色彩。杜波依斯论及的"双重意识"问题较好地概括了当时美国黑人的心态，"美国种族压迫和美国民主信条在美国黑人心目中产生了矛盾心理"（王恩铭，2006：118），黑人民族主义思想和美国民主、自由理念之间的张力左右着他们的言行。是团结一致抵制反抗还是融入之后去寻求公民应有的权利和待遇，黑人内部意见各有分歧。

杜波依斯的思想核心基本上是"围绕着黑人民族主义思想和美国民主自由理念展开的……有时'要做黑人'的思想占上风……（而）有时'要做美国人'的思想处于主导地位"（王恩铭，2006：119）。所以，"双重意识"和"悖论"在所难免。"强调黑人民族性的民族主义思想（包括其极端形式的分离主义思想）和主张黑人融入白人社会的自由主义思想，就构成了美国黑人政治思想上的'悖论'（paradox），造成了美国黑人社会身份上的'混乱'（confusion），形成了美国黑人心理人格上的'分裂'（split personality）。"（王恩铭，2006：127）

杜波依斯主张"鼓动"（agitation）和抗议（protest）。"鼓动"就是"呼吁黑人不要麻木不仁，听任白人种族主义势力的肆意欺压，而是要行动起来，采取一切可行的方式与白人种族主义势力作斗争"。而"抗议"就是"要求黑人向一切剥夺黑人政治公民权利、经济发展权利和社会平等权利的种族主义法律、种族主义行为进行抗议，揭露它们的种族主义本质，突显它们与美国自由、民主、平等理念的矛盾，争取黑人作为美国公民在所有这些方面理应享有的权利"（王恩铭，2006：129）。杜波依斯反对华盛顿的主张，认为华盛顿的思想充满强烈的"迁就""妥协"色彩。

由于类似"双重意识"问题以及"融入""分离"等两难境地的干扰，《无形人》的主人公在自我探寻的过程中不时感到困惑。他不仅"无形"（别人"看不见"他或者不了/理解他），而且也没有名字（他的名字始终没有出现）。即便有的时候他似乎必须说出自己的名字，但文本的叙事都用其他方式取而代之。

> "你叫什么名字?
>
> ……
>
> 你是谁?
>
> ……
>
> 你的母亲叫什么名字?"（艾里森，1998：218 – 219）

主人公面对这些问题并没有直接回答，他反而因此深深陷入沉思之中。手术前，医生与他的交流则以其他方式进行着。在兄弟会，他的名字也没有出现。别人似乎也不在乎他的名字。他的名字可以写在纸上，但始终没有显露。

> "这是你的新身份"，杰克兄弟说道，"拆开看看吧"。
>
> 我发现里面的一张纸片上写着一个名字。（艾里森，1998：284）

主人公始终不说或不用其姓名，而且他还被人们随意误解为是其他人，如莱因哈特，还是有着不同角色的莱因哈特（赌棍、掮客、行贿人、情夫、牧师等）（艾里森，458）。他的无名也就是没有身份的标志，他可以是任何人。他似乎失去了身份，但他同时也在寻找自我。黑人民众在种族主义猖獗的美国社会中，很容易丧失自我，他们对身份的探寻和建构充满着艰辛。在严峻、复杂的社会环境中，非裔美国人的身份政治也就显得扑朔迷离。所以，小说主人公时常对自己的归宿感到迷惘，即便走在自我探寻的路途中，也不明白是怎么回事。

> 是啊，你永远也说不上你走向何方，这一点是肯定的。你也说不上你怎么到那儿的——不过你一旦到了，这就行了。（艾里森，1998：353）

其实，主人公的无形(invisibility)不仅源于白人对他视而不见，还因为他的思想与周围的人格格不入。就连曾经收留过他并唤醒过他的文化记忆的玛丽也不了解他。但经过哈莱姆区的骚乱后，他似乎更加明白了。

> 现在我开始明白，我不可能再去玛丽家了，也不能再过那旧时的生活了。我只能从外部接近那种生活，而且对玛丽，跟对兄弟会一样，我也是个无形人。不，不管是玛丽家，还是学院、兄弟会，或老家，我都不能去了。（艾里森，1998：527）

主人公对身份的困惑贯穿于整部小说中。他想成为他自己，原先的教育给了他认同的基本取向，而在兄弟会中，该组织的教化机制干扰着他原有的认同取向。他只能按照所要求的方式去建立自我，就像书中所比喻的那样，他，以及其他兄弟会成员，一个个都像提线木偶似的，被一只无形的手操控着。他难以实现自我，难以沿着本初的认同取向行进。

小说接近尾声，主人公有所领悟。"一个人不应该接受别人的人生观……现在我明白人与人各不相同，生活中千人千面，而这正说明了真正的健康。因此我还得在洞里住下去，因为在地面上越来越盛行要求人们整齐划一。"（艾里森，1998：531）主人公发现了身份认同中的主要问题，即出于政治等原因，美国主流文化强加给所有有色人种唯一极端的身份。思想上的觉悟使得主人公有了更深一步的认识，他针对这种僵化的理念进行批评，并发出感慨，提出自己的看法：

> 这种热衷于整齐划一的风气究竟从何而来的——这个世界本来应该是丰富多彩的。只要人能保持多种成分，我们就不会变成暴君式的国家。如果他们坚持要主张整齐划一，结局不外是迫使我这个别人看不见的人变成白人，而白色实在不是什么颜色，而是缺乏任何颜色……美国是由许多根线织成的，我可以把一根根线分辨出来，却不必把他们弄乱……我们的命运是一与多的统一——这不是预言，而是现实的描述。（艾里森，1998：531）

主人公还发现，白人与黑人相互影响、彼此带有对方特征（白人变黑、黑人变灰）（艾里森，1998：532）的情形很有趣。主人公的看法与领悟实则说明，作品暗示了一种思想，即反对一种整齐划一的、僵化的身份认同模式。人要有独立的人格，身份也是多元的。尤其在多元文化并存的社会中，不能只局限于某一层面、以极端的方式强调非我即彼。作品接下来的叙述正是倡导多元并存、和谐共荣局面的写照，这也是跨身份政治所强调的身份的多元性和互动性。

小说中主人公追寻自我的历程其实就是非裔美国人自我定义、建构身份、争取政治平等、寻求社会正义的过程。主人公的思考与困惑折射出了美国黑人领袖的政治思想及其对黑人民众的巨大影响，这些既有分歧又有交叉或相似的思想在不同的历史时期起到了各自重要的作用，是美国黑人自我认知、身份建构和争取政治权益的精神基础和行为指南。

三

《无形人》折射出非裔美国政治家们的不同政治主张。有的显得十分激进，排斥白人文化，主张用一切手段乃至暴力去对抗主流社会；而大多数则选择在凸显本群体文化特色的基础上，博采众长，反定型，获得认可，积极建构美国黑人文学艺术话语体系，从而推进非裔美国文学的发展。这些政治家和社会活动家的意识形态、思想观念及社会实践等均有一定的差异，相互之间还会有分歧，但在核心问题上是一致的，都在突出"黑人性"，都是为了争取黑人应有的权利，争取社会平等而作的种种努力和尝试。《无形人》的主题也揭示了身份认同的多元性，提倡的是跨身份政治、普世主义，而不仅仅局限在黑人的问题之上。

实际上，身份主要是强调个体与他者的关系，而只有在这一关系之中才会有对身份的思考。身份政治是以身份为主体的政治，是群体或个人思考自我、定义自我的活动和过程。《无形人》的主人公一路探寻，不断追问"我是谁"，就是身份政治所涉的常见话题。以他为代表的非裔美国人，为了寻求自我发展和种族提升，在追求社会进步的过程中努力奋斗。非裔美国人在自我定位的同时，必然要与本群体的命运维系在一起，必然要与主流文化群体互动甚至冲突。其间，身份认同的取向、自我发展和种族进步的途径乃是其认真思考和付诸实践的重要命题。非裔美国人在其政治领袖们的影响之下，有"融合"或者"分离"的主张和实践，也有超然度外的姿态和尝试，还有"既是美国人又是非洲人后裔"的定位和言行。确定了身份，表明了立场，就体现了身份政治问题。从社会历史的发展进程看，非裔美国人的身份认同历程就是其种族提升、政治维权的历史，而非裔美国文学所展现的主题也就是这一历程的反映，也是非裔美国人对自己的过去、现在和未来的思考，是其奋斗思想的再现和智慧的结晶。

非裔美国文学领域有关个体或群体探寻自我的描写或评论都带有一定的政治色彩。身份认同问题实际上就是一个政治问题，带有身份政治的内涵。20世纪中期，美国出现的诸如黑人民权运动、女性主义、少数族裔群体争取平等权益等一系列社会运动，其影响一直持续至今。

> 这场运动不同于以往的民族国家框架内的以阶级利益和公民权为
> 核心的政治斗争，而是围绕着特殊的群体和个人展开的……要求政治

承认和对他们各自身份的认可。（潘建雷，2005：36）

非裔美国文学中围绕身份而展开的话题就是寻求政治上的认可，非裔美国文学的主要话语之一就是以反种族歧视、反文化定型、争取社会平等权益为主旋律的。也就是说，"知识'除去价值中立的伪装'直接介入权利的宣称与争斗"（潘建雷，2005：37）。非裔美国作家以文学作为开展政治活动的场所，揭露、批评、呼吁、维权，反抗种族压迫，弘扬黑人文化传统。从某种程度上来说，非裔美国文学书写似乎成了一种政治活动，其文艺审美的内容反而不受关注。因此，在探讨非裔美国人的文化特质和身份政治的时候，应注意避免将之同质化和简单化。在当今多元文化并存的社会中，突显多元文化身份，选择跨身份特质尤为重要。非裔美国人既是非洲人的后裔也是美国人，继承的是非洲和美国的双重文化遗产，应该具有双重的身份认同，持一种"跨身份政治"倾向。实际上，跨身份政治就是一种社会认知态度和行为方式，以动态、发展的眼光来看待、处理身份和身份认同问题。从身份政治的特征来看，多元性尤为重要，而多元性又具有两层含义："一方面，宏观上存在多种身份政治，它们或者是同质属性的，或者是异质属性的；另一方面，对特定个体而言，基于本身所具有的异质性，他所能够选择并接受的身份政治也是多元的，即个体可以在共时中拥有不为同质属性的多元认同，个体可以选择在多元的身份政治中凸显其中的一种或几种。"（吕春颖，2013：41）所以，探讨身份政治，就应该质疑单一、刻板的身份认同倾向。

不过，纵观非裔美国文学的研究，无一不强调黑人的特性和黑人传统文化的力量，似乎在刻意将之区别于美国主流文化，暗含着一种对抗，而在消解"欧洲中心论"的同时，似乎也在建构一种"自我中心论"，这都是不恰当的。身份并非静止不变的，而是处于不断的建构过程之中，因社会环境、个人立场和行为的不同而有差别。这些立场和行为有时相对立，有时又会交叉。身份引发的历史性记忆在不同人身上产生了不同的效果，又因社会、个人经历等因素的不同而出现不同的结果。

参考文献

［1］Ellison，Ralph. Brave Words for a Startling Occasion（1964），// Napier，Winston（ed.），African American Literary Theory：A Reader［M］. New York &

London: New York University Press, 2000.

[2]O'Meally, Robert(ed.). New Essays on Invisible Man[M]. Cambridge: Cambridge University Press, 1988.

[3]Sundquist, Eric J. (ed.). Cultural Contexts for Ralph Ellison's Invisible Man[M]. Boston: Redford/St., Martin's 1995.

[4][美]艾里森,拉尔夫.无形人[M].任绍曾,等,译.南京:译林出版社,1998.

[5]吕春颖.异质性哲学视野中的现代身份政治[J].求是学刊,2013(4):41

[6]潘建雷.身份认同政治:研究回顾与思考[C]//张静.身份认同研究:观念、态度、理据.上海:上海人民出版社,2005.

[7]王恩铭.美国黑人领袖及其政治思想研究[M].上海:上海外语教育出版社,2006.

人性灰色地带的拷问：基于弗洛姆人本主义视角下的《群山回唱》的研究*

邹　虹**

摘　要： 胡赛尼作品《群山回唱》中的一系列人物挣扎在"善"与"恶"之间，而他们的人性也因此处在灰色地带。弗洛姆的人本主义哲学把这类人定义为"残废的、发育不全的人，（他们）呈现出害生症候群"。他们渴望爱但却缺乏爱的能力，他们不断地试图赋予生活意义但最终由于缺乏创发性的爱的能力而以失败告终。弗洛姆人本主义哲学为解读胡赛尼作品中人性的灰色地带提供了一个新的视角。

关键词： 人性的灰色地带；生存两歧；害生症候群

一、引　言

美籍阿富汗裔作家卡勒德·胡赛尼的第三部小说《群山回唱》荣获美国亚马逊书店 2013 年上半年最佳图书和 ABC《早安美国》读书俱乐部夏季最佳图书等荣誉。延续了胡赛尼处女作《追风筝的人》中的贫穷和战争的阿富汗的历史背景，《群山回唱》横跨 60 年叙述了 9 个不同人物之间悲欢离合的故事。如果说《追风筝的人》以"罪"为底色来展开叙事，那么《群山回唱》则是以"爱"为主线讲述一对兄妹（阿卜杜拉和帕丽）因贫困与战争被迫分离的横跨 60 年的故事。以

* 云南省教育厅科学研究基金项目"基督救赎主题在卡德勒·胡塞尼作品中的再现"（编号：2015Y029）阶段性成果。

** 作者简介：邹虹，女，汉族，湖南新化人，云南大学外国语学院副教授，硕士研究生学历，研究方向为英美文学。

这对兄妹离散为叙事主轴，卡勒德·胡塞尼用他那上帝般全方位的视角和无爱无恨的中性笔调刻画了9个不同人物（父母、兄妹、甚至表亲和继母）组成的群像，描述他们如何去爱，如何被伤害，如何互相背叛与彼此牺牲。与《追风筝的人》中的善恶鲜明的人物刻画不同，《群山回唱》中的人性则处在灰色地带，没有壁垒分明的善人和恶人。胡赛尼在作品首页用穆斯林诗人鲁米的诗句"在超越了善恶的田野，我与你相遇"确定了人物塑造的主基调——人性处在灰色地带。在以贫穷与战争为历史背景的叙事中，人性的灰色地带被凸显和放大了，并不断地在作品中被拷问。人究竟是善还是恶？人为什么渴望爱却又不断地失去爱？本文将从弗洛姆人本主义视角剖析《群山回唱》中人性的灰色地带。

二、弗洛姆人本主义哲学中的"善"与"恶"

《追风筝的人》里，人性的光谱呈两极分布：纯洁善良如哈桑，而邪恶凶残如阿塞夫。与之相反，《群山回唱》里9个人物形象塑造则显得暧昧不清，他们既非哈桑那般纯洁善良也非阿塞夫那般邪恶。他们在善与恶之间纠缠不清，人性处在黑白之间晦暗不清的灰色地带。

（一）"善"和"恶"与"善的性格"和"恶的性格"

"善"与"恶"在弗洛姆的人本主义哲学体系中不再是传统伦理学中孤立的行为，而是与人的整体性格结构密切相关。人的"善"和"恶"与"善的性格"和"恶的性格"相对应。在弗洛姆的人本主义哲学中，一个善良的人是"一个自由、有理性和活力的人……从而也是一个幸福的人"（弗洛姆，1988：33）。人的"善"与他是否能自由、理性和创发性地运用他的力量密切相关。创发性地运用力量是人按照他的"本性素质发展和壮大自己"（弗洛姆，1988：36）。因此，"善"便是让人顺应自己本性把自己的潜能发挥到极致的行为。阻碍人实现这一目的的行为便是"恶"。

（二）人的"生存两歧"是"善"与"恶"产生的直接因素

在弗洛姆的人本主义哲学体系里，人的"生存两歧"是人性的"善"和"恶"产生的直接因素。人的"生存的两歧"是源自人意识到"自己的软弱无能和对生存的种种限制，看到了自己的必然归宿——死亡"（弗洛姆，2015：52）。换句话说，人的自我意识即理性让人意识到自己与自然的分离以及在自然面前的微不足道，使人陷入了"生存的两歧"中。由于人的理性，人一方面失去了与自然的和谐统一，就像《圣经》里最早的人类亚当和夏娃失去了乐园；另一方面，人又意识到自己的软弱和孤独，意识到自己被孤零零地抛到这个世界上，永远地失去了乐园，像上帝的弃儿无家可归。而死亡进一步加深了人的孤独。为了克服自身与自然的分离，人不断地去创造一个能让自己安适自存的环境，这便是我们不断赋予自身存在意义的过程。这个过程是源自人渴望与自然融为一体的心愿。这便是产生于人存在自身矛盾的"生存两歧"。当人能够顺应自己的本性，发挥自己创发性的爱，不断地赋予自身存在的意义，并最终超越人自身矛盾的"生存两歧"时，便产生了"善"。而当人不能创发性地发挥自己的爱，赋予自身存在的意义并最终超越人自身矛盾的"生存两歧"时，便产生了"恶"。弗洛姆认为"只有通过展现其力量，创造性地生活，才能给生命以所赋予的那种意义，否则他的生命就无意义可言"（1988：58）。人只有正视人生存所固有的"两歧"，通过充分发挥自己所特有的创发性的爱，才能获得幸福。这便是弗洛姆哲学体系中的"善"及"善"的最终目的。

三、人性的灰色地带

基于弗洛姆哲学体系中对"善"与"恶"的论述，《群山回唱》里的人物人性处于灰色地带。他们渴望爱但却缺乏爱的能力；他们不断地试图赋予生活意义但最终由于缺乏创发性的爱的能力而以失败告终。这些故事人物在"善"与"恶"之间徘徊，因此成了"残废的、发育不全的人，呈现出害生症候群"（弗洛姆，2014：238）。

（一）爱的能力的缺乏与害生症候群

处在"善"与"恶"之间患有害生症候群的人群总是呈现出贪婪、自恋、慢性抑郁等相互关联的特征。弗洛姆认为这些以症候群形式呈现的诸如贪婪、自恋、慢性抑郁等害生特征的行为阻碍了人的"善"。人类特有的生存处境让性格成为人本能的替代品。"人依据自己的性格'本能地'行动。"（弗洛姆，2014：230）施虐者经常被控制他人的激情驱使，而施爱者则为共享的激情所驱使。性格的根本基础是人与世界发生关系，而人的性格是在他与他人发生关系的特殊形式中呈现出来的。性格是"人借以把自己的能量引入同化和社会化过程的一种较固定的形式"（弗洛姆，1988：74）。这种性格呈现的特殊形式便是爱我自己和爱他人之间的内在联系，也是弗洛姆人本主义哲学的研究基础。弗洛姆用《圣经》的教义"爱邻如己"阐释了爱自己和爱他人有机统一的内在关系：热爱和理解自己与热爱和理解他人休戚与共，互不分割。真正创发性的爱并非对被爱者表现出一种同情，而是主动关心被爱者的幸福与成长。"对自己的生命、幸福、成长和自由的肯定，根植于他自己爱的能力即关怀、尊重、责任和知识之中。"（弗洛姆，1988：168）因此，个人具有爱的能力是创发性爱的基础，也是"善"的必备条件。而患有害生症候群的人不具备爱的能力，他们身上呈现的贪婪、自恋、慢性抑郁是源自于爱的能力的缺乏，是源自于他们不能统一协调爱自己和爱他人之间的关系。因此，他们的人性在善与恶之间纠缠不清，最终定格在黑白之间晦暗不清的灰色地带。

（二）人性的灰色地带与人物关系

如前所述，性格作为本能的替代物最终是以个人与他人关系的特殊形式呈现出来的。《群山回唱》中的人物性格混杂了太多的善与恶，人性处在善恶之间的灰色地带。而这些人物与他人的关系能够帮助解读他们人性的灰色地带。

1. 共生性关系：妮拉·瓦赫达提与帕丽

在共生性关系里，人与人之间建立了亲密的关系，但彼此的关系更多的是附庸性关系，并因此失去了自立。在这种共生性关系里，人通过依附于他人来逃避自由，逃避自己的不美满。年轻的阿富汗女诗人，因诗歌中的性暗示而出名。妮拉异常美丽，对生活总是怀有不满，嫁给了富有的喀布尔商人瓦赫达提为妻，但婚姻生活并不愉快。胡赛尼称，这一角色很多方面的性格是根据自己在喀布尔参加父母举办的聚会时遇到的女性而创造的。这些女性中有很多人"长相美丽，性格很率真，性情中人……喝酒很随便，而且吸烟"。在整个故事发生之前，她因病被切除了子宫失去生育能力，于是买下帕丽作为自己的女儿。在丈夫中风之后，她带帕丽到巴黎定居，最后自杀身亡。妮拉代表了这样一群"脆弱而自恋"的女性。她们极度地渴望爱，但却又缺乏爱的能力。这一点可以从妮拉与帕丽之间的共生性关系中体现出来。妮拉收养帕丽是为弥补她不能生育的缺憾。因此，妮拉一直按照自己的意愿塑造帕丽，希望她成为自己的一部分。在得知帕丽和她的前男友同居后，妮拉歇斯底里地大叫："我有时看着你，但在你身上我看不到我的影子。"（Hosseini，2012：225）她对帕丽的爱更多是出于怜悯。她怜悯帕丽出生在贫困的村庄沙德巴格，把收养帕丽视为一种拯救。妮拉在一次访谈中对记者大吐苦水："我的女儿不仅不理解，而且也不感激我为她付出的一切。我的女儿麻木不仁。她不知道，要不是我救了她，她现在得过啥日子。"（Hosseini，2012：225）共生性关系的实质是"对弱小者的完全控制"（弗洛姆，1988：140）。妮拉希望帕丽摆脱贫困，获得成功，但却不希望她独立和自由。为了引起帕丽的关注，她酗酒和自虐，最后绝望自杀。在这段共生性关系里，妮拉的悲剧在于缺乏爱的能力。她的"爱"带有明显的主观性。客观性是爱的基本要素。客观性能让施爱者不偏不倚地对待被爱者，并且关怀和尊重被爱者，而不是占有和统治被爱者。"爱是与他人及自己发生关系的一种创发性形式。"（弗洛姆，1988：142）帕丽并没有感受到来自妮拉的爱，相反她觉得"她的生活里缺了一些东西，一些对生存至关重要的东西"（Hosseini，2012：205）。妮拉缺乏爱的能力，她在给予帕丽关怀的同时也试图占有帕丽，而帕丽则试图逃脱她的占有。除了想占有帕丽，她一生都与不同的男人发生着情感纠葛，试图填补内心的虚空。弗洛姆认为，内心虚空的人"好像他身上有一个开关没有打开。如果此时她消费点什么，那些空虚、瘫痪和无力的感觉会暂时离开。这时他会感到：我到底还是个活人，你看，我吃进了一些东西，我不再是虚无了"（弗洛姆，1988：11）。于是内心虚空的妮拉不断酗酒试图填补内心越来越大的空洞，但最终以失败告终。在这段共生性的关系中，妮拉无法发挥自己创发性的爱，无法用爱与这个世界发生联系，她最终也无法克服自身矛盾的"生存两歧"，得到幸福。"善"的目的也不复存在。

　　2. 退缩—破坏性关系：帕尔瓦娜与马苏玛

　　与试图寻求"占有"的共生性关系不同，退缩—破坏性关系是人试图与世界发生关系的另一种逆向形式。它已转变为破坏生命能量的"无生命能量"关系。作为一种创发性形式，爱是各自双方在保持彼此完整性的前提下的一种亲密表现。在退缩—破坏性的关系里，爱已然丧失，这样的关系也是退缩与破坏共存的消极关系。帕尔瓦娜是阿卜杜拉和帕丽的继母。她和自己的哥哥纳比以及孪生姐姐马苏玛一同在沙德巴格出生并且长大。帕尔瓦娜总是嫉妒自己美貌的双胞胎姐姐能获得人们的偏爱。最终帕尔瓦娜通过"无意的过错"把姐姐推下树枝，马苏玛从此终身瘫痪。"破坏性是退缩的主动形式。毁灭别人的冲动，是由害怕被别人毁灭所产生的。"（弗洛姆，1988：142）一直笼罩在马苏玛的阴影里，渴望爱的帕尔瓦娜始终得不到别人的关注和爱。也就是说，爱作为一种创发性形式在帕尔瓦娜的成长过程中遭到了阻碍，破坏性由此产生。帕尔瓦娜不仅让马苏玛丧失了幸福，而且自己也就此失去了爱的能力。如果说，破坏性是一种进攻形式，退缩则是与破坏共存的消极形式。在退缩中，对他人的冷淡感以及相伴之的补偿感是相对应的感情。在罪恶感的驱使下，帕尔瓦娜开始照顾马苏玛的生活。她对马苏玛的照顾是她以退缩的方式与这个世界发生联系的另一形式。她白天黑夜地照顾姐姐并非是出于对马苏玛的爱，而更多地是出于赔偿感。"她总是努力告诉自己这个不争的事实：姐姐今天的一切不幸是她一手造成的。她今天所受的苦是罪有应得。"（Hosseini，2012：55）

爱包含的内容是：责任、关怀、尊重、渴望他人能成长和发展。但帕尔瓦娜对马苏玛的情感始终是出于补偿感和负疚感，而没有爱。因此，帕尔瓦娜在马苏玛的说服下，最终把马苏玛抛弃在荒野中自生自灭。在这段破坏—退缩性关系中，帕尔瓦娜对姐姐的照顾由于缺乏真正意义上的爱而最终丧失了"善"的内涵。

3. 囤积关系：纳比与瓦赫达提

与世界发生关系的另一种形式是囤积关系。这种关系是建立在这样的基础上："不指从外界所有有价值的来源中获取东西，而只是指望通过不消费和囤积来拥有东西。"（弗洛姆，1988：146）囤积性关系是一种自给自足的安全体系。对外部世界的任何亲近都被看作是对这一体系的威胁。人在这种关系里是通过退缩来解决他与别人的关系的。纳比是帕尔瓦娜和马苏玛的哥哥。与整部小说的其他角色相比，他并不耀眼。作为瓦赫达提先生的雇佣司机，纳比一直暗恋妮拉。然而，正是纳比安排瓦赫达提夫妇收养了帕丽，以借此赢得她的芳心。但脆弱而自恋的妮拉在丈夫中风后带帕丽逃往巴黎，留下纳比独受相思之苦。留下来独自照顾老板的纳比发现瓦赫达提先生暗恋自己已久。留下来陪伴瓦赫达提先生度过余生的纳比最后在瓦赫达提先生的授意下用枕头闷死了他。瓦赫达提先生是以退缩的方式与世界发生联系的。在与妮拉结婚前，瓦赫达提先生几乎过着遁世的生活。他与纳比建立的关系更多的是囤积关系。他深深地爱着纳比，但始终与纳比保持着距离，就像他努力保持着与这个世界的距离。囤积性关系里的人无论在"事物、思维与情感上都要求秩序，但他要求的秩序是贫瘠的、僵硬的"（弗洛姆，2014：271）。他对纳比一成不变的"爱"实际上是对一种秩序的坚持。当妮拉走进他的生活时，他是抗拒的。他固执地保持着婚前生活的遁世方式，以摆脱他与这个世界的接触。在囤积性的关系里，所有的一切都是停滞的，而安全与秩序是最高准则。因此，当瓦赫达提先生精心构建的以安全和秩序为最高准则的生活方式被疾病和战争摧毁后，他选择了死亡。在这段囤积性的关系里，瓦赫达提先生对纳比的感情更多的是对旧有秩序的维护，而非出于创发性形式的爱。而纳比也在这份囤积关系中停止了精神上的成长，在瓦赫达提先生的停滞的精神世界的塑造下，他也日复一日机械地生活着，而忘记了精神上的思考和成长。当瓦赫达提先生逝去后，纳比也失去了人生的方向和意义：

> 很长一段时间，从严格意义上说，我不知道该如何应对生活。几近半世纪了，我日复一日照顾瓦赫达提先生。他的需求，他的陪伴都塑造着我存在的意义。现在，我能随心所欲生活时，却发现自由竟是一件虚幻的事情，因为我竟发现我心里已经没有什么最想做的事情了。找到生活的意义，然后去实现它。但实际上，你会发现，当你活了半辈子后，竟发现找不到生活的意义。（Hosseini, 2012：141）

在这种囤积关系里，纳比变成了一个内心虚空的人。他曾经对妮拉的挚爱也被这种畸形的囤积关系消磨殆尽。从这个层面上说，瓦赫达提先生对纳比的感情并未促成纳比寻得幸福，因此也就缺乏了"善"的内涵。

四、结　语

弗洛姆认为人的整个人格是由人们相互之间发生关系的方式所形成的，人格的形成取决于社会的社会经济制度和政治制度，原则上，人们只要分析一下某个人，就能反推出此人所处的社会结构的总体究竟是什么样子（弗洛姆，1988：101）。与强调社会铸造的环境主义者不同，弗洛姆认为"不管是好是坏，人有内在的目标"（弗洛姆，2014：237）。这就意味着人的充分发展与否与外在条件密切相关。当一个人所处的环境有利于他的最佳成长，他就会把自己最大的潜能发挥出来，与环境融为一体，并最终克服人自身矛盾的"生存两歧"。而反之，人就会变成精神残废的、呈现出害生症候群的人。胡赛尼笔下这一系列人物挣扎在"善"与"恶"之间，他们是一群呈现出害生症候群的人。而他们人性的灰色地带折射着整个失控的、不利于人精神成长的社会体系。现代的阿富汗，内忧外患：阿富汗君主制终结后便遭到苏联入侵，然后内战爆发，塔利班当权，受"9·11"事件影响。弗洛姆认为，人要想发展创发性的爱必须要有适宜的社会土壤。而适宜的社会土壤是由各种有利条件结合在一起构成的。阿富汗年年的战乱，宗教及种族冲突都不利于人发展创发性的爱。没有创发性的爱，人就不可能与这个世界融为一体，也不可能克服人自身固有的生存矛盾——"生存两歧"而获得幸福。透过胡赛尼对人性灰色地带入木三分的刻画，我们看到的是胡赛尼对阿富汗整个社会体系的鞭挞。

参考文献

［1］Hosseini. *And The Mountains Echoed*［M］. New York：Riverhead Brooks，2014.

［2］方幸福. 幻想彼岸的救赎——弗洛姆人学思想与文学［M］. 北京：中央编译出版社，2014.

［3］［美］弗洛姆. 生命之爱［M］. 罗原译. 北京：工人出版社，1988.

［4］［美］弗洛姆. 人类的破坏性剖析［M］. 李穆，等，译. 北京：世界图书出版公司，2014.

［5］［美］弗洛姆. 寻找自我［M］. 陈学明译. 北京：工人出版社，1988.

［6］［美］弗洛姆. 逃避自由［M］. 刘林海译. 上海：上海译文出版社，2015.

［7］［美］弗洛姆. 人心：善恶天性［M］. 向恩译. 北京：世界图书出版公司，2015.

《献给爱米丽的一朵玫瑰花》中的身体形态

张彩庆*

摘　要：作为叙事学一个新近的分支，身体叙事学对作品的研究提供了新的视角，让读者能更好地通过"身体"看到作品中主要人物的关系和作品内外人物与作者的关系，使读者在作品的解读上占据更加全面的视点，获得对作品、作者及作者的叙事倾向等相关要素的本质性理解。本文以福克纳的短篇小说 *A Rose for Emily* 为例，重点解读其中的身体类型，从中发现其主要人物之间的关系和人物心理生活，揭示更多的叙事内涵。

关键词：身体叙事学；身体形态；叙事

一、导　言

身体作为叙事发生及本体的要素之一，其重要性常常在研究中被弱化甚至被隐蔽。据国内相关研究，国外对身体叙事的研究者较早为丹尼儿·潘戴，其在 2000 年夏季的《文体》杂志上发表了以《叙事学与人体》为题的论文。2003 年，该论文扩展为专著《叙事身体：建构身体叙事学》(*Narrative Bodies: Toward a Corporeal Narratology*)出版，旨在建构有关人体的叙事学"身体叙事学"（许德金、王莲香，2008）。在国内，2000 年第 4 期《外国文学评论》中的《美国叙事理论研究的小规模复兴》一文的作者申丹在其注释中首次对潘戴的研究有所提及。许德金、王莲香于 2008 年发表的《身体、身份与叙事——身体叙事学刍议》一文大约

---

　* 作者简介：张彩庆，女，硕士，云南大学外国语学院讲师，研究方向为英语语言文学及翻译。

是对该领域较近和全面的介绍。该文认为：国内的后经典叙事学对作品中各种身体形态，以及这些身体对故事情节设置、人物塑造、叙事过程等发生的影响缺乏相应关注和评价。鉴于此，本文将对福克纳的《献给爱米丽的一朵玫瑰花》中的各种身体形态进行尝试性的分类，以期阐释身体形态变化与叙事的相关性，细致解读人物隐秘的内心生活和发掘未见的叙事内涵。

二、《献给爱米丽的一朵玫瑰花》中的身体叙事

美国社会学家约翰·奥尼尔以意识形态和身体与世界的关系为基础，在《身体形态》中划分出世界身体、社会身体、政治身体、消费身体以及医学身体等五种身体形态（许德金、王莲香，2008）。社会学视角下的身体划分对文学文本中的身体而言，其参考价值有限。首先，这五类身体所强调的身体性（corporeality）在文本中往往不是直接的和物质性的。相反，文本常以举隅或借代等间接地与身体有关的物件或身体的部分来指代一个具体的人物及其身体。其次，文学文本中的所有身体类型都以服务于人物的性格塑造和叙事的推进为目的。《献给爱米丽的一朵玫瑰花》（以下简称《献》）具有丰富的身体形态。为了阐明文本中的身体及叙事的关系，本文尝试把《献》中出现的身体分为：具形的身体和不具形的身体。其中具形的身体包括：实物的身体、象征的身体；不具形的身体包括：集体的身体和边缘个体的身体。

（一）具形的身体

1. 物质性意义上的具形

毫无疑问，身体首先必须是物质性的，这是我们对身体的一种共识。然而，对身体的物质性的记述却因作者对叙事的裁定而有虚有实，因而，在文学叙事中，对于身体物质性的处理处处见技巧，甚至可以说一切的叙事都内含了对身体的叙事，叙事的能力在一定程度上即是对身体样式的变化能力。顾名思义，"具形的身体"指具有视觉外形的身体，无论它以什么形式出现，它总有其可见性（visibility）。尤其是当这一身体以身体的物质形态呈现，呈现出人所共知的一些身体样貌特征时。如第一部分，爱米丽第一次出场时就被描绘为：

> 一个小模小样、腰圆体胖的女人，穿了一身黑服，一条细细的金
> 表链拖到腰部，落到腰带里去了，一根乌木拐杖支撑着她的身体，拐
> 杖头的镶金已经失去光泽。她的身架矮小，也许正因为这个缘故，在

别的女人身上显得是丰满的东西，在她却给人以肥大的感觉。她看上去像长久浸泡在水中的一具死尸，肿胀发白。当客人说明来意时，她那双凹陷在一脸隆起的肥肉之中，活像揉在一团生面中的两个小煤球似的眼睛不住地移动着，时而瞧瞧这张面孔，时而打量那张面孔。(福克纳，2015：41-42)

这里，爱米丽的身体物质性被直接地呈现出来，身高、体态、配饰、肤色、活力状态、年龄、动作等都得到深入刻画。而且，大概为了表明爱米丽所代表的南方高雅文化的腐朽和远去，爱米丽的身体在这里被加以高度进行的"尸体化"的描写，让爱米丽一出场就很吓人。除了直击身体物质性的描写外，由于爱米丽在《献》中绝对核心的地位，她的身体样式是全系列的：她所住的具有人格化特征的房子；被反复提到的雕像一样的身影；身段苗条、穿着白衣的画中人物模样；她的像是活跃男子的旺盛的铁灰色的头发，等等。这些或直接或间接的身体相关物都被赋予了人格化特征，在叙事中起到了人物刻画和情节推进的作用。

从叙事份额上来看，荷默·伯隆（Homer Barron）无疑是《献》的二号人物，他也被赋予了丰富的身体形态。虽然荷默·伯隆直到第三部分才实际出场，然而他却早在第二部分一开始就以爱米丽"心上人"的身份被提及。而且，结合叙事的整体，读者知道这里让人不得安宁的"气味（尸臭）"就是福克纳为其量身定制的出场方式，"气味"叙事占据该部分一半以上的比重，成为伯隆在后续的第三、四部分和第五部分的实际出场的预叙。结合后文第三、四部分对他的身体描写，这部分关于"气味"的预叙甚至有一种讽刺和警醒的作用：为什么身材高大、性格开朗的伯隆会死于一个小模小样的女人之手？爱米丽和他在一起是不是真的在恋爱？爱米丽真的是因为爱情才毒死了他？毕竟，从隐含作者的视角来看，爱米丽和荷默·伯隆太不同，他被赋予了如下的身体形态：

(他)个子高大，皮肤黝黑，精明强干，声音洪亮，双眼比脸色浅淡。一群群孩子跟在他身后听他用不堪入耳的话责骂黑人，而黑人则随着铁镐的上下起落有节奏地哼着劳动号子。没有多少时候，全镇的人他都认识了。随便什么时候人们要是在广场上的什么地方听见呵呵大笑的声音，荷默·伯隆肯定是在人群的中心。过了不久，逢到礼拜天的下午我们就看到他和爱米丽小姐一起驾着轻便马车出游了。那辆

黄轮车配上从马房中挑出的栗色辕马,十分相称。(福克纳,2015:44)

　　荷默·伯隆自己说他喜欢和男人来往,大家知道他和年轻人在麋鹿俱乐部一起喝酒,他本人说过他是无意于成家的人。以后每逢礼拜天下午他们乘着漂亮的轻便马车驰过:爱米丽小姐昂着头,荷默歪戴着帽子,嘴里叼着雪茄烟,戴着黄手套的手握着马缰和马鞭。(福克纳,2015:46)

与爱米丽深居简出、神秘莫测的老派南方淑女风格大相径庭的是:荷默·伯隆是一个具有高度社群性、擅长集体生活,喜欢把自己暴露在公众视线中的人物。他脏话连篇、到哪儿都听得到他的呵呵大笑。他在性格上是一个聒噪的人,不但在声音听觉上如此,而且在色彩的喜好上也表现出同样的风格。马车轮、辕马、手套等物件的“扎眼”色彩充分说明了这一点。他没有南方绅士的风度,不懂含蓄和内敛,是一个能充分从“筑路监理”所代表的现代职业获益并享受其好处的庸俗大众代表,总体上缺乏丰富而具有层次的内心生活。从文本的内部叙事时间推算,爱米丽和他的交往大约在她父亲死后两年,即1894年后两年的时间内。当时美国社会对于当今以 LGBT 标识的各种问题性取向一定是讳莫如深甚至是极为禁忌的。然而,对于荷默·伯隆而言,这种禁忌完全不存在,他让大家都知道了“他喜欢和男人来往”(福克纳,2015:46)。

　　2. 象征意义上的具形

　　上述关于爱米丽和荷默的描写实际上是对二者身体的实物性描写。与此不同的是,爱米丽的父亲虽然不是核心人物,但他的身体图式却有着微妙的一面:有实物形式的具形身体;也有象征意义上的具形身体。也就是说身体的具形性(embodiedness)并不绝对地依赖于对身体本身的描写。比如,在第二部分“气味风波”之后对爱米丽家发出气味的原因进行追溯时,爱米丽的父亲被以超出指称性意义的形式被提及。“我们把这一家人一直叫作一幅画中的人物:身段苗条、穿着白衣的爱米丽小姐立在身后,她父亲叉开双脚的侧影在前面,背对着爱米丽,手执一根马鞭,一扇向后开的前门恰好嵌住了他们俩的身影。”(福克纳,2015:43)这里父亲出场的意义不在于描写和刻画父亲本身而更多地在于揭示父女关系:父亲是强权式的家长,其以“马鞭”象征的暴力的教育方式深刻地影响了爱米丽。隐含作者借“我们”之口勾画出爱米丽父亲的为父之道和格里尔生家族的"疯癫"传统，为爱米丽之后的毒杀行为在伦理上作一定的辩护和开脱。这一点在第四部分得到了验证："她父亲的性格三番五次地使她那作为女性一生平添波折，而这种性格仿佛太恶毒，太狂暴，还不肯消失似的。"（福克纳，2015：47）"一幅画中的人物"这一对爱米丽父亲本来以实物形式出现的身体产生了丰富的"虚化"效应：一是在实际功能上让读者了解了这位父亲的本性；二是让"我们"有机会表达对格里尔生一家的评价；三是造成了其"悬置的在场"的效应，他因为给镇上人留下了这样的印象并经由"我们"之口而为读者所见，爱米丽父亲虽然已经死去但却因为镇上人的转述而在场。

另外，爱米丽的父亲也被赋予了象征意义上的身体形态。文中两次提到爱米丽父亲的炭笔画像。第一次是在第一部分镇上的代表团上门催爱米丽缴税时，"壁炉前已经失去金色光泽的画架上面放着爱米丽父亲的炭笔画像"（福克纳，2015：40）。第二次是在第五部分，"全镇的人都跑来看覆盖着鲜花的爱米丽小姐的尸体。停尸架上方悬挂着她父亲的炭笔画像，一脸深刻沉思的表情"（福克纳，2015：48）。与"我们"心目中格里尔生一家"一幅画中的人物"相近但不同的是，以炭笔画像出场的爱米丽父亲获得了一种象征层面的身体图式，他是一个"画中人"。虽然爱米丽的父亲也是一出场就死（第一部分中老镇长沙多里斯编造的免去爱米丽税款的理由时首次提到），但其对女儿爱米丽的影响却自始至终。爱米丽活着的时候，他的炭笔画像就被放在壁炉前。这一特殊的摆放位置说明了父亲在日常层面对于爱米丽的意义。父亲对于爱米丽而言，不但提供了生时的庇护和影响，在爱米丽的死亡中也意义非同一般，否则炭笔画像并不会被挂在停尸架上。爱米丽的葬礼现场充满了具有戏剧感的行为主义元素。读者知道爱米丽早在四十多岁被人上门催缴税时就如"长久浸泡在水中的一具死尸，肿胀发白"（福克纳，2015：40）。从被催缴税费到叙事时间中死亡时的七十四岁，中间相隔三十多年，她的身体应该是更加具有死尸的特征了。尽管这具富于"尸体感"的身体上盖了很多的花，但仍然难以掩盖其死亡意味，以至于在停尸架前看爱米丽的女人们都吓坏了，否则妇女们不会作窃窃私语状、脸色煞人（with the crayon face of her father musing profoundly above the bier and the ladies sibilant and macabre）（隋刚，1998：247）。按理，停尸架上要是摆放肖像的话，摆放的应该是死者本人的遗像，而诡谲的是这里摆的却是死者父亲的画像，画像里父亲一脸深沉，仿佛是爱米丽自己的沉默多思形象的替身，观察着镇上前来吊唁的人，尤其是妇女们的种种反应。

这里关于爱米丽父亲通过画像出场的细节在叙事上看来漫不经心，而实际上却能在很大程度上质疑和呼应之前第二部分关于爱米丽不愿意埋葬她父亲尸体的叙事：

> 爱米丽小姐在家门口接待她们，衣着和平日一样，脸上没有一丝哀愁。她告诉她们，她的父亲并未死……我们还记得她父亲赶走了所有的青年男子，我们也知道她现在已经一无所有，只好像人们常常所做的一样，死死地拖住抢走了她一切的那个人。（福克纳，2015：43）

这里隐含作者要让读者看到镇上妇女们的所看所想——爱米丽对父亲充满仇恨以至于要通过不埋葬父亲来泄愤。如果说这里镇上妇女对爱米丽行为的理解是可靠的，那么第五部分近四十年后（按叙事内部时间算）爱米丽在其尸体上方悬挂父亲画像的做法就显得无可解释了。这里，福克纳通过爱米丽父亲象征意义上的身体——画像充分表演，推翻了之前的叙事，在功能上让第二部分关于"拒藏父亲"的叙事成为第五部分爱米丽将"新郎"毒杀婚房并傍尸而眠 40 年的预叙：发生在荷默·伯隆身上的"死而不藏"早在其父逝世时就被首次导演，只是由于全镇人施加的压力过大，才让爱米丽放弃永久停尸的计划。并且，停尸架上父亲的画像这一细节性身体叙事巧妙地质疑了第二部分镇上的妇女对爱米丽的猜测，实际上爱米丽对父亲的感情是极为复杂的：她并不仅仅只有被剥夺了婚配机会而可能对父亲生出的恨，更多的还有一种"有其父，必有其女"的对旧南方文化的决绝认同。他们父女都拒绝改变，有作为守护旧文化的共同斗士而分享的情谊。相形之下，爱米丽毒杀伯隆也并不一定是因为爱情，而更像是一种以恋爱和婚姻为幌子的周密猎杀和羞辱。在爱米丽与伯隆的"恋爱"中，读者反复看到"（爱米丽）把头抬得高高"（福克纳，2015：45），"爱米丽小姐高昂着头"（福克纳，2015：46），"一双黑眼冷酷高傲，脸上两边的太阳穴和眼窝处绷得很紧，那副面部表情是你想象中的灯塔守望人所应有的"（福克纳，2015：45）等表现爱米丽非恋爱状态的文本信息。由于对爱米丽父亲的画像所象征的这一巧妙的身体叙事的运用，读者不得不重新思考之前的叙事，质疑无处不在的镇上人对爱米丽的议论，发现一个并非如镇上人所说的一个忘记"贵人举止"的爱米丽。相反，读者应该发现爱米丽与伯隆的恋爱更像一场表演，其真正目的在于除去这个侵犯了旧南方文化的北方人。

（二）不具形的身体

1. 集体形式的不具形

《献》的叙事是对该作品研究的一大重点。Ruth Sullivan（1971）和 Helen E. Nebeker(1970)等专门对其中的人称代词"我们"作了深度研究。隐含作者反复使用"我们"来表达对爱米丽的窥探和评价，他为什么要这样做呢？"我们"是一个具有同质性的集体吗？还是一种有高度异质性并且被隐含作者用作了叙事的"烟幕"来迷惑读者的工具？如果是后一种情形，那作者或隐含作者想要达到什么样的叙事效果？文中第四部分讲的是爱米丽购买砒霜和第二天砒霜的去向问题。如"于是，第二天我们大家都说：'她要自杀了。'我们也都说这是再好不过的事"（福克纳，2015：46）。显然，这时镇上的人充满了种种猜测甚至希望爱米丽自杀，"我们"几乎抱团来密切关注事态发展，甚至不惜迫使牧师和爱米丽的两个堂姐妹进行干预。由于"看好戏"的居心，代表"我们"的"一个邻居"亲眼看见那个黑人在一天黄昏时分打开厨房门让伯隆进了爱米丽家。从下文"我们"对爱米丽"整整六个月没有出现"和她的身体变化的密切窥视来看，"我们"当中是有人知道砒霜去向的——伯隆已在那个黄昏当晚被毒杀。然而，面对这样的事态，镇上的人心照不宣。更讽刺的是，数年以后，代表老派南方绅士的和沙多里斯上校同时代的人全都把女儿、孙女送到她那里学画。他们似乎更愿意相信爱米丽属于那种需要给予像免税和送孩子去上课等变相接济和照顾的女性和弱者。这说明，这里简单的冠之以"我们"这一人称代词的集体实际包括不同立场的多个群体。"我们"的所指几乎时时发生变化，其有时包含作为隐含作者的"我"，有时不包含，有时包括镇上的男男女女和老人，有时则笼统地对应杰弗生镇上所有人这个最为模糊的群体。虽然，"我们"频繁地出现，如单是第四部分就被使用25次（Sullivan，1971），但是"我们"的画像或说身体始终是很模糊的，以至于"我们"既像一个群体，又像一个个体。除了用"邻家一个妇女""一个男的""一个邻居""药剂师"等纯指称功能的名词或短语来对其进行描述外，它当中几乎没有被赋予真正的身体性的个体，所以对于这一集体的认知大概得依赖于读者的某种类似潜意识自动套用（automatically mapping）的想象从而使它获得一种合法的身体图式。在这个意义上，可以说，"我们"也是有身体性的，只是这种身体性有赖于不同读者的自动套用，是某种介于"somebody"和"nobody"之间的以集体形式出现的不具形的身体（a bodiless corporeality in its collective form）。

2. 个体形式的不具形

除了具有不具形身体的集体"我们"，《献》中爱米丽的仆人作为个体也是不具形的，或者说没有充分的具形。尽管从叙事的内部时间看，他也是在那个镇生活了几十年的人，但他从来没有被纳入杰弗生镇的集体群像中，也从来不被视为其一员。他的不具形在很大程度上是其作为一个社会学意义上的边缘人物的结果。作为在贵族家庭帮佣的黑人，他被实际提到的作用就是"拎着购货篮子出出进进"和在几十年的时间中两次迎接镇上的人对爱米丽家的造访和一次从厨房门迎伯隆到爱米丽宅邸。他的名字"托比"（Tobe）全文仅出现了 1 次。更多地，叙述者把他用成了叙事推进的时间标记点。在长达 40 多年的叙事内部时间中，黑人奴仆从年轻到发白背驼再到老态龙钟。作为爱米丽毒杀案最为知情的人，他在爱米丽死后便神奇地消失了，"黑人随即不见了，他穿过屋子，走出后门，从此就不见踪影了"（福克纳，2015：48）。福克纳对黑人身体性存在的轻描淡写（underplaying）可谓颇有用意。假设黑人不悄悄溜掉，那镇上的人势必会对他就其雇主盘问再三而惹上麻烦，这样势必对后文所叙的爱米丽"杀人藏尸并与其共眠四十年"的惊悚情节造成"剧透"。所以黑人的身体性不能进一步具形，他的身体性或说他存在与否能很大地左右叙事的走向。因此，为了在叙事结束之时开启真正的高潮，黑人必须被剥夺其身体性存在，必须消失。在这个意义上，为了服从叙事的需要，黑人作为一个社会的边缘人物，是以个体形式出现的不具形的身体，或者说其身体性几乎可以忽略（A scarcely bodied corporeality in its individual form that can be least registered）。

这种对非主要人物的去身体化的叙事技巧在功能和目的上从属于身体化叙事，是身体化叙事的一种具体操作，它以被叙述对象身份为标准和叙事效果的考量来裁定对其进行身体化的程度，是一种对文学作品中前景人物和背景人物进行区分的一种方法，也是对情节发展进行操作的一种技巧。

三、福克纳、爱米丽及其身体叙事

任何作者在文本的生产中都是凭借其"肉体"媒介的，文学中作者的身体不可能真正缺场。文学中的身体意味着两种情形："①作为虚构，这在定义上是无身体的，作者的身体是缺场的（我们被囚禁在他的洞穴之中，在那里，他向我们展示无数身体）；②被符号所掩盖的身体，即作者的身体在文本内是隐性的或是不在场的，而它的符号意义却一定是在文本叙事技巧与叙事结构层面得以体现的。"(许德金、王莲香，2008)如果我们认同这样的身体—文本关系，那么一个基本的判断是福克纳的身体在《献》中是一种被符号意义所掩盖的身体，这样的身体通过叙事，片段或局部地呈现其自身，以某种隐微的形式与作者的身体和身份关联，成为作者自身身份表达和扮演的马赛克的一个或几个瓷片。

从文本内外的身体要素来看，我们可以看到爱米丽在可辨识的身体特征方面携带了福克纳的一些影子。按照弗莱德里克·卡尔的研究，福克纳身材矮小，身高 5.515 英尺，体格虽说不脆弱，但瘦小，胸围只有 33 英寸，而体重则在120~130 磅之间——活生生的一个男孩子，而不只是孩子般的男人（卡尔，2007：118）。在《献》中，爱米丽也是一个其身体以"small"为特征的人。而且，这种"small"甚至经过了强化，"Her skeleton was small and spare；perhaps that was why what would have been merely plumpness in another was obesity in her"（隋刚，1998：238）。这里对爱米丽的身体叙事具体到了"骨架"层面。因为骨架太小甚至是"多余"(spare)的，本来在女人身上的"丰腴"(plumpness)在爱米丽身上却是不搭调的"肥"(obesity)，也就是说爱米丽的身体并没有典型的女性身体特征。而且，福克纳喜欢一种特殊身材的女人：男孩子气的、健壮的、前胸扁平的、几乎与男性体型没有什么区别的女人（卡尔，2007：88）。在 1978 年出版的《诺顿短篇小说选》中，爱米丽就是"健壮"的，"We had long thought of them as a tableau，Miss Emily a sturdy figure in white in the background"（Arensberg，1987）。如果按照这一版本，那我们甚至可以更直接地看到爱米丽几乎是按照福克纳偏好的女性体型刻画的，而且由于几度出现的富于男子意味的铁灰色头发的强象征，我们甚至觉得隐含作者一直在对爱米丽的性别进行"去女性化"处理，即爱米丽并不是纯粹意义上的女人——其父狂暴的性格对她的影响和她作为南方末代贵族的最终抵抗者，她似乎超越了其生理性别而成为具有像南方军人般品质的牺牲或者说英雄主义的"替罪羊"（李杨，2004）。正是在这个意义上，"现在爱米丽小姐已经加入了那些名字庄严的代表人物行列，他们沉睡在雪松环绕的墓园之中，那里尽是一排排在南北战争时期杰弗生战役中阵亡的南方和北方的无名军人墓"（福克纳，2015：39）这一片段可以被合理地解读：南北方的斗争形式除了有国家历史上的南北战争那样的宏大规模的军事对抗，还有以家族或家族中的个体象征的在微观层面上的对抗。福克纳对身体和性别的这种操作并非突发奇想，早在青春期初期，福克纳常常使用 epicene（"男女两性"）这个词，用以指一种性含混，兼具男女两性的性格（卡尔，2007：88）。这与朱迪斯·巴特勒在《性别麻烦》的序言中写的对性别规范暴力的对抗可谓异曲同工，"这本书展现的顽强的使性'去自然化'的努力，是来自一种强烈的欲望：对抗理想性别形态学（morphologies of sex）所意味的规范暴力，同时根除一般以及学术性话语所充斥的那些普遍存在的自然的、理当如是的异性恋假设"（宋素凤，2009：14）。可以说，福克纳笔下的爱米丽及其身体代表了一种典型的"去自然化"努力，而表现出了"尸化"和"去女性化"的多种特征，这种处理与福克纳的南方情结大有关联，绝非偶然，就像西斯特·布莱德对福克纳与南方的关系所评价的一样：

> Faulkner, in all his works, shows an ambivalence toward the South. And in none of his works, it seems to me, is the paradox so neatly compressed as in Emily. The whole texture of the story is wrought of this ambivalence of love and hate, respect and contempt. (Sullivan, 1971)

福克纳自身最冒险的尝试就是痴迷于一些难以名状、难以形容的事物，热衷于富有矛盾性和敌对性的表达模式（桑德奎斯特，2013：16）。我们很难说是这种富于矛盾性的表达偏好成就了福克纳笔下的富于异质性的南方，还是他的心理上对南方的病理学情结决定了他这一偏好的形成。因此，对于福克纳而言，关于南方的一切，似乎必须借助于《喧哗与骚动》中典型的班吉式叙述，把"头脑"中产生的静态意象过渡到不断增强的兼具意识性和强制性的第一人称叙事模式，完成了那些无法用简洁方式进行陈述的内容，不断延长直到它被细微差别层层环绕，它事实上是一种情境模式下的伪装（桑德奎斯特，2013：12）。也许南方因为其太异质和绚烂，对它的表达必须通过"藏匿"或"隐退"才能实现。对于他而言，南方几乎是一种类似于"真理"的存在，能不断接近，却永远无法抵达。也许"隐退"恰恰才是最佳的"呈现"。罗伯特·潘·沃伦称福克纳的主要成就在于阐明了有关南方和南方人的真实情况，即长久以来他们处于"自身经历的失语状态"，并且不得不面对动荡不安的处境，"如果不是福克纳运用了创作技巧，这些问题就不会昭然天下"（桑德奎斯特，2013：6）。

福克纳与"福克纳式的南方"似乎进入了某种互释关系。福克纳的"南方情结"需要一种"藏匿"和"缠绕"的表达。"隐退"成了他主要小说的重要特征，隐藏信息，推迟故事的主要线索，为了叙事的目的而打乱时间顺序。拒绝在小说的结尾处给读者提供任何信息，这与他对不完整性的想象意识有关：小说的其余部分是个谜，这不仅因为上帝让它成为一个谜，还因为人们只能探讨到这个程度(卡尔，2007：120)。这种"隐退"特征不但构成了福克纳叙事的重要特征，这种叙事特征甚至可以说是福克纳身体及社会身份构建在语言表达上的翻版。这难免让人想起福克纳自己大胆地利用他在 1918 年 7 月至 12 月在加拿大多伦多短期服役于前皇家空军部队的经历，将其"英雄化"的轶事。为了塑造"一个新的外表"，他改了自己家族姓氏的拼写，用他新学的英国口音取代他浓重的密西西比口音，改了他的出生地和年龄。对于这种对自己原有身份的隐藏，也许可以从福克纳对叙事或者说故事的理解中得到解释，"故事的每一个版本都来自不同之处，每一个都与另一个稍有不同，但在浊化成真理之前基本上都是一个故事。'真理'既包括谣言又包括事实，二者直到最后才能区别开来"(卡尔，2007：122，123)。

四、结　语

本文从身体叙事学的角度，对福克纳的《献给爱米丽的一朵玫瑰花》中的身体形态进行了尝试性的分类。《献》的以"我们"为主的讲述者在很大程度上只是一种伪装装置，是一种为达到"掩藏"效果的"去身体化"叙事，"我们"是不具形的。这种叙事使"我"作为全知讲述者可以巧妙隐藏，这种叙事倾向符合福克纳作品内外的以"隐退"为核心的性格特征。在这个意义上，可以说《献》是一个掩藏的讲述者讲的关于处于掩藏中的爱米丽如何掩藏"猎物"的故事。福克纳深爱着南方，爱米丽身体的矮小和"去女性化"处理大概来自于作者的一种"镜像需求"：爱米丽身架矮小、充满了尸体般的衰败特征，但这并不妨碍她代表南方，像英雄一样征服(猎杀)身材高大、活力无限的北方佬伯隆，以此告慰自己的南方情结，虽然这种告慰是掩藏的，这大概也是他以谜一般的《献给爱米丽的玫瑰花》为题的缘由。《献》中"身体"的"显""隐"和"去自然化""去性别化"等变形操作在很大程度上反映了福克纳的身体叙事观。

参考文献

[1]Arensberg，M. Schyfter，S. *Hairoglyphics in Faulkner's"A Rose for Emily"*/*Reading the Primal Trace*，*boundary* 2，Vol. 15，No. 1/2(Autumn，1986 - Winter，1987)，pp. 123 -134[EB/OL]http：//www. jstor. org/stable/303426，2017.

［2］Nebeker, H. "Emily's Rose of Love: Thematic Implications of Point of View in Faulkner's 'A Rose for Emily'", *The Bulletin of the Rocky Mountain Modern Language Association*, Vol. 24, No. 1（Mar. , 1970）, pp. 3 – 13 ［EB/OL］. http: //www. jstor. org/stable/1346461, 2017.

［3］Sullivan, R. "The Narrator in 'A Rose for Emily'", *The Journal of Narrative Technique*, Vol. 1, No. 3（Sep. , 1971）, pp. 159 – 178. ［EB/OL］. http: //www. jstor. org/stable/30224976, 2017.

［4］［美］埃里克·桑德奎斯特. 福克纳: 破裂之屋［M］. 隋刚译. 上海: 上海外语教育出版社, 2013.

［5］隋刚. 美国文学旧作新读［M］. 北京: 外文出版社, 1998.

［6］［美］弗莱德里克·R. 卡尔. 福克纳传（上）［M］. 陈永国, 赵英男, 王岩译. 北京: 商务印书馆, 2007.

［7］李杨. 可悲的"替罪羊"——评《献给艾米莉的玫瑰》中的艾米莉［J］. 山东大学学报, 2004(2): 33 – 37.

［8］申丹. 美国叙事理论研究的小规模复兴［J］. 外国文学评论, 2000(4): 144 – 148.

［9］许德金, 王莲香. 身体、身份与叙事——身体叙事学刍议［J］. 江西社会科学, 2008(4): 27 – 34.

［10］威廉·福克纳. 献给爱米丽的一朵玫瑰花［M］. 李文俊, 陶洁, 等, 译. 南京: 译林出版社, 2015.

［11］［美］朱迪斯·巴特勒. 性别麻烦: 女性主义与身份的颠覆［M］. 宋素凤译. 上海: 上海三联书店, 2009.

马维尔《百慕大》的宗教解读

孟璐西洋*

摘　要：马维尔的《百慕大》是一首描述清教徒历经磨难考验获得上帝救赎到达彼生的宗教诗。本文从 17 世纪向死而生的死亡观出发，从《圣经》的角度解读清教徒如何获得"属灵"的灵魂，拥有不朽和灵性的身体。对马维尔从清教徒的角度，唱诵了一首对彼生的岛屿乐园的向往和憧憬之歌进行分析。

关键词：马维尔；百慕大；死亡；圣经

一、引　言

20 世纪初的英国学者赫伯特·格里尔逊在其著作《十七世纪玄学派抒情诗和诗歌》中把诗人安德鲁·马维尔誉为"多恩和德莱登之间最有趣的名人"（Belmont，1973：34）。虽然诗歌产量不及同流派的多恩、琼森和赫伯特，但安德鲁的诗歌主题覆盖面却要广一些。他的诗歌从私人爱情物语到宗教再到涉及政治的公共言论都有涵盖。马维尔出生于 17 世纪前半期的英国，而 17 世纪的前 60 年正是英国动荡不安的时期。T. S. Eliot 曾经在《安德鲁·马维尔》一书中评价其诗歌"在轻松的抒情诗的优雅之下蕴藏着坚强的理智"（Eliot，2006：66）。这也正是马维尔和多恩以及赫伯特的区别。牛津大学研究英国文学的高级学者利什曼在其《马维尔诗歌的艺术》中把马维尔称为"一位老练的模仿者和试验者"。因为"不同于弥尔顿和多恩，马维尔鄙弃某种场合下对于古典神话的暗示，他很多的诗至少都是正规的田园诗，他的写作风格比那两位都要优雅"

---

* 作者简介：孟璐西洋，云南大学外国语学院讲师，研究方向为英美文学。

（Leishman，1968：209）。马维尔的诗歌总共有 60 多首，国内的研究多集中于马维尔的《致我娇羞的女友》以及《花园》，分析其及时行乐的主题以及玄学诗的奇喻夸张写作手法。本文旨在在向死而生的 17 世纪死亡观背景下，从《圣经》的角度解读《百慕大》。《百慕大》创作于 1653 年，马维尔是当时克伦威尔护卫威廉·达顿的家庭教师。他们一同住在约翰·奥森布里奇的家中。奥森布里奇及其妻子是不折不扣的虔诚清教徒。这首诗就写于马维尔和他们夫妇聊完天之后。17 世纪早期，一些清教徒逃离英国定居百慕大群岛。作为受宗教迫害的奥森布里奇夫妇于 1653 年开始也居住在百慕大，并成为殖民地政府的一名委员。当时的百慕大以物产丰富和土地肥沃而闻名于世，也因此被清教徒视为逃离宗教迫害的一处世外庇护所，就如同是上帝提供给他的追随者的一处现世天堂。这些清教徒只承认《圣经》是信仰的唯一权威，他们认为所有相信、追随上帝的人，无论是君主还是平民在上帝面前一律平等。他们相信加尔文"成事在神，谋事在人"的预定论。

二、向死而生——17 世纪的英国死亡观

17 世纪的英国，教徒们始终相信死亡只是一座桥，对面即基督。这也激发了人们向死而生的观念。死亡只是通往美好世界的中转站。人们通常所说的基督教死亡观通常是指《新约》中对死亡的回答。尽管《旧约》与《新约》同属《圣经》，它们的内容却不一样。历史上，《旧约》是犹太教的经典，而《新约》属于基督教，并在《旧约》的基础上发展起来。《旧约》缺乏对死亡的深层理解，众人对死亡是恐惧和焦虑的。在《创世纪》中，人起初被创造，不具备死或不死的特性。上帝吩咐亚当"园中各样树上的果子，你可以随意吃，只是分别善恶树上的果子，你不可吃，因为你吃的日子必定死"（创世纪 2：17）。也就是说，这棵"分别善恶的树"是一颗死亡之树。夏娃受蛇的引诱吃了树上的果子，受到上帝的宣判："你必汗流满面才得糊口，直到你归了土；因为你是从土而出的。你本是尘土，仍要归于尘土。"也就是说，至此人有了其属性——死亡。而死亡则来源于人的突然堕落——罪。古犹太人对死亡缺乏足够的理解，但他们深知生命短暂，死亡是注定的。在《约伯记》中有这样的描述："人为妇人所生，日子短少，多有患难。出来如花，又被割下；飞去如影，不能存留。"（约伯记 14：2）也正是因为古犹太人对死亡的恐惧使得死亡最终成为检验人们是否尊重上帝的标准。如果说死亡在《旧约》中是一个让人畏惧的词，那么在《新约》中，死者可

以"复生"则是一条真理。永恒在《新约》中不是指人可以永远不死，而是指在末日审判后可以获得重生，那么至关重要的也就是"如何死"。答案是侍奉上帝。这样的死亡观使得人们不再畏惧死亡，天堂是一个崭新的感念，它使人们渴望它。这就是 17 世纪的死亡观。也就是说 17 世纪的人们在面临死亡的时候有两方面的思考，其一是死亡是此生到达彼生的中转站，其二便是如何度过你的此生。这也正是加尔文提倡的"成事在神，谋事在人"。马维尔的《百慕大》中，体现着对人该如何做出正确的选择，追随信仰，到达目的地的思考。

三、"我们借助耶稣基督得胜"——《百慕大》

《新约》里对死亡的恐怖性烟消云散，因为其宣布人死后仍可"复活"，不过人类的死亡的胜利不是自己争得的，而是"借着我们的主耶稣基督"。所以《新约》上说："我们借着我们的主耶稣基督得胜。"（哥林多前书 15：57）

《百慕大》开篇一到四行描述"遥远的百慕大处于海洋未曾发现的中心"。在一条远航的小船上乘客唱着赞美上帝、鼓励自己穿破风浪到达百慕大的歌。这首赞歌这样唱到："我们能做的只有唱着他引领我们穿过海上迷宫到达至今无人知晓的岛屿的赞歌。"但是在这片迷宫般的海上有巨大的能够把船掀个底朝天的海怪。在《圣经·启示录》中，有这样的描述："我又看见一个兽从海中上来，有十角七头，在十角上戴着十个冠冕，七头上有亵渎的名号。"（马太福音 16：27）这个海兽在启示录中指的就是撒旦。《圣经·启示录》描述了一场由一个被称作"羔羊"（也就是小羊羔的那个羔羊）的人和他的信众与被称作"兽"的势力之间所发生的激烈较量。"羔羊"的一方明显是代表正义和神的旨意的，"兽"的一方被指作亵渎神的名号的邪恶势力。这邪恶的一方其实是以一只"大赤龙"为首的。《圣经·启示录》上说，这条赤龙"就是那古蛇，名叫魔鬼，又叫撒旦"，但他却统治着世界很大的部分，"迷惑了普天下的"人。这邪恶的一方还有一只"从海中上来"的"兽"，头上戴着亵渎神的名号。而这条赤龙一度将自己的所有能力和权势都交给了这个"兽"。在《新约》当中，人往往同末日论糅合在一起，构成末日审判的一项基本内容。《马太福音》写道：待末日到来时，"人子要在他父的荣耀里，同着众使者降临，那时候，他要照各人的行为报应各人"。（启示录 14：22）《百慕大》中的看似简短的九到十行中这个能把船掀个底朝天的海兽是迷惑普天下的，若有人拜兽，那么他要"在火与硫磺中受痛苦，直到永永远远"。清教徒们认为，在世界终结前，主将要对世人进行审判。凡是信仰并行善者可升入天堂获得永生,不得救赎者下地狱受刑罚。但是看似乘客们唱着高昂的歌心怀对上帝的坚定信仰,安然避开了海兽的诱惑。他们把这个归功于上帝,"上帝却能把我们安放到一片远离残酷暴风雨,愤怒的主教的草地上,在这片绿油油的草地上,他赐予大家永恒的春天"(百慕大:11-14行)。清教徒们历经了诱惑和磨难,怀着对上帝的坚定信仰顺利通过了末日审判。获得救赎后的乘客们登陆百慕大这个天堂,马维尔如此描述百慕大:

> 他把飞禽交由我们照顾,
> 每日在空中拜访我们。
> 他矗立在橙色的云之中。
> 宛如墨绿色夜空中的一盏金色的灯。
> 他将石榴闭合,
> 赐予我们更璀璨的宝石。
> 他赐予我们无花果果腹,
> 把甜瓜滚到我们脚下,
> 他甚至让苹果树两次结果。
> 他亲手挑选的香柏,
> 从黎巴嫩,他使得这座岛贮藏丰富,
> 装点着这片广袤咆哮的海洋,
> 他还把龙涎香搁置在海岸边。(百慕大:15-28行)

从这几句诗中,他可以让石榴"闭合"长满果实,把甜瓜"滚"到我们脚下,人们不必劳作就可以吃到"送到嘴边的无花果"和"滚到脚边的甜瓜"。这就好像是亚当、夏娃受到惩罚前的伊甸园,没有诱惑和堕落。在这座岛上,上帝不仅是位引领者,给予者,还是这座岛屿的装饰者。他自己好似"金色的灯"悬挂在夜色当中,他从黎巴嫩带来香柏种在岛上,把珍贵的龙涎香放在海边。这好比马维尔《花园》一诗中的花园,清幽,充满极乐,受到上帝的庇佑。接下来登陆百慕大极乐园的清教徒们收到了上帝"扔掷过来的福音的珍珠",珍珠、宝石这样的词语也出现在末日审判后的新耶路撒冷,"将那由神那里从天而降的圣城耶路撒冷指示我,城中有神的荣耀。城的光辉如同极贵的宝石,好似碧玉,明如水晶"。宝石的珍贵,碧玉和水晶的透彻、纯净也显现出新家园更是一片精神的净土。清教徒们获得新生后的第一件事便是"堆砌圣殿,用以唱诵他的名字,使得对他的歌颂回荡在整个墨西哥湾"(百慕大：32－26行)。在《圣经·启示录》中对于新耶路撒冷有这样的描述："我未见城内有殿，因主神，全能者和羔羊为城的殿。那城内又不用日月光照，因有神的荣耀光照，又有羔羊为城的灯。"而清教徒首先为新乐园做的事便是修殿，可见重生后的清教徒们为了竭力使自己获得有灵性的和不朽坏的身体，要拥有一个"属灵"的灵魂。换言之，就是"圣灵"是否在你心中，而堆砌圣殿就是"圣灵"在心中的外在表现。

四、结 语

"因此他们在这艘英国船里唱着这神圣而振奋的篇章"，这是该诗的结尾。清教徒们在上帝的指引下最终"重生"，到达原本"未知"的百慕大。这样一个新耶路撒冷梦不仅是马维尔所追寻的新乐园，纯净没有诱惑和堕落的天地，更是当时的英国清教徒们所追求的新世界。马维尔的作品总是矛盾对立体，在其作品中处处可以看到生与死、诱惑与信仰、灵魂与肉体的对立矛盾。片面地从某一个角度去解析马维尔的作品是不够的，而马维尔往往把生与死这一贯穿于文学作品的母题表达为向死而生，追求精神纯净和内心安宁。《新约》总是"叫我们不靠自己，只靠叫死人复活的上帝"。我们众人之所以能够"得救"，能够"死而复活"，全靠"上帝的恩惠"。但是，我们要真心实意地依靠上帝，心悦诚服地相信上帝。因为如果没有基督复活我们，我们就仍在罪里，我们就依然是有死的，正因为是基督耶稣使我们脱离了"罪和死的律"，所以《哥林多前书》说："死啊，你得胜的权势在哪里？死啊，你的毒钩在哪里？死的毒钩就是罪，罪的权势就是律法。感谢上帝，使我们借着我们的主耶稣基督得胜。"

参考文献

[1]The Holy Bible：King James Version[M]. Utah：Deseret Book Company，1978.

[2]J. B. Leishman. The Art of Marvell's Poetry[M]. New York：Minerva Press；Funk & Wagnall，1968.

[3]T. S Eliot. Seletced Poems[M]. Random House Value Publishing. 2006.

[4]赫伯特·格里尔逊. 十七世纪玄学派抒情诗和诗歌[M]. Belmont：Wadworth. 1973.

桑戈尔诗歌《黑女人》浅析

解　婷　周舢杉*

摘　要： 列奥波尔德·塞达·桑戈尔被评价为"非洲最博学、最有学者风度的国家元首"。做了塞内加尔 20 年总统的他无疑是非洲最有威望的领导人之一，而且他还有别的身份——语言学家、文学家、诗人。桑戈尔在法国与另一位后来同样成了政治家、诗人、作家的黑人学生艾梅·塞泽尔相识并组织发动了"黑人特性"运动，从此他的政治生涯及文学生涯都与抗击殖民主义、宣扬黑人特性密不可分。与西方世界关系亲近的桑戈尔把外交作为武器，也把诗歌作为武器，《黑女人》正是他把诗歌当作武器的体现。

关键词： 桑戈尔；黑人特性；殖民主义；诗歌；黑色

一、引　言

由于法国曾在非洲大陆拥有过大片殖民地这一历史原因，致使这片土地上至今仍有不少国家将法语作为官方语言或通用语。在西非地区，家境优渥或是接受过良好教育的黑人都能流利地应用法语。其中甚至有不少人曾留学法国，受到过正统法兰西教育的熏陶，列奥波尔德·塞达·桑戈尔便是其中一位。

这位既是政治家又是语言学家、文学家、诗人的塞内加尔国父，曾连任五届塞内加尔总统，而他个人在文化、学识上的成就也同样耀眼。他是第一位在法国获得在大学教授法语之资格的非洲黑人，也是第一位当选法兰西学院院士

---

　*　作者简介：解婷，云南大学外国语学院讲师，研究方向为法语文学；周舢杉，云南大学外国语学院助教，研究方向为法语文学。

的非洲人。被公认为 20 世纪非洲最重要的知识分子之一的桑戈尔既维持着同法国和西方世界的密切关系，又极力保护着同他一样黑皮肤的国民，成功地促进了塞内加尔的政治稳定。这样一位在政界和文坛都享有崇高声望的诗人会如何在他的诗中展现其爱国情怀，又会如何颂扬属于非洲大地、属于黑色人种的黑色？这便构成了本文试图在《黑女人》中探寻的答案。

二、《黑女人》原文、译文及创作背景

(一) 原　文

FEMME NOIRE

1. Femme nue, femme noire

2. Vêtue de ta couleur qui est vie, de ta forme qui est beauté !

3. J'ai grandi à ton ombre ; la douceur de tes mains bandait mes yeux.

4. Et voilà qu'au cœur de l'Eté et de Midi, je te découvre, Terre promise, du haut d'un haut col calciné

5. Et ta beauté me foudroie en plein cœur, comme l'éclair d'un aigle.

6. Femme nue, femme obscure

7. Fruit mûr à la chair ferme, sombres extases du vin noir, bouche qui fais lyrique ma bouche

8. Savane aux horizons purs, savane qui frémis aux caresses ferventes du Vent d'Est

9. Tamtam sculpté, tamtam tendu qui grondes sous les doigts du vainqueur

10. Ta voix grave de contralto est le chant spirituel de l'Aimée.

11. Femme nue, femme obscure

12. Huile que ne ride nul souffle, huile calme aux flancs de l'athlète, aux flancs des princes du Mali

13. Gazelle aux attaches célestes, les perles sont étoiles sur la nuit de ta peau

14. Délices des jeux de l'esprit, les reflets de l'or ronge sur ta peau qui se moire

15. A l'ombre de ta chevelure, s'éclaire mon angoisse aux soleils prochains de tes yeux.

16. Femme nue, femme noire

17. Je chante ta beauté qui passe, forme que je fixe dans l'Eternel

18. Avant que le Destin jaloux ne te réduise en cendres pour nourrir les racines de la vie.

(二)译　文

黑女人

1. 赤裸的女人，黑肤色的女人

2. 你的穿着，是你的肤色，它是生命；是你的体态，它是美！

3. 我在你的保护下长大成人；你温柔的双手蒙过我的眼睛。

4. 现在，在这仲夏时节，在这正午时分，我从高高的灼热的山口上发现了你，我的希望之乡

5. 你的美犹如雄鹰的闪光，击中了我的心窝。

6. 赤裸的女人，黝黑的女人

7. 肉质厚实的熟果，醉人心田的黑色美酒，使我出口成章的嘴

8. 地平线上明净的草原，东风劲吹下颤动的草原

9. 精雕细刻的达姆鼓，战胜者擂响的紧绷绷的达姆鼓

10. 你那深沉的女中音就是恋人的心灵之歌。

11. 赤裸的女人，黝黑的女人

12. 微风吹不皱的油，涂在竞技者两肋、马里君王们两肋上的安静的油

13. 矫健行空的羚羊，像明星一样缀在你黑夜般的皮肤上的珍珠

14. 智力游戏的乐趣，在你那发出云纹般光泽的皮肤上的赤金之光

15. 在你头发的庇护下，在你那像比邻的太阳一样的眼睛的照耀下，我苦闷的脸上露出了微笑。

16. 赤裸的女人；黑肤色的女人

17. 我歌唱你的消逝的美，你的被我揉成上帝的体态

18. 赶在妒嫉的命运把你化为灰烬，滋养生命之树以前。

（三）创作背景

桑戈尔于 1906 年 10 月 9 日出生于塞内加尔西部濒临大西洋的港口城镇若阿勒的一个贵族兼富商家庭，父亲是花生种植园主兼出口商。良好的出身及富裕的家庭环境让桑戈尔从小接受了良好的教育。在塞内加尔上中学和神学院时，桑戈尔上的是天主教会办的学校，他在那里系统地学习了教义和法语，立志成为一名神父。到了 20 岁时，他才发现自己的志向远不止是当一名神父而已，于是便转学到了首都达喀尔的公立学校，深深为法国文学着迷的他，法语和拉丁语的成绩均很优异。随后，22 岁的桑戈尔获得半额奖学金赴法留学。在法期间，先后就读于巴黎路易勒格朗中学、巴黎高等师范学院、巴黎大学。1934年，桑戈尔以优异的法语、拉丁语、希腊语和代数成绩，获得语言和文学硕士学位。在法求学的这段经历不仅让他成了第一位有资格在法国教授法语的非洲黑人，也让他在求学过程中结识了文史学家保罗·古斯、作家亨利·盖菲莱克、法国前总统乔治·蓬皮杜等精英，并与他们成了好友。更为世人所称道的大概要属他与艾梅·塞泽尔的相遇，后者是同样在法留学的马提尼克黑人学生，他们与其他进步学生共同发起了"黑人特性"运动，力图与当时盛行的"白人种族优越论"相抗衡。他们创办了《黑人大学生报》、发表宣言、批判殖民制度，维护黑人尊严。

1939 年二战爆发后，桑戈尔应征入伍，在步兵团服役，于 1940 年被德军俘虏，直至 1942 年才因健康原因获释。在战俘营的这两年间，他继续研究黑人特性，并进行写作。1945 年，二战结束后，桑戈尔真正开始了他的政治生涯并于同年发表了诗集《影之歌》。本文希望探讨的诗歌《黑女人》便收录在此诗集当中。

一位从法式教育中汲取了养分的黑人高级知识分子、政治家，在亲近这一滋养了他的文化的同时，又眷恋着自己的故土，深爱着跟自己一样肤色的黑色人种。除了政治上的作为，他的诗歌亦是他的武器，用以对西方殖民主义和白人种族主义进行控诉；用以讴歌黑人特性、赞美黑色、歌颂属于黑皮肤人民的传统和文化。《黑女人》便是其中之一。

三、诗歌分析

(一)诗歌写作分析

需要说明的是,对诗句韵律本身的分析基于法语版本,而就意象的分析可参考中译版。

本诗由 18 句诗句组成,分成 4 个诗节,笔者给它们按顺序编上号以便更清楚地进行评述。在法国古典文学中,诗句的总数量通常是双数,且通常会分为小节。就这两点而言,本诗遵循了这些规范。然而本诗诗句间并不押韵又令其无法被列入传统诗歌这一行列。此外,按照法语诗歌的传统,最长的诗句应当是包含了 12 个音节的亚历山大体诗歌,亦称 12 音节诗。而桑戈尔的大部分诗句都超过了 12 个音节。可以看出桑戈尔的《黑女人》是在遵循古典诗歌规范的基础上创作而成,却又跳离了这一框架。

若我们将注意力放到每节诗的首句,就会发现每节诗总是由一句简短、重复、有力的句子开启,且结构和含义始终保持一致——形容词紧随着名词,用以表述一个黑皮肤且没有穿衣服的女人。当然,在表达黑色时所选词汇有所变化。译文中的"黑肤色的""黝黑的"也体现出了这一点。这一短句同样赋予了整首诗节奏感。"赤裸的女人,黑肤色的女人"就像是一种简短、有力量且饱含深情的呼唤,让读者立刻读出诗是为谁而作。似乎诗人每一次发自内心的呼喊,都是为了向这位黝黑的女人倾诉衷肠,赞美她的美丽、她的精神。

再来看看每节诗中的诗句构成情况。前三节均由一短四长五句诗构成,而最后一节只包含了三句诗。这在形式上打破了整首诗中节与节之间的统一性,造成一种戛然而止的感觉。在笔者看来,这与前三节诗在形式上不一致的收尾,实则带出了一种情感上的效果。因为美会逝去,美不是永恒的,因此作者突然迅速地为整首诗画上了句点这一手法让读者感到了某种遗憾,同时也给予读者更多空间去品味和回味。读者甚至可以感受到,美也随着诗歌的结束而消逝。

至于韵脚方面,本首诗并未呈现出一个或多个明确的韵脚,既未押头韵也未押尾韵。但是在单个句子中,可以观察到某个音的多次重复。如若逐句分析,可发现如下效果:

诗节一

诗句 1:两个 femme 中的[f]音,nue 和 noire 中的[n]音;

诗句 2：vêtue 和 vie 中的[v]音，两个 ta 及 beauté 中的[t]音；

诗句 3：grandi, douceur, de 和 bandait 中的[d]音；

诗句 4：au, promise, haut 及 col 中的[o]/[ɔ]音，coeur, découvre, col 及 calciné 中的[k]音；

诗句 5：coeur, comme 和 l'éclair 中的[k]音，éclair 和 aigle 中的[ɛ]音。

诗节二

诗句 6：nue 和 obscure 中的[y]音；

诗句 7：mûr, ferme 及 ma 中的[m]音，chair, ferme, extases 及 fais 中的[ɛ]音；

诗句 8：Savane, caresses 和 Est 中的[s]音，frémis 和 ferventes 中的[f]音；

诗句 9：两次 tamtam, sculpté 和 tendu 中的[t]音，tendu, grondes, doigts 和 du 中的[d]音，sculpté, tendu 和 du 中的[y]音；

诗句 10：Ta, grave 和 contralto 中的[a]音，est, spirituel 和 l'Aimée 中的[ɛ]音。

诗节三

诗句 11：同诗句 6；

诗句 12：两个 Huile, nul, souffle, calme, flancsflancs, l'athlète et Mali 中的[l]音；

诗句 13：Gazelle, célestes, les, perles, étoiles 以及 la 中的[l]音；

诗句 14：Délices, l'esprit, les, reflets 和 l'or 中的[l]音，reflets, l'or, ronge, sur 和 moire 中的[r]音；

诗句 15：l'ombre, chevelure, s'éclaire 及 soleils 中的[l]音。

诗节四

诗句 16：同诗句 1；

诗句 17：chante, ta, beauté 还有 l'Eternel 中的[t]音；

诗句 18：réduise, cendres, pour, nourrir 及 racines 中的[r]音。

　　综上，首先，笔者发现仅在第三节诗中，除去第一句外，每一句诗都反复出现了[1]这一音素，为本节诗带来了一种叠韵的效果。除此之外，在其他诗节中均未发现某一主要音素反复出现的情况，更不用说传统的诗歌韵脚。这反而反衬出了每节诗的首句"Femme nue, femme noire/obscure"起到了赋予全诗节奏感的作用。以同样的节奏和相近的发音开始每一节诗又使得全诗整齐划一，且编织出了一种紧密的内在联系。若听到诵读这首诗，听众大概会被这一赤裸的、黑皮肤的女人所吸引，对她产生疑问和好奇。她是本诗的主角，诗名《黑女人》就点明了这一点。

　　其次，诗句 2 中形容词"vêtue"被两次相连的"de ta"补足说明；诗句 8 和 9 也分别由两个相同的单词引导出两个分句，即 Savane 和 Tamtam；诗句 12 中出现的两次"huile"和两次"aux flancs"朗朗上口，如若高声朗读，我们会发现虽无韵脚，但全诗仍是有节奏感的，诗人通过选词而赋予了它节奏感。

　　如果从词汇角度一探究竟，一方面，我们可以看到不少描写颜色的词：黑色、阴影、黝黑、昏暗、黑夜、金色还有红色。尽管严格来说，夜不是一种颜色而是一个名词，但它总令人联想到黑色。显然，在整首诗中，黑色是基调、是主色调。另一方面，读者们还能读到一些意指白昼或闪亮之物的词汇，即黑色的对立面，如仲夏时节、正午十分、闪光、明星、太阳。在本诗中，表达这两个相对立意象的词汇是最丰富多变的。似乎忽然间有一幅图景跃然纸上：在非洲大陆上，灼热的阳光炙烤在热带草原上。一位美丽的黑皮肤妇女天然质朴并未着装，她用她神奇的双手让非洲的土地长满可口的食物。她象征着美——"你的美犹如雄鹰的闪光，击中了我的心窝"；灵感——使我出口成章的嘴；胜利——"战胜者擂响的紧绷绷的达姆鼓"；智慧——"智力游戏的乐趣"；最后还有生命——"赶在妒嫉的命运把你化为灰烬，滋养生命之树以前"。

　　在语音、词汇之外，我们还可观察到书写上的细微变化。在法语当中，通常专有名词和一个句子的首字母会被大写。但笔者留意到，诗中共有八个单词的首字母在非上述两种情况下大写了。它们是：诗句 4 中的"l' Eté, Midi 和 Terre"，诗句 8 中的"Vent d' Est"，诗句 10 中的"l' Aimée"，诗句 17 中的"l' Eternel"以及诗句 18 中的"Destin"。在日常使用中，将字母大写通常具有正式或强调的意味。而在文学作品中，作者通过改变书写来突显或表达特定含义的做法并不罕见。具体到本诗中，原指圣经中的应许之地的"Terre promise"在此处用了词语字面的含义——"希望之乡"，意指诗人的故乡非洲是充满希望的肥沃之乡。巧妙地运用与圣经中的"应许之地"相同的词汇，展现了桑戈尔对这片土地的赞美。至于将"Éternel（永恒）"的 É 大写，笔者认为指的是所能够存在的最长的时光；而大写了 D 的"Destin（命运）"则指人类只能够服从于它的强大力量；如果大写了 A 的"Aimée（恋人）"是指普天之下的所有恋人的话，那么大写了 É 的"Été（夏天）"、大写了 M 的"Midi（正午）"、大写了 V 和 E 的"Vent d'Est（东风）"又意味着什么？笔者认为，它们代表着阳光与风的强大力量。这力量属于大自然也属于非洲大地。

（二）诗歌内容分析

读到这样一首诗，大部分读者的第一个疑问应该是：这个黑女人是谁？或者她象征着什么？初读之下，大概会觉得她代表着母亲："我在你的保护下长大成人；你温柔的双手蒙过我的眼睛。"一位勤劳而美丽的黑皮肤的母亲，是她抚养并培育了诗中的那个"我"。她鼓舞并保护着战士们，甚至她的死亡都是为了滋养另一个生命。细想之下，这位母亲便不再是一位单纯的母亲，她还可以是大地母亲，是非洲这块养育了黑色人种的大陆本身。黑色、陆地与空中的风景还有自然资源都构成了它的美。正是这样一块热土培育出了桑戈尔以及其他一些优秀人士。它孕育出了非洲大地的文明以及诗人为之战斗的"黑人特性"。这片土地上"藏着"这样一些宝藏：肉质厚实的熟果，醉人心田的黑色美酒，地平线上明净的草原，战胜者擂响的紧绷绷的达姆鼓；这块土地，诗人的故乡，不仅给了他生命，也给了他灵感与精神力量。

然而，换一个视角，这个黑女人又可被视为一个普通的女人。这四节诗勾勒出一位女性的生命轨迹：年轻的她貌美如花，随后她用劳动创造生活，养育儿女。随着年纪渐长，智慧的闪光爬上了不再柔嫩的肌肤。到了这时所呈现的美是另一种美——内在的美，智慧的美。可是，无论哪一种美都无法永恒。当孩子长大，女人也就老去了。美丽与生命均会逝去，这是无可避免的结局。然而诗人却说她的美甚至让命运都妒嫉，于是把女人化作灰烬滋养了生命之树；于是美换了一种方式继续存在。这又何尝不是一种浪漫的念头。那么，这个女人也可以是恋人，尤其在第二诗节中的几个意象让人大胆地作出这一解读。爱情总是让人诗情画意——像"肉质厚实的熟果，醉人心田的黑色美酒，使我出口成章的嘴"；爱情是纯洁的——像"地平线上明净的草原"；爱情也是有厚度的——像"你那深沉的女中音就是恋人的心灵之歌"。

诗人甚至巧妙地调动起读者的感官来描绘这样一位黑人女性的美：视觉上——"赤裸的女人，黝黑的女人"；味觉上——"肉质厚实的熟果，醉人心田的黑色美酒"；触觉上——"东风劲吹下颤动的草原"；还有听觉上——"精雕细刻的达姆鼓，战胜者擂响的紧绷绷的达姆鼓""你那深沉的女中音就是恋人的心灵之歌"。

从情感的角度来看，作者无疑是出于对故土的眷恋才能让字里行间洋溢着深情。他歌颂的方式并非直接咏叹，而是借由事物、通过呈现画面来传达情感。闭上眼睛，读者可以想象自己置身于广袤的非洲大地上，阳光照耀，闻得到水果和美酒的香气。行走在草原上，微风拂面，或许会邂逅一位赤裸的黑人妇女，她那天然去雕饰的体态美丽而优雅。

关于肤色，黑色人种曾在历史上遭遇过殖民、奴役等苦难，哪怕在非洲国家相继独立后，黑皮肤的人民仍旧饱受歧视。也正因此，桑戈尔特别突出了"黑"这一颜色，一扫人们常常赋予黑的一些负面联想，如恐惧、冰冷，又或黑色人种是低贱的人种等，他把黑色视作生命、视作美；他拿黑色与宏伟大气或美好的事物作比：雄鹰的闪光、醉人心田的黑色美酒，像明星一样缀在你黑夜般的皮肤上的珍珠；他让黑色呈现出多种美的姿态。由此，笔者认为"黑女人"还可以代表"黑人特性"本身。因为黑人特性（La négritude）这一词在法语中即为阴性词，把它比喻成一位女性，从法语语言习惯上而言，是恰当的。

四、结　语

《黑女人》不是桑戈尔创作的第一首诗，但却是他早期写就的作品之一，那一时期他已完成留法学业，与塞泽尔协力发起了"黑人特性"运动，也参加过第二次世界大战之后的那个时期。桑戈尔同情自己黑同胞的命运，在投身政治，身体力行为祖国塞内加尔争取独立与主权的同时，他不忘用笔、用诗歌、用文学做武器来抵抗殖民主义，歌唱黑人的文化、社会、精神。本诗正是这一点的体现。

《黑女人》的写作手法并未完全遵循古典法语诗歌的规范，而是在规范之上又跳脱出来，打上了桑戈尔的烙印。如它不依靠韵脚却依然朗朗上口的节奏感，又比如它用以作比的事物多属于非洲大陆。无论在内容还是形式上，桑戈尔的诗都为 20 世纪的法语诗歌注入了新的血液、带来了新的气息。自小就受到法式教育熏陶的桑戈尔并未表现出诋毁或诽谤西方世界的负面态度，而更多的是去积极、正面地赞美非洲,褒扬黑色人种。

至于诗中的黑女人究竟是谁或代表了什么?从身边着眼,她可以是一位母亲,也可以是心爱的恋人,从大处着眼,她可以是非洲大地,还可以象征黑人特性。如同在桑戈尔的很多诗歌中一样,"黑色"是本诗的主旋律,是支撑他战斗,更是他为之而战的力量源泉。

参考文献

[1]DELAS, D. *Léopold Sédar Senghor*:*le maître de langue*:*biographie*[M].Paris:Aden,2007.

[2]Senghor, L. S. *Oeuvre poétique*[M]. Paris:Seuil,2006.

[3]曹松豪. 桑戈尔诗选[M]. 吴奈译. 北京:外国文学出版社,1983.

《简·萨默斯的日记》中简情感的回归

张剑萍[*]

摘　要：多丽丝·莱辛是当代英国伟大的女性作家，2007 年获诺贝尔文学奖，她的作品多达几十部，题材涉及小说、散文、诗歌、戏剧、评论等，尤以小说为最，作品广泛涉猎种族主义、共产主义、女权主义、心理分析等社会问题。《简·萨默斯的日记》是她后期的一部重要作品，本文试图通过深入解读女主人公简在男权社会的体制下，非常自我的现代女性主义思想的转变：从追求自我的价值、事业的成功、平等的政治权利中觉醒，转为注重内心情感、亲情、人与人之间的关爱的过程，从而揭示具有女性主义思想的中年妇女在衰老的过程中内心人文情感的回归，对女性主义思想的研究做出了进一步的思考。

关键词：《简·萨默斯的日记》；中年女性；衰老；转变

一、引　言

多丽丝·莱辛是当代英国伟大的女性作家，曾多次获诺贝尔奖提名，于2007 年荣获诺贝尔文学奖，她的作品多达几十部，题材涉及小说、散文、诗歌、戏剧、评论等，尤以小说为最，作品广泛涉猎了种族主义、共产主义、女权主义、心理分析等社会问题，作品描写的多为她对女性生存状态和命运的思考。《简·萨默斯的日记》是她后期的一部重要作品，由《一个好邻居的日记》和《如果一个老人能够……》两部小说组成。小说主要是围绕女主人公简在人生道路上跌宕起伏的经历展开的。简是一位漂亮、追求时尚的中年妇女，一家杂

---

　*　作者简介：张剑萍，云南大学外国语学院研究生、科研秘书。

志社的编辑，一位标准的成功女性，但在感情生活上几乎是一个麻木的人，直到人到中年、走向衰老、家庭生活出现重大变故，并偶然结识了一个80多岁的老妇人、与之结下了深厚的友谊后，她才对人生有了新的感悟，重拾人性的光辉。简对人生价值重新进行了定位，平凡的日子，内心的宁静，生活中不可或缺的母性角色才是人生最好的修为。笔者试图从以下两个方面来浅析女主人公简思想的转变。

二、外部因素

在小说《一个好邻居的日记》中，女主人公简是一位漂亮的、追求时尚的49岁的中年妇女，是一家杂志社的编辑，一位标准的成功女性。但是她在感情生活上却是一个几乎麻木的人。她对服饰有无可挑剔的品位，她每天穿着漂亮的衣服去上班，陶醉在周围同事羡慕的目光中。她说："在我的人生中最好的时候是——当早晨自己穿着光鲜亮丽的衣服、自信满满地走进办公室时，我知道每个人都注视着我，我穿什么、怎么搭配。我期待着那一刻，当我推开那扇门，走进去，穿过办公室的打字小组，看到那些女孩子带着嫉妒的目光，行政办公室的女孩们则满脸羡慕，希望拥有与我一样的对服装的品位。"（莱辛，2000：7）她每周买三四条裙子，穿一两次就不再穿了，正如她的母亲所说，她花费在化妆品和衣服上的钱可以供养一个家庭。

尽管简和丈夫很亲密，性生活也很和谐，然而简很少和丈夫交流，她认为丈夫无法和她交流，丈夫是一个非常不善于表达的人，所以每当他试图开口时，简就避开了。她总是把大量的时间留给自己、关注自己，却很少考虑到别人，甚至自己的亲人。比如她经常花二至三小时的时间泡在自己的浴室里，周末一个人四处走走，独自享受那些时光。直到她的丈夫和母亲相继去世后，她孤身一人，形单影只，她才开始想念逝去的丈夫，她想了解在他生命中很少被提及的那些经历。她回忆以前的生活：那时每周他们都会邀请丈夫的同事及家人、简办公室的年轻女孩们、简的好友乔伊斯及其丈夫来家里开派对，为他们准备丰盛的晚餐和美酒。他们常常为自己所举办的完美派对而自豪。可是自从丈夫的葬礼结束以后，简就再没见过他的亲朋好友和同事了。她还回想起当丈夫患癌症住院时，自己每天工作之余会到医院看望他，却只是面带笑容地坐在那里。在丈夫病情加重的时候，她清楚地知道他快死了，却还是像以往那样我行我素，仿佛他不会死。不仅如此，即使她一直都去工作没在医院陪伴丈夫，她还为自己感到自豪：她认为是自己使这个家庭一直都有收入。

简和丈夫没有孩子，丈夫逝世后，母亲又患癌症，简和她生活了一年，带她去医院，给她准备要吃的药，但是简不会去抚摸、亲吻母亲，只会抱住她、扶着她。而与母亲生活了八年的姐姐乔治跟母亲却非常亲密，她们在一起有聊不完的话：乔治的邻居的孩子们、邻居的丈夫们、他们朋友的朋友，等等。母亲病重住院后，姐姐每周到医院陪母亲二至三个下午，而简大部分时间都在工作。母亲去世前的一个月，姐姐日日夜夜地陪伴在母亲身边，母亲因疼痛紧紧地抓住姐姐的手……这一切简现在回忆起来，内心都会隐隐作痛。她嫉妒姐姐和母亲的亲密关系，而母亲与自己的关系如此生疏，甚至她根本不知道如何与母亲相处。

一天，在药店，她偶然遇到了莫迪，一个倔强要强的八十多岁的老妇人。莫迪买药时注意到简在看着她，就把一张药方递到简面前，叫简帮她看。简看着她，在她凌厉的蓝眼睛里，看到了某种美好的东西。简喜欢她。莫迪离开药店，简也跟着她出来了。莫迪走得很慢、很艰难。其实这条路也是简每天回家的必经之路，她总是在这条路上疾行，却从未见过莫迪。简走在她旁边，她的身上散发着一股又酸又甜、带着灰尘的气味。在她又瘦又老的脖子和手上都积有污垢。就这样第一次见面后，简就跟着莫迪去到了她那又脏又破的家。这个所谓的房子有一个破损的栏杆和破旧的台阶，当简跟着她走进屋子时，一股刺鼻的气味扑面而来，她顿时感到反胃，那是从过度烹饪的鱼里散发出来的气味。她们走进一条又长又黑的通道，然后进入厨房。简从未见到过有人在这样破旧的地方生活。莫迪虽然生活在社会底层，但她身上的某些东西深深地吸引着简，在她的身上，简仿佛看到了将来的自己。简主动接近莫迪。莫迪年轻时候也是个能干的、非常关注自己的职业女性，如今却是一个孤苦伶仃的老人。在与莫迪的相处过程中，两人产生了非同寻常的友谊，她花时间陪伴莫迪，给她买食物。莫迪生病，简照顾她，帮她倒尿壶。有一次简要去慕尼黑开四天会，由于要帮助生病的莫迪买食物，准备壁炉需要的柴火，工作以来她第一次开会迟到，这样的情形在以前的简身上是不可能发生也无法想象的。简在离开莫迪的时候，亲吻了莫迪的面颊，这是简在母亲活着时都做不到的。简给生病的莫迪洗澡，看着因为虚弱而发抖的莫迪衰老的身体，不禁想到母亲，又想到丈夫弗雷迪，但是她脑海里一片空白：母亲的身体曾经是怎样的虚弱？丈夫又是怎样的瘦骨嶙峋？

莫迪逐渐唤醒了简内心的母性意识。简一直以来注重自我价值的体现、追求平等社会地位的女性主义思想动摇了，她主动地承担起照顾莫迪的责任。

三、内部因素

不可否认，49 岁的简，正是中年女性走向衰老的分水岭，她开始感到危机，衰老正在逼近，她恐惧衰老。这种恐惧在波伏娃(法国存在主义作家，女权运动的创始人之一)的回忆录里也有过记录："对镜端详，我没有发现自己的面庞有什么改变。在我身后，一个灿烂的往昔仍未逝去，然而，在我前面的长长的岁月里，往日的光辉不会再重现，永远不会了。我已经立于一条界线的另一侧了，我从前从未跨越过这条线，这不禁让我感到恍惚、惊讶和遗憾。"(波伏娃，2012：247)有一次在街上，简看到很多老人，大多数是妇女，她们三三两两地站在街上交谈，有些坐在拐角梧桐树下的长椅上。简假装没见到她们，因为她害怕以后会像她们一样。

此时她最亲近的人：丈夫和母亲相继去世了，她孤身一人，无所适从，希望有所改变。正如艾·弗洛姆(美籍德国精神病学家，精神分析学派的代表人物之一)所言："对人来说最大的需要就是克服他的孤独感和摆脱孤独。"(弗洛姆，2008：9)简看到一则广告对她有所触动：想成为老人的朋友吗？为了避免自己过于思念丈夫，她把原来的公寓卖了，重新买了一套，家具也全换了。当她搬进新公寓后，却找不到家的感觉，她觉得自己的生活完全还在办公室，这个房子只是自己为工作做准备或者是工作之后需要睡觉的地方。尤其是当她偶然腰疼躺在床上、生活不能自理时，甚至没有一个朋友可以打电话求救(好朋友乔伊斯要照顾孩子)。当医生来看她，她躺在床的一侧，揣测站在床边的医生眼里的她是"一个老女人？一个上了年纪的女人？还是一个中年妇女"的时候，她感到了衰老，体会到了病痛带来的无助。

遇到莫迪——她就像是将来衰老的、孤独的自己，这刺激了她：从一开始莫迪的样子，而后由外及内到莫迪的内心深处。简不断回忆和丈夫以前的生活——她真正的生活就是工作，从不曾在乎亲人的感受，即便在弗雷迪病重的时候，最需要她的时候，也没陪在他身边而是选择了工作——丈夫得了癌症，她知道他要死了，却并没有因此改变自己的生活轨迹。对母亲也是非常冷淡。简的母亲生病住院时，她最讨厌每隔一天要花两三个小时去照看母亲，因为她不知道要跟自己的母亲说什么，长期以来和母亲都很少交流。母亲去世时，她还感到高兴——终于解脱了。

正是由于认识了莫迪，并与她产生了友谊，加之自己也在一天天老去，简开始怀疑以前的生活，她想有所改变。就像波伏娃在《第二性 II》写道的："在四十五岁时，她开始痛苦地怀念第一个丈夫，沉溺在忧伤中。对年轻时的故事，对父母、兄弟姐妹和童年朋友深藏的情感重新激发出来。"（波伏娃，2011：240）简也在此时陷入了深深的回忆，她想对自己已故的亲人有更多的了解；对她和亲人的关系，以及她自己以前的生活有更多的思考。简用一个周末的时间到父母生前一直生活的屋子里和自己的姐姐乔治相处，和她谈谈母亲，她需要更多地了解自己的母亲，还想知道祖母生前的情况，不仅如此，她对死亡也有了一些认识，她认为，当人们去世之后，对于活着的亲人来说，最遗憾的是在已故的亲人活着时，和他们交流太少。

她给莫迪洗澡、打扫房间、买东西，带她去公园，陪她到医院看病，在医院照顾她。她的变化让自己都觉得惊奇，甚至怀疑究竟以前的自己和现在的自己哪个才更真实。几周前，简眼睛里根本看不到老年人，她看到的只有年轻人、有魅力的人、穿着讲究和漂亮的人。而现在，她所看到的之前为时尚杂志准备的照片上似乎覆盖了一层透明的纱，瞬间将其中的时尚达人变成了年老体衰的妇女。

简和她的工作伙伴、最亲密的朋友，也是唯一的朋友乔伊斯谈到，想在她们的女性杂志中加入一些老年妇女的图片时，乔伊斯用一种震惊的眼神看着她。她们内心如此害怕衰老，以致互相不敢直视。乔伊斯是简最好的朋友、最佳的工作搭档，简在刚参加工作的时候，乔伊斯教会简如何打扮自己、如何穿衣服、如何提高自己对服装的品位。简曾经以为乔伊斯是自己最信任、最崇拜、最亲密的朋友。然而，在与莫迪成为朋友之后，在她抽时间去照顾、陪伴莫迪，看到了莫迪真实的生活之后，她把自己和昨天那个住在豪华酒店吃着美味佳肴、品着高级红酒，置身于布满鲜花的餐厅、被服务生宠坏的自己相比，不禁想到：这一切对她来说似乎是不可能的，她怎么可能在拥有这样精美生活的同时，还有莫迪那样的朋友？她觉得自己失去了判断力。她必须仔细考虑这些问题，她要做什么？她能和谁讨论这一切？乔伊斯？

在这个父权社会体制里，"在女友之间，她们都哀叹自己所受的罪，异口同声地诉说命运的不公、世界和一般而言的男人的所作所为。一个自由的个体对他的失败只责备自己，他承担失败的责任，但女人的一切都是通过他人发生的，是他人要对她的不幸负责"（波伏娃，2011：451）。乔伊斯是她的朋友，是她的朋友，是她的朋友吗？这其实是简对自己以前的生活、对以前朋友的定义，以及对以前生活的意义产生了疑惑。她的内心已经发生了改变。乔伊斯是这个时尚杂志最好的编辑，她从来不曾把家庭放在第一位，直到她55岁的丈夫有了外遇，而且他还要到美国工作，乔伊斯为了保住家庭、与孩子们生活在一起，不得不放弃她热爱的工作去美国，她对简说她没有选择，她不知道一个人怎么生活。这件事让简想到自己从没在工作的时候因为家里或者亲人有事而提前离开过办公室。她认为自己能一个人生活，也喜欢这样生活。其实，她和丈夫生活在一起的那些日子并非真正的婚姻生活。她的内心女人的本性被一点点唤醒，以前她光鲜亮丽的生活并没有让她觉得幸福。她所做的一切都是为了让她在工作中显得更加优秀和职业，一切都是为了工作，而她似乎没有真正地生活过。她怀疑以前的生活，她甚至在清晨醒来的时候，还深深沉浸在对丈夫和母亲的思念中，以致泪流满面。

四、转 变

简在盥洗室注视着自己，她忘了今天的午宴，之前居然没有做备忘；穿在身上的衣服，一颗纽扣悬挂着；手指甲看上去也没那么好。以前的简是从不会犯这样的错误的，每天她会留出很多时间给自己，她会准备好第二天要穿的衣服、检查纽扣甚至衣服的针脚，她留意自己的指甲是否光亮整齐。而今，她已经没有那么多时间给自己了，在浴室的时间也只够常规的淋浴。除了工作以外，她还要留出一些时间照顾莫迪。

此时的简，喜欢在路边的长椅上坐着的老人身边坐下，等他们足够信任她时跟她聊聊他们的故事，告诉她他们那个年代的时尚，她已经不再害怕衰老了。她慢慢学会欣赏那些坐在路边的长椅上看着行人匆匆而过，或是茫然地看着树叶飘落在石坎边沿的老人。

简把她的旧衣服拿去捐赠，写信（而不是见面）请她的裁缝重新做几套新衣服，这是她以前从未做过的，因为她们曾经能花好几个小时在商定衣服的面料、纽扣、内衬上，她的裁缝对她的要求很惊讶，打电话给简，她想知道简是不是对服装失去兴趣了，因为简仅只是要她再做一套浅灰色的羊毛套装而已，只要求面料在邦德街购买。"是的，就是这样。"简回答，她已经失去了兴趣。

简不仅照顾、陪伴了莫迪，还开始照顾更多的陌生老年妇女，比如安妮和伊莉莎贝茨。她还同意姐姐乔治的请求，帮助大侄女吉尔到杂志社工作，收留小侄女凯特、搬到伦敦她的公寓和自己一起生活并照顾她。以前的简是一个自私、在感情上淡漠的中年女性，对自己的亲人非常冷漠，在经历丈夫及母亲病逝，并偶然与陌生老人莫迪相识之后，在自己面临衰老的同时，原本时尚而成功的职业女性简开始对自己的人生进行思考，她逐渐越来越多地关注老年妇女，包括她们的生活以及她们的生存状态，尽力帮助、照顾和陪伴她们，她想更多地了解她们。同时她不断地回忆、反省自己以前的生活，为自己的自私和无知自责，她有意接近姐姐，试图改变她俩的关系。由于对丈夫的思念，以及对家庭的渴望，已经50岁的简竟然爱上了在街上邂逅的男人理查德。简不再是以前的简，她已经从一个自私冷漠的职业女性转为注重内心情感、亲情、友情，人与人之间互相关爱的传统女性。

五、结　语

尽管多丽丝·莱辛是被诺贝尔文学奖作为女性主义的先锋战士来奖赏的，但莱辛认为自己从来都不是女权主义者，她认为：男性与女性，是矛盾的对立与统一，只有通过平等的交流，相互沟通，才能互赢。可见，莱辛并不赞成男女之间差异的对立，而是期待人类的和谐。甚至在她的代表作《金色笔记》里的女主人公安娜·伍尔夫也是在尝试了她向往的"自由女性"的生活之后，最终也只是想找个男人重新组建一个家庭。不论是女权主义女性还是传统女性，重要的是男女双方在两性关系中找到平衡。正如《金色笔记》译序里所言："男女的世界是一个相辅相成的整体，男人少不了女人，女人也少不了男人。绝对的自由的女性是不存在的。"（莱辛，2000：9）《简·萨默斯的日记》出版于1984年，当时莱辛已经64岁，她本人也深刻地体会了职业女性在衰老的过程中身体、心理方面的一些变化。笔者认为，《简·萨默斯的日记》中的女主人公、女性主义的代表人物简在面临衰老的时候，经历了情感变化和一些心理体验，最终动摇了自己的信念，逐渐转变为注重内心情感、亲情、友情，人与人之间互相关爱的传统女性。在这个过程中，简女性意识逐渐表现为女性价值的觉醒。每个人的一生都应该是一个自我觉醒、自我完善的过程，只有不断完善自我，我们才能与他人、与社会和谐共处。尽管在实现自我价值的道路上困难重重，我们也应该勇敢地向着这一目标前进。这也正是莱辛所期待的人类的和谐。

参考文献

[1][法]波伏娃．波伏娃回忆录(第3卷)：事物的力量[M]．陈筱卿，译．北京：作家出版社，2012.

[2][法]波伏娃．第二性(Ⅱ)[M]．郑克鲁译．上海：上海译文出版社，2011.

[3][美]弗洛姆．爱的艺术[M]．李健鸣译．上海：上海译文出版社，2008.

[4][英]莱辛．简·萨默斯的日记[M]．北京：外语教学与研究出版社，2000.

[5][英]莱辛．金色笔记[M]．陈才宇，刘新民译．南京：译林出版社，2000.

电影《折箭为盟》与《与狼共舞》中
所揭示的种族关系及社会秩序

杨素珍*

摘　要： 在美国大众文化中，人们一直从不同的视角、以不同的形式诠释美国边疆以及美国西部。其中，以美国西部为题材的电影尤为突出，它们从不同的视角呈现出美国西部在 19 世纪及 20 世纪期间的急剧变化。本文通过《折箭为盟》和《与狼共舞》这两部反映美国西部印第安人影片的对比分析，揭示美国土著印第安人和白人之间当时的民族问题以及美国边疆当时的社会秩序。

关键词：《折箭为盟》；《与狼共舞》；印第安人；白人；种族问题

一、引　言

美国西部影片《折箭为盟》和《与狼共舞》的故事情节有很多相似之处。《折箭为盟》的主角汤姆·杰佛德(Tom Jeffords)和《与狼共舞》的主角约翰·邓巴(John Dunbar)中尉有着相似的经历：他们均为参加过美国南北战争的白人军人，都有在印第安部落生活的经历，都与印第安人结为好友，而且都与印第安部落的女人相爱、结合。此外，两部影片均揭示了印第安人和白人之间的矛盾与冲突。然而，两部影片对印第安人、白人以及种族问题的呈现方式却不尽相同。《折箭为盟》是第一部正面描述印第安人的影片，塑造了竭力调整自己去适应白人、顺从白人的印第安人形象；而《与狼共舞》塑造的却是对印第安人进行血腥的种族灭绝的白人形象，影片同时赞扬了苏族印第安人的生活方式。此外，

＊　作者简介：杨素珍，女，硕士，云南大学外国语学院副教授，研究方向为美国西部文学。

两部影片中的故事结局也截然相反。《折箭为盟》以白人意识中的社会秩序得以恢复结束，而《与狼共舞》却以质疑这样的社会秩序而结束。

二、《折箭为盟》中所揭示的美国边疆社会秩序和种族问题

《折箭为盟》改编自美国作家埃利奥特·阿诺德（Elliott Amold）的同名小说，由德尔默·戴夫斯（Delmer Daves）导演，朱利安·布劳斯坦（Julian Blaustein）制片，是一部描写白人与印第安人结盟的西部片。该影片是第一部正面描述印第安人形象的影片，具有划时代的意义。电影中的故事发生在1870年，侦察员汤姆·杰佛德（詹姆斯·斯图尔特扮演）受令参加一场消灭格莱翰姆山区印第安阿帕切（Apache）部落的战斗，可他希望以一种和平的方式解决白人与阿帕切部落间的冲突，因此，杰佛德拒绝了上级的命令，只身前往阿帕切部落与部落首领科奇斯（Cochise）（杰夫·钱德勒扮演）进行对话。杰佛德与科奇斯建立了彼此信任的关系，同时，杰佛德还爱上了一位阿帕切部落的少女。酋长科奇斯为了表示自己寻求和平的诚意，折箭立誓，与杰佛德签下和平条约。

影片反映出美国边疆社会秩序和种族问题的密切联系。该影片一改长期以来人们印象中印第安人凶悍野蛮的"食人生番"形象，塑造了高尚、遵守和平秩序、愿意为恢复社会秩序而努力的印第安人形象。在人们的印象中，野蛮的印第安人就是西方的神话之一，就像哈丽特·桑德斯在她的回忆录中所描写的：印第安人时时都在提防白人的出现，他们躲藏在灌木丛中等待毫无防范之心的白人；他们跳着头皮舞（美洲印第安人用战争中剥取的敌人头皮来表示胜利的一种舞蹈），唱着战歌。然而，美国先驱者们最终征服了荒芜的西部，把它变成了一片和平、富足的土地（White，1991：618）。

当汤姆·杰佛德第一次和一个阿帕切男孩相遇时，他发现，阿帕切部落的人和白人一样，阿帕切的女人也一样会哭泣，阿帕切的男人也一样彬彬有礼。他开始思考和奇里卡华—阿帕切印第安人（Chiricahua Apache Indian）（居住在美国亚利桑那州及新墨西哥州等地的阿帕切印第安人）和平相处的可能性。在此之前，受桑德斯（Sanders）以及大部分白人"阿帕切人比眼镜蛇还恶毒"观念的影响，杰佛德也害怕印第安人，也对印第安人抱有偏见。经过和阿帕切印第安人的接触，他的观念发生了改变。他决定和奇里卡华部落酋长科奇斯谈判。为了达到这一目的，在居住在亚利桑那州南部图森城（Tucson）的胡安（Juan）帮助下，他开始学习奇里卡华—阿帕切部落的语言，研究他们的仪式和传统。在发出对

外国文学研究

印第安人来说表示和平的烟雾信号后，杰佛德骑马只身前往阿帕切部落的居住地。

杰佛德造访印第安部落，向观众展示了一幅阿帕切部落的崭新风貌。阿帕切人风趣、善良，有着古老、优良的传统；他们的首领科奇斯正直善良、令人尊重，阿帕切人把他的话视为圣旨。看到了这一切，杰佛德对科奇斯说："作为一位部落首领，你是令人尊重的。"（Daves，1950）

杰佛德和科奇斯成了朋友。他说服了科奇斯不要伤害他的信使，让信使骑马穿越阿帕切部落的领地。说服阿帕切人是一项十分艰巨的任务。记得杰罗尼莫（Geronimo，阿帕切人曾经的领袖）在电影开篇时就断言：在科奇斯所住的地方，没有任何白人能够活下来（Daves，1950）。然而，信使通过了阿帕切领地，杰佛德向图森人证明了科奇斯是可以信任的。对白人来说，说服了阿帕切人，是修复边疆社会秩序十分重要的第一步。正如影片中一位图森白人市民所说："我们把文明带到了阿帕切部落。"（Daves，1950）

格兰特总统选派赫尔德将军（General Howard）到亚利桑那州维护边疆和平秩序。自赫尔德将军来到亚利桑那州之后，白人和印第安人就一直在进行谈判，然而，边疆秩序的维护必须以白人要求的方式进行，那就是签署和平协定，在疆土上划定印第安人居住及活动的范围。影片赞扬了阿帕切人服从和平协定，愿意和白人讲和的精神。事实上，众所周知，这协议是白人通过美国政府强加予印第安人的。当谈及疆土划分时，赫尔德将军问及印第安人是否想拥有整个西南边疆，杰佛德却回答："不，甚至连科奇斯现在都不再问及疆土之事。他可是一个现实主义者。"（Daves，1950）阿帕切人从未想过有人处心积虑地要占有他们赖以生存的土地，但现在他们被迫签署了一份让出这片土地的条约。如果他们不同意签署此条约，他们将不能在这片土地上打猎，当然也不能再生活在这片土地上。

该电影的主题并不旨在反应白人如何强占印第安人的土地，而是旨在刻画为了和平与白人签署土地条约的阿帕切部落。阿帕切部落自愿签署土地条约，使西部边疆能建立和平的社会秩序。影片力图将印第安人描述为一个明理、高尚、有合作精神，但最终遭到白人及美国政府欺骗、排挤的民族，是一部意识超前的影片。以今天的观点来看，阿帕切部落是一个"驯服的"民族，他们的明理只是顺从了白人的意愿，满足了白人的种族主义以及民族优越感。

影片中的部落首领科奇斯是一位高尚的印第安人。他深知土地条约的必要

· 70 ·

性，在他和阿帕切部落成员谈及条约时，他说道，改变是不容易的，可有时候是迫不得已的。当狂风扫过，树必须弯腰，否则就会被连根拔掉。阿帕切人能学会新的生活方式的（Daves，1950）。但不是所有的阿帕切人都认同他的观点，阿帕切人因此分为了不同的派别。杰罗米诺（Geronimo）带领其他一些头领不顺从于白人，之后被描述为印第安人的叛徒以及滥杀无辜、不遵守和平协议而破坏了边疆秩序的坏人。科奇斯甚至认为：如果边疆的和平不能得以维护，也应该由白人去违反和平条约，而不是印第安人，即使是印第安人中的坏人也不行（Daves，1950）。

该影片的故事基于真实的历史事件。科奇斯是奇里卡华印第安人的首领，他确实和美国联邦军队以及白人斗争了很多年，可在1872年，他还是签署了和平协议。在小说和电影中，科奇斯的形象得以升华，在维护边疆和平的过程中，科奇斯起到了很重要的作用。根据该影片，正面的印第安人形象就是自愿接受白人和平条约的印第安人；印第安人的英雄就是那些相信传统意义上白人的边疆秩序并以牺牲自己的文化和信仰而妥协的印第安人；印第安人的坏人就是不愿维护边疆社会秩序的人。影片中，那些杀害杰佛德妻子（Sonseeahray）的种族主义者，也就是那些残忍的小镇居民，也和不愿意妥协、为了自由坚持和白人做斗争的阿帕切人一样被视为坏人。

杰佛德的妻子遭到了杀害，边疆的和平秩序也因此得以维持。尽管边疆和平秩序成了一个充满阴影的话题，可白人终究达到了自己的目的。正如赫尔德将军所总结的：杰佛德将具有和平愿望的人们融合起来。没有和平的愿望，和平条约将毫无意义（Daves，1950）。

三、《与狼共舞》中所揭示的美国边疆社会秩序和种族问题

《与狼共舞》改编自美国作家迈克·布莱克（Michael Blake）的同名小说，由Kevin Costner（凯文·科斯特纳）导演、主演、制片，也是一部描写白人与印第安人的西部叙事电影。与《折箭为盟》不同，《与狼共舞》并非赞同传统的白人社会秩序。它认为，印第安人的生活方式应该保留下来，不应该被改变。

影片中，故事主人公约翰·邓巴中尉被海斯要塞（Fort Hays）一位精神有问题的少校范布鲁（Major Fambrough）派到了最偏僻的塞克威克哨所（Fort Sedgewick），而范布鲁少校不久之后自杀身亡，送他到哨所的车夫蒂蒙斯（Timmons）在返回海斯要塞的途中被波尼人杀死，于是邓巴与外界失去了联系。

邓巴和印第安人的第一次接触是他的苏人邻居试图偷他的马；第二次接触是在去寻找苏人的途中，他遇到了悲伤的印第安苏人妇女 Stands With A Fist（自小失去亲人，被苏人收养的白人）并把她送回到苏人部落的过程中。和杰佛德不同，邓巴想了解印第安人只是出于好奇，并非出于现实中经济或者和平之类的理由。他的目的正如邓巴所说：在边疆消失之前，一直想去那儿看看（Costner，1990）。

经过和苏人相处，邓巴开始从不同的视角来审视白人，并且开始质疑白人的社会秩序观念。和杰佛得一样，在和印第安人接触之前，邓巴对印第安人也持有偏见。可和印第安人相处之后，他也开始改变自己的观念，也认为之前人们告诉他的关于印第安人的说法完全是错误的（Costner，1990）。在邓巴开始了解苏人文化之后，这位忠于职守、一直坚守在塞克威克要塞的中尉开始改变。他的改变之大，致使一个白人士兵对他说："变成印第安人了，对吗？"（Costner，1990）在亲眼目睹白人仅仅是为了水牛皮和水牛舌头而捕杀水牛时，邓巴开始思度：什么人能干出这种事？一个没有价值观、没有灵魂、无视苏人权利的民族才可能干出这样的事情（Costner，1990）。但这个民族就是邓巴自己的民族——白人。

但对于苏人，邓巴给予了极高的评价。在一次庆祝活动上，邓巴评论道："我从未见过如此爱笑、如此全心倾注于家庭、如此彼此奉献的一个民族。"（Costner，1990）他把印第安人的世界视为为一个和谐的世界，因此他担心更多的白人很快会来到这片土地上，苏人的未来预示着整个印第安人历史的悲剧。

影片中，苏人遭到了波尼印第安人的袭击。在这场战斗中，苏人因自己的勇士不在家而寡不敌众。邓巴带来了枪支以帮助苏人，最后苏人取得了胜利。影片中的场景跳转到了白人如何扰乱印第安人的生活。白人欲将自己的生活方式介绍给苏人，苏人很快就接纳了这种生活方式。在和波尼人的战斗中，这种生活方式救了苏人，但它也是白人现代生活方式渐渐占主导地位、印第安人传统生活方式渐渐消失的一个标志。

此外，苏人和波尼人的战斗在某种意义上也成为一个标志，它标志着苏人成了印第安人的敌人。在邓巴和 Stands With A Fist 结婚后，邓巴把自己担心更多的白人很快就会来到这片土地上的悲哀预言告诉 Kicking Bird 以及苏人部落首领 Ten Bears。Ten Bears 之前曾和西班牙人、墨西哥人进行过战斗，而且都击败了他们。他深知他们和白人入侵者之间的麻烦：他们根本就不问我们的想法，而是直接攫取他们想要的，他们不断地来到我们的土地上。我们的家园就是我们的一切，我们必须为维护我们的家园而战斗（Costner，1990）。可邓巴为苏人感到担忧，对未来感到恐惧。

当邓巴被美国军队的士兵抓获后，对于印第安人的任何事情他都拒绝帮助美国军队。他的不合作使他成了真正的背叛。他与白人士兵对待边疆社会秩序的观念完全不同，完全变成了印第安人。他身着印第安人的服饰，摒弃了作为白人边疆秩序标志的哨所和制服。

苏人从白人手里营救了他，把他带回到他们冬天的宿营地。邓巴决定马上离开，因为他拒绝成为白人军队杀害苏人的借口。白人已经派出搜捕小分队搜寻苏人的宿营地，可当他们到达宿营地时，苏人已经离开。这次没有任何苏人遭到杀害，可在影片结尾时，电影独白显示，白人军队沿着大平原搜寻苏人，苏人文化从此不复存在。

四、比较和结论

这两部电影既有共同之处，也有不同之点。共同之处在于，两部电影在描述印第安人时都力图重写历史。传统的西部神话讲述的都是印第安人是何等的野蛮以及白人是如何打败野蛮的印第安人的故事。而《折箭为盟》和《与狼共舞》却把印第安人描述为一个具有传统精神的民族，一个与土地以及大自然有着神秘联系的民族，一个骄傲、诚实、令人尊敬的民族。此外，两部电影均把白人描述成一群侵略者，一群边疆秩序以及和平的破坏者。然而，《折箭为盟》中所谴责的是某一群邪恶的白人，这很容易激起白人观众对这群白人的愤怒。影片中，当小镇里有人暗示是阿帕切部落引起的麻烦时，杰佛德打断他的话，说道："我们应该实事求是。"（Costner，1990）他给大家讲述了一个白人中尉如何破坏停战协议、杀戮热爱和平的、无辜的印第安人的事实真相。这些"事实"把白人的恶罪归结到某个白人身上而不是白人群体身上，但在现实中，大多数的白人都是盲从的入侵者。当边疆的秩序得以维护时，又会遭到另外一小群邪恶的白人破坏。但有一点是十分清楚的，正派的白人以及美国政府军队与破坏边疆和平与秩序毫无关系。正如理查德·斯洛特金（Richard Slotkin）在 *Gunfighter Nation* 一书中写道：杰佛德尝试的方法一旦奏效，那些竭力阻止和平的人都被认定为没有理性的、狂热的盲从者（Slotkin，1998：375）。影片中，那小群邪恶的白人成了众多白人非正义行为的替罪羊。此外，赫尔德将军也成了令人敬重的白人军队的象征，他所代表的是社会秩序和人性。

《与狼共舞》所呈现的观念不尽相同。影片中，大部分印第安人都是好人，是令人尊敬的人，可每个白人几乎都是愚昧、暴力的种族主义者。他们当中，除了极小一部分老百姓外，其余大部分的美国政府军人都不能理解印第安人，都以残忍的方式对待印第安人。虽然影片中大部分的故事都发生在苏人部落，但白人和印第安人为数不多的几次遭遇已足以让观众相信这一点。影片清楚地呈现了白人和印第安人究竟谁是邪恶之人。总之，两部影片中的印第安人大部分都是好人，但对白人种族的描述方式却不尽相同。在故事结局中，两部影片的不同之处更加清晰。

两部影片都是从印第安人的角度来描述影片中的故事。《折箭为盟》的结尾是令人欣慰的，因为边疆的和平和秩序得以恢复。但是现实中的情况并非如此。苏人的结局并不令人欣慰，边疆的和平也没有得以恢复。事实上，在科奇斯1876年去世时，里卡华人保留地就被废除了，这块保留地仅仅存在了4年。苏人被赶到了San Carbs保留地，在那儿度过了血腥的10多年。《与狼共舞》的结尾却是悲哀的。观众能意识到苏人的结局。为了白人意识中的社会秩序，苏人必须放弃他们的生活方式。一旦白人农民占有了他们曾经居住的土地，他们就不可能再在大平原上游牧，不可能再追猎水牛了。《折箭为盟》赞扬了和平协议，而《与狼共舞》在某种程度上承认和平意味着印第安人的妥协、牺牲和失去。为了能生存在白人统治的社会里，印第安人得放弃他们不同于白人文化的印第安文化，得放弃他们大部分的传统和自由。《与狼共舞》片尾给观众留下了最后的、悲剧性的独白：十三年后，他们的家被毁了，他们的水牛跑了，最后一群苏人在那不纳斯卡的福德·鲁滨逊向当局投降了。大平原上的马背文化消失了，美国边疆在美国历史上不久便成了过去（Costner，1990）。

两部电影的不同之处反映出两部电影之间的时间跨度。《折箭为盟》在时间上是超前的，它在那个时代就把印第安人描述为文明人，而不是野蛮人。然而，影片没有真正认识到，大部分的白人是怎样占有印第安人的土地以及怎样压迫印第安人的。尽管它对印第安人部落以及印第安人传统提出一个很肯定的观点，可影片并没有认为白人应该为侵占印第安人的土地以及对土著居民发动战争负完全的责任。白人认为，以边疆社会秩序为终极目标、调整适应白人生活方式的驯顺印第安人才是印第安人中的好人。此外，影片中所有的对话都是英语，演员也全是有名的白人演员，包括帕奇部落的首领科奇斯，其目的就是为了吸引白人观众。

然而，在1990年，观众已经发生了改变。那个时代已经进入了后现代时代，历史也随之得以改写，特别是少数民族的历史。在《与狼共舞》中，印第安苏人由印第安人演员出演，影片中大部分电影对白都是印第安部落的语言，只不过为非苏族人观众配了英文字幕。此外，印第安人和白人的作用也不尽相同。关于1970年以来美国西部的发展，美国历史学家理查德·怀特（Richard White）写道：曾象征"野人"的印第安人现在变成了"好人"；象征"文明"的城镇居民、农民以及美国骑兵都成了邪恶之人或者弱者。印第安人被打败……现在成了一个曾经完全被颠覆的邪恶战胜美德、压迫战胜自由的例子（White，1991：626）。

《与狼共舞》以一种非传统的方式将印第安人和白人进行了比较，将印第安人描述为生活和谐的聪明人，将白人描述为被恐惧和无知控制的蠢货。影片认为，白人应该为苏族人遭到的灭绝种族的大屠杀以及对大平原地区的入侵负责。影片中的白人主角抛弃了自己的种族，住到了苏族人部落中，变得越来越像印第安人。汤姆·杰佛德只是努力地去学习阿帕切人的语言以及他们的生活方式，而约翰·邓巴却打算彻底变成印第安人。每次有任何大事发生时，他都觉得他自己的种族很令人恶心。白人不敬重土地，脱离身边的大自然，心胸狭窄。仅仅因为他们认为印第安人是野蛮人，就大肆杀戮印第安人。尽管《折箭为盟》声称是基于历史上的真实事件，而《与狼共舞》似乎更接近我们所说的真实历史。《与狼共舞》的结尾是令人沮丧的，它没有为苏族人的未来留下任何希望。由于它是一部历史影片，凡是受过教育的人都知道，美国大平原上的马背文化由于白人的入侵而渐渐消失了。

参考文献

［1］Daves，Delmer（Director）& Blaustein，Julian（Producer）.（1950）. Broken Arrow（Film）［Z］. United States：Twentieth Century Fox.

［2］Costner，Kevin（Director & Producer）.（1990）. Dances with Wolves（Film）［Z］. United States：Orion Pictures.

［3］Slotkin，Richard. Gunfighter Nation：The Myth of the Frontier in Twentieth － Century American［M］. Norman：University of Oklahoma Press，1998.

［4］White，Richard. "It's Your Misfortune and None of My Own"：A New History of the American West［M］. Norman：University of Oklahoma Press，1991.

文学现象及风格研究

20世纪初期的越南报刊与拉丁化国语文学

于在照[*]

摘　要: 20世纪初期的越南报刊对拉丁化国语文学的诞生与发展产生了巨大影响，做出了不可磨灭的历史性贡献。越南报刊催生了越南现代职业报人作家，为拉丁化国语文学作品、外国文学译作的发表提供了园地和平台。同时，越南报刊使拉丁化国语文学体裁得到不断完善和丰富，助推了越南现代文学理论研究的起步。

关键词: 20世纪初期；越南报刊；拉丁化国语文学；外国文学思潮

一、引　言

以报刊为主的大众文化传媒在越南的兴起，既是西方文化东渐的产物，也是越南社会的现实要求。20世纪初期，以报刊为主的大众文化传媒对越南文化现代化和社会变革产生了巨大影响，为越南的文学转型注入了现代性的因子。"新文学现代性的获得是文化传播的馈赠，它经历了对古典传统的背弃和挣脱，才在新文化运动中得以全面提升。在这一实现过程中，伴随着两种文化形态的对话、碰撞，即'传统性和现代化的互访'。"（马永强，2003：252）以报刊为主的大众文化传媒的平民化特质，使20世纪初期的越南文学，从特权阶层中解放了出来，从创作、传播到接收这一过程与传统文学的传播出现了很大的不同。这就是越南现代文学创作身份的普泛化，这是前所未有的变革。以报刊为主的

---

　*　作者简介：于在照，男，博士，云南大学外国语学院教授，博士生导师，研究方向为越南文学、语言。

大众文化传媒为越南拉丁化国语文学的发展造就了新知识群体，他们既是新文学的创造者，也是新文学的受众，他们将新的外国文学思潮带给了拉丁化国语文学。以报刊为主的大众文化传媒推动了越南拉丁化国语文学的诞生和发展，影响了拉丁化国语文学的发展模式和走向。

下面，我们从越南现代报刊的出现，越南报刊对报人作家出现的推动、对拉丁化国语文学作品发表的助力、对外国文学译作发表的贡献、对越南现代文学体裁丰富的促进、对越南现代文学理论研究起步的推动六个方面系统地论述20 世纪初期越南报刊对拉丁化国语文学的影响。

二、越南现代报刊的出现

19 世纪下半叶，随着以法国文化为代表的西方文化在越南的传播和越南社会环境的变化，报刊作为新型媒体走进了越南人的视野。1865 年 4 月 15 日，越南报纸发展史上的第一份拉丁化国语报——《嘉定报》(Gia Định Báo) 在越南西贡诞生。《嘉定报》由当时法国南圻殖民当局负责发行，报纸的总裁为法国人埃乃斯特·保图 (Ernest Pottaux)。报纸每周出版一期，每期 4 张到 12 张不等。报纸设有"公务""杂务"栏目，后来又增设了"考究、议论"栏目。"考究、议论"栏目开启了报纸与文学结合的新模式。《嘉定报》发行 4 年后，即 1869 年，南圻统督将《嘉定报》交由越南人张永纪负责。接手后，张永纪提出了"传播国语、鼓动新学、劝学民众"的办报宗旨。在张永纪的努力下，贴近生活、浅显易懂的国语文章不断在《嘉定报》上发表。1909 年，《嘉定报》停刊。在 44 年的发行中，《嘉定报》对拉丁化国语的普及和拉丁化国语文章的发表做出了一定的贡献。《嘉定报》之后出现了《藩安报》(Phiên Yên Báo) (1899) 等。

进入 20 世纪，在越南，各类报刊开始不断涌现：《农贾茗谈》(Nông C Mín Đàm) (1901)、《大越新报》(Đại Việt Tân Báo) (1905)、《六省新闻》(Lục Tỉnh Tân Văn) (1907)、《登古丛报》(Đăng Cổ Tùng Báo) (1907)、《南越公报》(Nam Việt Công Báo) (1908)。随着拉丁化国语的普及，更多的报纸、杂志不断涌现；《印支杂志》(又译《东洋杂志》，Đông Dương Tạp Chí)、《南风杂志》(Nam Phong Tạp Chí)、《大南同文日报》(Đại Nam Đồng Văn Nhật Báo)、《中北新闻》(Trung Bắc Tân Văn)、《东法时报》(Đông Pháp Thơi Báo)、《安南杂志》(An Nam Tạp Chí)、《民声》(Tiếng Dân)、《女界钟》(Nữ Giới Chung)、《妇女新闻》

（Phụ Nữ Tân Văn）、《新闻世纪》（Tân Văn Thế Kỷ）、《实业民报》（Thực Nghiệp Dân Báo）、《友声》（Hữu Thanh）、《骚坛》（Tao Đàn）、《中华日报》（Trung Hoà Nhật Báo）、《文学杂志》（Văn Học Tạp Chí）、《神钟》（Thần Chung）、《改造》（Cải Tạo）、《青年》（Thanh Niên）、《越南魂》（Việt Nam Hồn）、《劳动》（Lao Động）、《青春之魂报》（Hồn Trẻ）、《时世》（Thời Thế）、《新闻》（Tin Tức）、《民众》（Dân Chúng）、《人民》（Nhân Dân）、《新人》（Người Mới）、《越南独立》（Việt Nam Độc Lập）、《解放》（Giải Phóng）。据统计，从《嘉定报》诞生到 1945 年 8 月，越南全国共出现过 1000 余种报纸、杂志（裴文元，1997：10）。

　　报刊成为 20 世纪上半叶越南最主要的传媒方式。报刊发行范围广，影响人数多。不仅在西贡、河内这样的大城市有报纸、杂志，就连越南的偏远地区也出现了报纸。如越南南端的芹苴，1912 年出现了一份《安河周报》（An Hà Tuần Báo）。当时的越南报刊数量大、类型多、内容丰富，有推广拉丁化国语的，如《嘉定报》等；有宣传抗法救国斗争的，如《青年周报》等；有宣传妇女解放的，如《女界钟》等；有专门发表新文学作品的，如《安南杂志》《文学杂志》《骚坛》等。在上述的报刊中，《青年周报》是第一份革命报纸，它由越南革命领袖胡志明指导创办，1925 年 6 月 21 日发行创刊，是越南青年革命同志会的机关刊物，《青年周报》与后来发行的其他革命报纸为革命文学的发展做出了积极的贡献。《女界钟》是第一份妇女报纸，1918 年 2 月 1 日发行创刊，每周五在西贡出版。《安南杂志》是第一份文学杂志，1926 年 7 月 1 日由当时著名文学家伞沱创办。

　　综上所述，20 世纪初期，越南报刊种类多、内容丰富、发展迅猛、影响巨大。越南报刊的大量出现，似潮水般荡涤着越南社会，冲击和影响着越南文化界和文坛。

三、越南报刊对报人作家出现的推动

　　20 世纪初期，越南报刊的大量出现催生了一种新的职业——报人作家。越南作家们来到城市以报刊为阵地，以写作为生，以报刊为发展阶梯逐步走上文坛。写作成为他们的职业，他们也就成为职业的报人作家。他们的创作与报刊紧密联系在一起，报刊支撑了他们的文学创作事业。

　　伞沱、阮伯学、范维逊、黄玉柏等是 20 世纪初期首批职业报人作家。伞沱（Tản Đà，1888—1939）是 20 世纪初期以写作为职业的作家之一。1915 年，伞

沱开始在《印支杂志》发表自己的文学作品。1921 年，北圻工商爱友会成立并创立了自己的机关刊物——《友声》，伞沱被聘为该杂志的主编。1926 年至 1933 年，伞沱创办了《安南杂志》，并负责其出版发行。1928 年，伞沱为《东法时报》的文学副刊撰稿。在《安南杂志》停刊后，伞沱成为《文学杂志》的副主编。1934 年开始，他在《今日报》（Báo Ngày Nay）上发表唐诗译作。在办报的同时，伞沱以报纸、杂志为阵地，发表了大量小说和诗歌以及译作。从 1915 年到 1934 年，伞沱先后有《小梦》（I、II）（Giấc mộng con）（I、II）、《大梦》（Giấc mộng lớn）、《海誓山盟》（Thề non nước）、《伞沱春色》（Tản Đà xuân sắc）等文学作品问世。

阮伯学（Nguyễn Bá Học，1857—1921）从 1918 年开始写作，在短短的几年内，他在《南风杂志》上发表了《家庭故事》等 7 篇短篇小说。范维逊（Phạm Duy Tốn，1883—1924）作为 20 世纪初期越南北方拉丁化国语文学的开创者之一，一开始他的文学创作就与报刊写作紧密联系。他先后在《南风杂志》《印支杂志》《实业民报》《中北新闻》上撰稿和发表短篇小说。后来，他来到西贡为《六省新闻》撰稿。黄玉柏（Hoàng Ngọc Phách，1896—1973）在《东西报》《南风杂志》《中北新闻》等刊物上发表了大量短篇小说和文学理论文章，他的《素心》是 20 世纪初期最著名的一部拉丁化国语长篇小说。小说发表后，在当时的越南文坛掀起了一场轩然大波，影响巨大。《素心》的发表，标志着越南拉丁化国语小说艺术水平又向前迈了一步。

上述职业作家是 20 世纪初期越南大量职业作家的典型代表，他们的出现有赖于报刊的发展，他们的成长有赖于报刊的推动。报刊为他们文学事业的发展提供了良好的平台。

四、越南报刊对拉丁化国语文学作品发表的助力

越南当时的报刊大都辟有文学栏目。如《印支杂志》的"文章部分"、《友声》的"短篇小说和话剧"、《安南杂志》的"20 世纪社会波涛记"（刊登诗歌、短篇小说等）、《中北新闻》的"短篇小说"、《东法时报》的"文章副章"、《南风杂志》的"译作、诗歌和短篇小说"、《妇女新闻》的"小说"、《神钟》上的"文学评论"等。另外，还有一些专门刊登小说、诗歌的杂志。如《星期六小说》（Tiểu Thuyết Thứ Bảy）、《安南杂志》《文学杂志》和《骚坛》等。这些报刊成为越南作家的创作平

台，成为他们发表诗歌、小说的园地。以《南风杂志》为例，在它发行的 17 年中，共刊登了 84 篇小说（封黎，2006：8）。

20 世纪初期，很多越南作家的处女作都是通过报刊公诸于世的。报刊是他们文学创作事业的起点和立足点，他们以报刊为阵地和平台进行文学创作，取得了卓越的文学成就，其中的佼佼者有胡表正、阮公欢、吴必素、武重奉和元鸿等。

胡表正（Hồ Biểu Chánh，1885—1958）是 20 世纪初期著名的拉丁化国语小说家，也是 1930 年以前创作小说最多的作家，他共有 64 部中、长篇小说、12 部短篇小说集，其中的代表作有《谁能做》（Ai làm được）、《人生的苦涩》（Cay đắng mùi đời）、《冷暖人情》（Nhân tình ấm lạnh）、《译员》（Thầy thong ngôn）、《父子义重》（Cha con nghĩa nặng）、《暗中哭泣》（Khóc thầm）、《穷人的孩子》（Con nhà nghèo）等。上述作品都是首先在报刊上连载，然后编辑成书出版发行的。

阮公欢（Nguyễn Công Hoan，1903—1977）从 1929 年起开始在《安南杂志》的"20 世纪社会波涛记"栏目中发表短篇小说。据统计，前后共有《两个混蛋》（Hai thằng khốn nạn）、《福气》（Thế là phúc）、《马人人马》（Ngựa Người Người ngựa）、《资本家的狗的牙齿》（Răng con chó của nhà tư bản）等 20 部短篇小说在该栏目上发表。阮公欢成为该栏目发表短篇小说最多的作家（阮青山，2000：2）。此外，阮公欢的不少长篇小说也是在报刊上连载发表的：1933 年，在《日新报》（Báo Nhật Tân）上发表了《心火熄灭》（Tắt tấm lòng）；1934 年，在《日新报》上发表了《丽蓉》（Lê Dung）；1935 年，在《星期六小说》上先后发表了《金枝玉叶》（Lá ngọc cành vàng）、《男主人》（Ông chủ）、《女主人》（Bà chủ）、《女教师阿明》（Cô giáo Minh）等长篇小说。另外，他还在《普通半月刊》（Phổ Thông Bán Nguyệt San）上发表了一些文学作品和理论文章。

吴必素（Ngô Tất Tố，1894—1954）从 20 年代就开始在《安南杂志》《东法时报》《妇女新闻》《神钟》《妇女新闻》《普通报》（Báo Phổ Thông）、《东方报》（Báo Đông Phương）、《将来报》（Báo Tương Lai）、《海防周报》（Hải Phòng Tuần Báo）、《河内新闻》（Hà Nội Tân Văn）等报刊上发表文章，其中多数文章是风格犀利、语言幽默的杂文。他驰骋报界，能言善辩，被武重奉称为"儒林中的出色言论家"。

武重奉(Vũ Trọng Phụng, 1912—1939)是一位才华横溢、风格鲜明的批判现实主义作家。武重奉从 18 岁开始给《午报》《公民报》《将来报》《日新报》《河内报》《印支杂志》《星期六小说》和《骚坛》等撰文、写小说。从此，他完全转向职业写作，他在这些报刊上发表了数量可观的短篇小说和报告文学等。如 1933年在《日新报》上发表了《人的陷阱》(Cạm bẫy Người)；1934 年，在《日新报》上发表了《嫁西方人的技艺》(Kỹ nghệ lấy Tây)；1935 年，在《公民报》上发表了《人民代表与人民代表》(Dân biểu và dân biểu)；1936 年，在《河内报》上发表了《先生的饭和小姐的饭》(Cơm thầy cơm cô)等。除短篇小说和报告文学外，武重奉一些长篇小说的面世也是在报刊上连载完成的。长篇小说《暴风骤雨》(Giông Tố)是 1936 年在《河内报》上连载之后，于 1937 年印刷成书出版；长篇小说《红运》(Số Đỏ)是 1936 年在《河内报》上连载后，于 1938 年成书出版；长篇小说《决堤》(Vỡ Đê)是 1936 年在《将来报》上以连载形式发表的。

元鸿(Nguyên Hồng, 1918—1982)的第一部短篇小说《灵魂》(Linh Hồn)发表在《星期六小说》上，从此开始了他自己的创作生涯。一零的长篇小说《断绝》(Đoạn Tuyệt)是在 1934 年《风化报》上连载发表的。蓝开为《午报》(Báo Ngọ)、《喇叭报》(Báo Loa)和《普通半月刊》等撰文，还曾负责过《骚坛》杂志的编写。

越南革命文学家们也充分利用报刊，发表昂扬奋进、鼓舞人民斗志的文学作品和文章：如 1936 年，风波在《青春之魂报》上发表了歌颂革命英雄红日为民族而牺牲爱情、宝贵青春的报告文学《无名英雄》，1938 年，志城在《公民报》上发表了揭露法国殖民者残害革命者罪行的报告文学《罪恶的监狱》，素友在《世界报》《东方报》《新人报》等报纸上发表了一些革命诗歌等。

20 世纪初期，如此之多的越南文学作品在短时间内能够问世，多样、灵活、便捷、高效的报刊可谓功不可没。

五、越南报刊对发表外国文学译作的贡献

20 世纪初期的越南报刊还担当起发表外国文学译作的重任。《南风杂志》《星期六小说》《今日报》和《知新杂志》等登载了大量法国文学和中国文学的译作。

20 世纪初期的历史，是越南民族与法国殖民主义者斗争的历史，是西方文化与越南传统文化碰撞的历史，是以法国文学为代表的西方文学思潮与越南传统文学的碰撞与交融的历史。在这一时期的越南文坛上，翻译文学也逐步兴盛起来。越南文人先后翻译了大量法国作家的文学作品：如法国拉封丹（Jeande La Fontaine，1621—1695）的寓言诗，大仲马（Alexandre Dumas，1802—1870）、巴尔扎克（Honore de Balzac，1799—1850）、莫里哀（Maurat，1622—1673）、雨果（Victor Hugo，1802—1885）、司汤达（Stendhal，1783—1842）、莫泊桑（Maupassant，1850—1893）、福楼拜（Flaubert，1821—1880）等人的小说。在翻译法国文学作品的过程中，出现了阮文永、阮江等著名的翻译家。阮文永（Nguyễn Văn Vĩnh，1882—1936）是20世纪初最著名的翻译家，他是一个语言天才，15岁取得翻译学校法语毕业考试的第一名。之后，阮文永便开始在越南的法国殖民地统治机构中从事翻译工作。1907年，阮文永设立了"欧西思想书柜"，成立了"光明翻译协会"，他致力于法国小说、诗歌和其他方面作品的翻译和介绍，先后翻译了卢梭的《民约论》、巴尔扎克的《驴皮记》和雨果的《悲惨世界》以及拉封丹的44首寓言诗等。阮文永与法国人杜否和（Dufour）联合开办了越南北方第一个印书局，印刷他的翻译作品和学术著作。阮江（Nguyễn Giang，1904—1969）是越南20世纪上半叶翻译外国文学作品较多的文人，他于1923年到1934年留学法国，精通法语、英语、中文和日语等；1936年，他翻译了《欧美名人》（Danh nhân Âu - Mỹ）；1938、1939年，他先后翻译了莎士比亚（W. William Shakespeare，1564—1616）的《麦克白》（Macbeth）和《哈姆雷特》（Hamlet）等。

世界上，尤其是苏联和法国的进步，革命文学通过翻译开始传播到越南。1937年，海潮在《作家与社会》一文中，介绍了苏联作家高尔基（Macxim Gorki，1868—1936）、法国作家罗曼·罗兰（Romain Rolland，1866—1944）、法国作家巴比塞（Henri Barbusse，1873—1935）等人的文学成就。苏联的小说《钢铁是怎样炼成的》和《母亲》被介绍到越南后，深深影响了越南的进步青年。

越南文人翻译的法国等国的古典主义、浪漫主义和批判现实主义文学作品，深深吸引了越南的广大读者。可以说，在此之前，越南读者从来没有用自己的母语阅读过如此之多的外国文学作品。通过与法国等国的文学接触，越南文人了解了法国及外部世界的文学变化，逐步学习、吸收了一些新的文学观念和文学流派。越南民众则通过阅读外国文学作品了解了丰富精彩的外部世界，了解了西方的文化和文学。

越南文人在翻译法国等国文学作品的同时，还大量翻译中国文学作品。从1904年起，在越南南部兴起了一个翻译中国古代文学作品的热潮。不久后，在越南北部，一些文人掀起了更大的翻译热潮。1909年，阮安康（Nguyễn An

Khang)翻译的《水浒传》在西贡翻译出版。同年,《三国演义》由阮安居(Nguyễn An Cư)、潘继炳(Phan Kế Bính,1875—1921)、阮文永译成拉丁化国语,在河内发行。1916 年,阮政瑟(Nguyễn Chính Sắc)、阮文矫(Nguyễn Văn Kiều)和阮祥云(Nguyễn Tường Vân)翻译出版了《聊斋志异》共 5 册。阮有进(Nguyễn Hữu Tiến)、潘继炳等人翻译了《水浒传》《西游记》《封神榜》《再生缘》和《岳飞传》等。伞沱、吴必素、让宋(Nhượng Tống)等人用拉丁化国语翻译了中国的《诗经》、乐府诗歌以及唐朝诗人李白、杜甫和白居易等人的大量诗歌,尤其是伞沱在翻译唐诗和《聊斋志异》等方面成就斐然。他翻译的崔颢的《黄鹤楼》和白居易的《长恨歌》等已经成为越南唐诗翻译的经典之作。对于中国现代文学作品,越南文人也有译介。邓台梅在《清毅杂志》(Tạp Chí Thanh Nghị)上翻译了鲁迅等人的一些文学作品。如 1942 年,他翻译了鲁迅的《伤逝》;1943 年,他翻译了鲁迅的《孔乙己》和《阿 Q 正传》等。

大量外国文学译作在越南报刊的登载,极大地促进了外国文学思潮在越南的传播,为越南文学的转型、拉丁化国语文学的诞生和发展提供了动力,为拉丁化国语文学注入了现代性的因子。

六、越南报刊对拉丁化国语文学体裁丰富的促进

报刊为越南拉丁化国语文学体裁的推陈出新提供了平台。新诗、报告文学和小说的诞生与发展就是借助报刊平台完成的。1932 年 3 月 10 日,第 122 期《妇女新闻》刊登了范魁(Phan Khôi)《诗坛上的一种新诗》一文,这篇文章引发了一场轰轰烈烈的"新诗运动"。范魁的文章发表后,《妇女新闻》收到了署名莲香(Liên Hương)支持范魁的文章和署名刘重庐的新诗《在生活之路上》以及署名清心(Thanh Tâm)的诗歌《诗人寂寞之旅》。之后,许多报刊纷纷登载韵律自由、句式不限、思想奔放的自由体诗。从此,自由体诗成为越南诗坛上的一种主要诗歌体裁。1932 年,在《河城午报》(Hà Thành Ngọ Báo)上出现了武庭志(Vũ Đình Chí)的报告文学《我拉车》(Tôi kéo xe),从此开启了报告文学这一文学形式在越南文坛上的发展。1906 年 10 月 23 日出版的第 262 期《农贾茗谈》上出现了名为"国音试局"小说大赛。这标志着报刊已经成为小说百家争鸣的园地。1918 年 1 月,《南风杂志》组织了小说比赛,比赛规定:"小说要以欧洲方式创作,……要采用写实的方法,不得编造怪诞的故事,重要的是描写现实社会人们的内心世界。小说内容勿妨害伦理和宗教、勿关涉政治。"(封黎,2006:8)

这些创作原则无疑对当时拉丁化国语小说创作的走向起到了某种引导作用。1921 年，范琼在《南风杂志》第 43 期上，对小说的定义进行了界定："小说是用散文写成的、抒发情感、描写社会风俗的故事或描述人们感兴趣的奇闻轶事。"（封黎，2006：8）随着《南风杂志》上小说理论的探讨和实践，拉丁化国语小说这一文学形式逐渐成熟起来。

七、越南报刊对越南现代文学理论研究起步的推动

报刊为越南现代文学家们进行文学理论商榷、争论提供了阵地，为越南现代文学理论研究的起步做出了贡献。

越南现代文学史上第一次笔战是 1921 年底发生在《友声》杂志上范琼与吴德继（Ngô Đức Kế）关于《金云翘传》的争论。1932 年 9 月 22 日，自力文团发行的《风化报》创刊号上出现了提倡新诗的文章，文章中指出："我国的诗歌要新——新诗体、新理念。"（怀清、怀真，2000：21）针对新诗运动发展中出现的问题，文学家们在《妇女新闻》《文学杂志》等报刊上发表了批评新诗的文章。1935—1939 年，海潮（Hải Triều）、海清（Hải Thanh）、海客（Hải Khách）和裴功澄（Bùi Công Trừng）等人与少山（Thiếu Sơn）、怀清（Hoài Thanh）、刘重庐（Lưu Trọng Lư）和黎长乔（Lê Tràng Kiều）等人展开了一场"艺术为艺术，还是艺术为人生"的大讨论。海潮在《新生活报》上发表的《艺术为艺术，还是艺术为人生》的文章中指出："与唯心主义艺术家相反，我们总是主张'艺术是社会生活的产物'。"他又指出："艺术把人们的情感社会化，又用这种社会化的情感去感染人们。因此，艺术起源于社会，同时它也服务于社会。把艺术置于社会和人生之外，认为艺术是神圣、神秘和至高无上的，这种观点是错误和无道理的——请少山先生谅解——也可以说是虚伪的。"（潘巨棣，2001：329）"艺术为艺术，还是艺术为人生"的大讨论，扩大了"艺术为人生"观点的影响，促进了人们对文学艺术的认识，加强了艺术家服务人生、服务社会的责任感。

20 世纪初期是越南现代文学理论研究的起步阶段。报刊为越南现代文学理论百家争鸣、讨论探索提供了良好的平台和园地，为文学理论研究的起步提供了推动力。

八、结 语

综上所述，20 世纪初期的越南报刊对拉丁化国语文学的诞生与发展产生了

巨大影响，做出了不可磨灭的历史性贡献。它催生了越南现代职业报人作家，为拉丁化国语文学作品、外国文学译作的发表提供了园地和平台，它使拉丁化国语文学体裁得到不断完善和丰富，对越南现代文学理论研究的起步做出了贡献。同时，越南报刊促进了外国文学思潮在越南的传播，为越南文学的转型、拉丁国语文学的发展提供了动力，为拉丁化国语文学注入了现代性的因子。

参考文献

[1][越]封黎.19世纪下半叶至20世纪上半叶报纸出版业中的文学[J].文学杂志，2006(8).

[2][越]怀清怀真.越南诗人[M].河内：文学出版社，2000.

[3]马永强.文化传播与现代中国文学[M].合肥：安徽大学出版社，2003.

[4][越]潘巨棣.越南文学(1900—1945)[M].河内：教育出版社，2001.

[5][越]裴文元.越南文学总集(第20集)[M].河内：社会科学出版社，1997.

[6][越]阮青山.安南杂志与社会波涛记栏目的短篇小说[J].文学杂志，2000(2).

亨利·詹姆斯小说《专使》的圆周句式
主流与局部逆转*

王　玲**

　　摘　要： 亨利·詹姆斯善用插入语来构成小说《专使》中典型的圆周句，以推迟呈现主语、谓语动词、宾语及所指人或物的名字，分隔主语与谓语、及物动词与宾语。他的圆周文体在人物塑造和情节安排方面均隐含主题意蕴。拖延策略反映男主人公的复杂视觉、严肃性格和丰富思维。不仅圆周句推迟主要句法和语义成分的出现，而且令人吃惊和反讽的真相大白场面也一直被推迟安排到接近小说末尾。高潮性河边一景之后，主导的圆周句式被局部逆转为规则的主谓宾句式，反映特定行为、影响特定人物，真相暴露，斯特莱瑟的幻想破灭、长期模糊认知改变，从反向证明《专使》圆周文体对构建小说主题内容的重要贡献。

　　关键词： 亨利·詹姆斯；《专使》；斯特莱瑟；圆周句式；局部逆转；拖延策略

　　* 本文系 2017 年度国家社科基金艺术学项目"中国西南民族音乐舞蹈图像研究"（17EH248）、2015 年度国家留学基金出国研修项目"民族传统文化的跨文化比较、翻译与传播研究"（201507035007）、2015 年度云南省哲学社科艺术科学规划重点项目"云南民族音乐舞蹈图像文化艺术的资源保护、产业开发与国际交流研究"（A2015ZDZ001）、云南大学首批"青年英才培育计划"培育对象人才项目、2013 年度云南大学研究生优秀教材《英语跨文化交际：理论与体验》建设项目、2016 年度云南大学教改研究项目"国际化课程开发研究——以《跨文化交际》课程为先导"（2016Y01）、2015 年度美国圣路易斯大学国际合作科研项目"Multidisciplinary Approaches to the Study of Interculturality"的阶段性成果之一。

　　** 作者简介：王玲，云南大学外国语学院教授，研究方向为英语语言文学与文化、跨文化交际与文化传播。

一、引　言

亨利·詹姆斯（Henry James）后期三部曲之一——长篇小说《专使》（*The Ambassadors*）富于语言艺术特色和文学意蕴，且二者密切相关。圆周句一般指包括期待成分、造成悬念直至句末句子结构和句意才完整的句子（Leech and Short，1981：225）。圆周文体指那些经常创造悬念、激发读者期待的文体。本文对《专使》的分析集中于圆周句法的成分及特点、圆周句式结构的意蕴、圆周句式主流局部逆转的意蕴，圆周句法成分分析涉及主语、谓语、宾语、状语、情态动词、从属成分、否定表达，圆周句式结构分析部分探讨该小说的圆周句式主流的文体内涵和效应，最后一个部分探究接近小说结尾处圆周句式主流局部逆转的缘由和主题意蕴。《专使》基本的语义范畴属于心理方面，这源自作家描述男主人公斯特莱瑟精神活动的需要。作家通过男主人公的眼光来观察世界、透视生活，使人物的性格和内心被展示得淋漓尽致，以刻画一种不受时空限制的心理现实。

二、《专使》圆周句法的成分及特点

詹姆斯倾向于使《专使》中的动词和形容词名词化，从而使它们成为抽象主题，抽象名词往往占据重要的句法位置，如主语位置，这并非偶然。小说中大部分句子的主语是抽象名词，而且多为表现内心活动或思想的名词。作家的中心关注——男主人公的主观精神状态，常突出表现为主语。《专使》中另一特点是，为数较少的及物动作常由无生命物主语而非人性主语来施动，主语可能是斯特莱瑟的感觉、印象和身体部位，而鲜为指代他整体的名词或代词。无生命物或斯特莱瑟的感觉、印象和身体部位似乎有独立的生命力，能对他施加影响，主语地位使它们显得比作为整体的男主人公更主动、更具影响力。

试看小说的开篇第一句："斯特莱瑟的第一个问题，当他到达旅馆时，是关于他的朋友。"①（James，1986：55）詹姆斯把"问题"而非"斯特莱瑟"设置为开篇句的主语，目的在于使特定的行为者，当然也包括特定的行为，从属于精神的而非物质的、主观的而非客观的状态。作家开篇定调，引导读者关注他叙述的主要目标——斯特莱瑟的主观精神状态。

抽象、非人的事物比特定、有生命的人物更占优势而成为《专使》中的句子

主语，这反映斯特莱瑟的抽象意识和模糊视觉。詹姆斯把思想、情感和其他许多抽象物置于主语地位，从而赋予它们似乎独立于人物身外的生命力。这些无生命物强大的自主性还通过反身代词的呼应来表现，例如，"四十八小时中，通过禁止他买书，他的良心一直在自娱它自己"（James，1986：117）。此外，常用作主语的还有一些表现时间的名词，而且它们竟能施动于和控制着一些人性宾语，例如，"这一刻使她安定下来"（James，1986：56）。

詹姆斯一直避免使用具体、特定的主语，《专使》中的主语或模糊不清，或由于圆周成分而被后置到句中乃至句末，许多以"what"引导的主语从句延迟阐明复杂主语的确切所指。重要句法成分的后置和延迟出现是男主人公的"秘密原则"（James，1986：55），有时主语因倒装和插入语而被后置到句末。直到接近《专使》末尾的河边暴露部分才开始出现偏离小说圆周句式主流的具体、特定的主语担当者，这暗示更多实情在渐露端倪，斯特莱瑟抽象、模糊的视觉将变得具体、清晰。

《专使》中句子的谓语动词基本上是系动词、不及物动词和被动语态中的动词，主要体现斯特莱瑟的精神过程和心理状态，而非身体或有形行为的发生或履行。被动语态的运用与斯特莱瑟的被动或受动身份吻合。当"Strether"（斯特莱瑟）或相应代词"he"充当主语时，绝大多数句子使用被动语态。甚至在男主人公的言谈中，他也用第一人称把自己设置为被动句的主语，接受外界和别人对他的影响。谓语动词的不及物性和被动语态充分显示斯特莱瑟行为的无效性和被动性。由于冗长而繁杂的插入语成分，特别是状语的插入，小说中的谓语动词通常远离主语，甚至被延迟后置到圆周句的最末一个词位。为数不多、偶尔出现充当谓语的及物动词也由于状语的插入而远离其宾语，因此动词的及物效果被削弱，行为与受事的直接关系被抹杀。

斯特莱瑟通常被表现为句法中的受事角色，即行为被表现为对他或为他而发生。行为接受者的角色包括行为指向的实体、作为行为结果的实体、行为影响的实体，一般由宾语成分体现。男主人公的被动性和易受攻击性由他作为行为目标和接受者而非行为施动者或履行者的处境来体现。他几乎不承担施事角色，鲜为蓄意或自动行为的发起者，因此除在被动句中外，他很少表现为句法主语。当少见的及物动词偶尔被用作谓语时，斯特莱瑟的受动地位决定了指示他的名词或代词是同样为数稀少的主动句的宾语。外界的无生命物和其他人物能触及他并对他施加影响，他的身体部位和情感几乎不能影响到除他自身以外的其他任何人或物。《专使》中典型的宾语形式之一是同源宾语，它们的使用与詹姆斯圆周文体的迂回曲折倾向相符。

用于说明详细情境的时间状语、地点状语、程度状语和方式状语常是詹姆斯圆周句中的插入语成分。作家不懈地努力记录下处于周围复杂情境中的心理片刻（Leech and Short，1981：102），因此他的文体可以说是企图文明化地把生活的每一事件或片刻与周围情境的复杂性完全联系起来。再以《专使》的开篇句为例："斯特莱瑟的第一个问题，当他到达旅馆时，是关于他的朋友。"（James，1986：55）主语"问题"与谓语动词"是"被插入的时间状语从句分隔开，这无疑是常规松散句的错位。在主语"问题"之后，时间状语从句的插入构成一个停顿，既突出主语的重要信息，同时也实现圆周句延迟谓语动词出现的目的。

方式状语、程度状语、时间状语和地点状语在《专使》中并不罕见。詹姆斯常后置主要句法成分，以便从容地详尽阐发作为插入语成分的状语。在这部关于斯特莱瑟受教育的小说中，他在使命结束之前必定要学到众多知识，他所学内容反倒不及他求知的方式、程度、时间和地点重要，因此表示情境的状语在句法中体现为优先地位是完全有恰当理由的。作家关注男主人公学习、意识和认识的情境特征，因此他经常居间插入表示情境的方式状语、程度状语、时间状语和地点状语。

詹姆斯广泛使用从句、不定式、分词和动名词这些正式书面英语的从属成分，他的从句与主句的比例高达三比一（Leech and Short，1981：103）。《专使》中大部分从句是名词性从句，许多对偶或排比的从句，例如"that"和"what"引导的从句，常被连续累加式罗列。从属连词指明主句与从句的关系类型，因此也能显示融入复杂圆周句中信息的重要性等级。就信息的重要程度而言，从句相对低于主句。《专使》中从句的位置大多先于主句，这是圆周句的主要特征之一，从句的前置或居间插入延迟主句或主要语法成分的出现。

以不定式、分词和动名词形式出现的动词以某种方式与谓语动词相关，它们之间的复杂关系反映詹姆斯对人、物和心理状态之间关系的思考。在重要性等级上，分词短语的信息并不低于周围主句或从句的信息，并能传达动作、事件、情感发生的同时性。《专使》中用作状语的分词短语所传达动作与主句谓语动词所传达动作经常同时发生，它们共同反映斯特莱瑟即刻和同时产生的印象和感觉。与被动语态类似，过去分词及过去分词短语体现所修饰和限制的人或物的被动性。詹姆斯语言的特色之一是同一动词的现在分词和过去分词在同一句中并置，表现所描述对象复杂的施动性和受动性。例如，"all her amused and amusing possession"（James，1986：204）；"Mamie absorbed interested and interesting"（James，1986：377）；"… came, as if excited and exciting, the vague voice of Paris"（James，1986：475）。斯特莱瑟的模糊视觉部分归因于周围人和物的这种复杂双重性。

动名词具有类似名词化的效果，同样减弱动词的能动性，使它们抽象化，发挥与名词同样的语法功能。《专使》中有如此多连续罗列的现在分词短语、过去分词短语和动名词短语，以至于它们有时共存于同一句中。因为分词、动名词和不定式这些非谓语动词形式不是用作谓语而是用作从属成分，所以它们失去了动词原有的动性和力度。詹姆斯常用不及物动词、分词、动名词和不定式，以减弱主语加谓语加宾语这一句式的主动性，避免具体、特定的主语。类似于定冠词"the"加形容词指示某类人或物的结构，定冠词"the"加过去分词的结构也用于概括某类人或物。

在《专使》中情态动词随处可见，俯拾皆是。有时仅一句中就包含多个情态动词，有时它们在排比句中重复出现。除"must"（必须）以外，其他所有情态动词都用于表现斯特莱瑟的假设和推测。它们的使用既涉及对叙述时间点的认识，也涉及与该时间点相关的过去、将来或假设的境况。情态动词的使用反映斯特莱瑟的意识分支：他对过去的记忆、对目前的假设和推断、他力图逃避但最终不得不面对的对将来的期望。例如，"must"用于传达他的使命赋予他的责任和义务，有时"must have done"这一虚拟语气结构用于表达他对过去事情的推断。几乎所有情态动词都用于虚拟语气结构中，表达潜在于过去、现在或将来的不能实现的可能性。詹姆斯还诉诸情态动词的虚拟语气来反映斯特莱瑟的错误感知：他对当前在巴黎新经历的感受、对查德与维奥娜夫人之间关系的猜测、对将来的设想。作家如此喜爱属于圆周成分的插入语结构，以至于他常把虚拟语气中的条件从句插入到主句内部。斯特莱瑟的猜测和梦想找到了虚拟语气这一表达方式，他不确定的猜测和徒然的假设占据了他的时间和精力，因此他外现为被动角色。此外，由虚拟语气表达的不真实假设也反映他的身体活动和行为的无用和无效。

伊恩·瓦特提出一个哲理性观点：自然界中没有否定，否定只存在于人的意识中（Watt，1960：259）。《专使》正是一部单一意识的小说，否定词用于当有必要否定斯特莱瑟头脑中对肯定方面真实性的期望之时，他抵达巴黎之后，看到查德的发展变化是积极、肯定、令人称道的，因此他甚至要求查德留下，否定了他原先作为专使的及物性目标。他否定了美国乌莱特人对查德和欧洲的预想，否定了乌莱特人的道德标准对查德堕落的预测，甚至放弃了该道德标准。因为否定词取消了男主人公头脑中对肯定方面的期望，所以它们是主观性的。《专使》中稀少的及物动词常被否定，它们的及物效应从而被抵消。

詹姆斯通过给夸张或绝对的表述加上否定词来显示一种独特的假装谨慎，以达到反讽效果。例如，"他不完全仓皇失措"（James，1986：55），该否定表明斯特莱瑟的惊慌是有限的；"不是绝对地期望"（James，1986：55），实际上意味着"想要推迟"。《专使》中否定代词、否定介词、否定副词、近似否定词、否定前缀数不胜数，仅否定副词"not"就出现了三百多次，有时仅一个单句中就包含多个带否定前缀的派生词。具有否定意义的结构"too … to …"（太……以至于不……）也时而跃然书中，成为作家复杂迂回的表现手法之一。詹姆斯的另一特点是使用动词"fail"及其同源名词"failure"来表示否定内容，该动词出现于两种结构中：to fail + 动名词，表示做某事未成功；to fail + 不定式，表示未做某事，这样"fail"将近等同于一个否定小品词。

詹姆斯大量运用否定词的目的之一在于可通过前置否定副词或近似否定词于句首来使句子倒装，构成他理想和典型的圆周句，以达到强调和设置悬念的效果。《专使》中常见表现强调的双重否定，第二个否定词消解第一个否定词的否定效应，两个否定词相互抵消而形成肯定，构成含蓄的陈述方式。组成《专使》中双重否定的否定词包括否定代词、否定介词、否定副词和带否定前缀的名词、形容词、副词等。双重否定是男主人公推迟肯定表态的策略，也反映他犹豫不决、摇摆不定和复杂地修饰、限制的思绪。

在《专使》最后一页即第512页上，就有多达九个"not"、三个"nothing"和一个"none"。所有这些否定词暗示斯特莱瑟使命否定、消极的结果。他一无所求，一事无成，没有改变任何事实，也未能实现任何计划。他作为专使的身份在《专使》末尾最终被完全否定。

三、《专使》圆周句式结构的意蕴

在《专使》中，句法、情节和人物刻画各方面皆连续重现令读者期待真相之处。詹姆斯善用冗长而多层次的插入语，构成典型圆周句的期待成分，以推迟呈现主语、谓语动词、宾语及所指人或物的名字，主语、谓语动词、宾语或表语形容词甚至是他圆周句的最后一个词。小说开篇的前五句包括插入到主语与谓语之间的多种插入语成分：副词短语、状语从句和定语从句。由于作家漫长地延缓结束圆周句和具体指明，其含义一直晦涩模糊，直到最后呈现主要语法、语义成分和阐明所述人或物的身份。期待成分有时表现为位于主句前面的一个或多个期待性从句，一般包括时间状语从句、地点状语从句和方式状语从句，即韩礼德所谓情境特征的组成部分，它们的前置是导致詹姆斯圆周句理解难度大的一个缘由。作家时常使用插入语来构成典型的圆周句式结构，正如小说中所言："但是这些只是插曲性的记忆。"(James，1986：66)

先行的"it"从句、"what"从句和"there be"结构能引起读者的期待，因此它们也可被视为圆周成分。先行的"it""what"和"there"是句法位置补缺者，充当主位角色并代替逻辑句法成分，但不传达具体信息，这有助于延迟真正的句法和语义成分并激起读者的期待。总括起来，倒装、插入语和先行虚词构成詹姆斯圆周结构的主要因素。他的句法特征与词汇特征相结合，在很大程度上创造了《专使》中庄重、模糊而抽象的圆周文体。作为圆周文体的典型特征，拖延策略用于传达隐晦含义，开拓广阔的潜势和可能性，延长斯特莱瑟的自由想象、精神过程和在巴黎的自由经历。

詹姆斯圆周句的特征在于详尽阐述无限的愿望与保持严格句法完整需要的结合。在斯特莱瑟看来，时间是一个永恒的情结，既可以是一种强烈、鲜明的存在，也可以是虚构、模糊的幻影。滞留是时间世界中不常发生的情况，大部分人一般会顺应时间的流动。但是，在男主人公的时间世界里，有些秩序却发生了错位。从一开始他便在惯性思维的驱使下，为自己设计了一种拖延时间的策略。他拒绝承认时光的流转飞逝，把希望绑缚于不能永恒的虚幻上，于是他总在推迟行动和拖延明确指称，企图对抗时间的流逝。他在潜意识中幻想可以滞留住某种必然要逝去的状态，哪怕是达到短暂的和谐也好。他努力延长和扩展个人的知觉，放慢或停止时间和语句的向前发展，希望挽救他所知觉的内容免于被围绕在周围的延续性吞噬，希望此刻免于被历史的发展所融化，免于完整句式的单一含义。圆周句的拖延策略确切地表现了男主人公希望永远处于开端时的愿望，希望处于一切都是可能的、无一确定的那一刻，处于一切都是全新的、缺少定义的那一点。

詹姆斯圆周文体的所有倾向在《专使》中的人物塑造、情节安排方面均隐含主题意蕴。这些倾向包括插入语延长圆周句式、圆周结构延迟重要成分、情态动词和虚拟语气回顾与展望、把感觉和印象名词化为抽象性和普遍性的倾向等。圆周句被频繁的插入语打断和拖长，拖延策略分隔主语与谓语、及物动词与宾语等。重要句法成分的延迟出现、直接行为的耽搁使读者一直处于不确定和悬念中，不得不全神贯注直到延迟的具体指明点，读者的注意力因而被吸引。熟悉的景象、事件和行为被放慢，不再能被自动、无意识地察觉，这样它们便被非熟悉化了。斯特莱瑟的拖延策略不仅给他自己，而且也给他人提供了模糊想象的自由，正如小说中所言："但是他（斯特莱瑟）一再推迟，使她（玛丽亚）想知道——想知道他所指的小玩意儿是否是不好的东西"（James，1986：97）；"在不知中，她（玛丽亚）能够满足她的想象，这证明是有用的自由"（James，1986：98）。

读者普遍认为詹姆斯小说的语言抽象、不直接、难度大，词汇和句法包孕的抽象性和复杂性是他圆周文体的特点，也正是这些特点反映他塑造的男主人公视觉的复杂性。冗长的圆周结构占优势的小说给予读者刻意的正式感，强化了斯特莱瑟性格的严肃性、思维的丰富性和态度的复杂性。他敏感、自我意识细腻、思想复杂，严肃对待使命，深思在巴黎的新环境和新经历中，他的性格特点与冗长圆周句式的文体效果相吻合。

对于斯特莱瑟来说，圆周句的扩张模式本质上是一种拖延不可避免结局的方式。尽管他知道在巴黎的经历必定会结束，但他对待专使职责的整个策略是假装这种经历将永远无限地延长。《专使》可被总括为一个拉长的拖延行为。从小说首页，斯特莱瑟遇到卫玛什之前意识到自己已经"极度欣赏耽搁的延续"（James，1986：56），到小说末尾，他承认"一直沉溺于徒然的推迟的甜蜜"（James，1986：489）。他的计划受制于"赢得时间的冲动"（James，1986：59），或更确切地说，受制于停止时间的欲望。当他远渡重洋、抵达巴黎之后，发现寻找的目标人物已外出度假，便饶有趣味地享受延期给他提供的探究巴黎并与其他几位旅居巴黎的美国人结交朋友的机会。他企图延长自己在巴黎的逗留和知觉过程，放慢甚至停止时间的延续，渴望永远处于充满各种可能性的开端。詹姆斯把圆周句式用作理想的迂回手段，以描绘男主人公迟疑的、详尽的修饰和限制的精神过程。迂回曲折是为了延长过程、推迟结束，斯特莱瑟正是想要延长自己在巴黎的专使任期，因此他推迟作出主动选择和采取行动来结束他的差使，直到不得不这样做之时。

《专使》中的故事发生在来自新大陆、逗留旧大陆的中年男子身上。求知欲极强的斯特莱瑟一直希望了解环境高贵典雅、蕴藉丰富的巴黎所拥有的几千年文化积淀，以及残存于欧洲人和欧洲化了的美国同胞精神里的传统积淀。这样有性格的人物和有特色的环境决定了故事的人物性格线，而这条主线通过故事的重要人物斯特莱瑟观察、感知而呈现或暗示出来。小说中还存在一条心理意识线，随着时空、人物的转换，斯特莱瑟的所见所闻、所感所悟划出一条他的心理意识线。他仰慕维要娜夫人，却又不能挽救她，使她不受伤害；他劝谏查德，却又不能左右他的意志，说服他留在巴黎，因此他的境遇是尴尬的，心理是复杂的。他来自一个完全不同的社会文化背景，巴黎的一切对于他来说都是新奇的，他既不受约束，也没有包袱。他是一个试图追求自由的人，一直在追求、期待着什么，他自己似乎明白，实际上却是糊涂的。他所代表的单纯、随和、自然、本能、诚实、被动，与查德和维要娜夫人所代表的经验、圆滑、主动、拘于礼仪、装模作样形成鲜明对比，如此复杂的人物性格、心理和社会关系表现于复杂的圆周句中。

詹姆斯把重要信息后置、集结到圆周结构的较后部分甚至末尾，众多圆周句和整个情节的启示反省式地出现于句末和书末，所有情节和含义的成分到句末和书末才摘要地合成为一个整体。作家庄重的、模糊而抽象的圆周文体，尤其他对插入语结构的偏爱，可由他传达给读者的复杂性、整体性印象证明为有价值的。作家延迟直接表明清晰意义的风格体现于叙述斯特莱瑟意识的冗长、扩张和详尽的圆周句中。圆周结构被延迟的要点或符合或违反读者的期望。不仅圆周句推迟主要句法和语义成分的出现，而且整部小说的情节安排也是在长时间推迟高潮情节之后才呈现令人吃惊、幽默反讽的真相大白场面。例如，通过斯特莱瑟对"纯真恋情"根深蒂固、理想化的假设与最后他对不合法关系世俗事实的认识之间的反差，圆周文体特有的反讽效果产生。

圆周结构推迟澄清和完结的态势促成庄重、模糊的文体。理所当然不可能提供即刻的澄清而又不过于简单化，但是微妙、敏感、自我意识强的人物及其精神状态不能被简化。为了逃避或至少延迟结局，詹姆斯的圆周句法模式积极对抗具体潜能的实现。繁复拓展的圆周句、不完整和模糊的断句、模棱两可的疑问成分所表现的斯特莱瑟理想化的扩张意识保持与现实直接及物的陈述相反。通过添加各种拖拉的猜测、修饰和限制成分，他的不及物策略、迂回说法和遁词暂时逃避直接、清晰的句法，然而最后现实的陈述终究要结束预期的本意，男主人公的努力全是无效的，幻象只是镜花水月，没有解决任何问题或实现任何根本改变。

四、《专使》圆周句式主流局部逆转的意蕴

斯卡尔指出，从符号学观点出发，我们无从创造意义，但可通过语义、句法和语用的途径去发现意义（杨铭禹，1995：100）。这也就是说，我们可将文本置于有关的实有或可能的各种文本之间而生成互文意义，能利用解释性符码找到可与文本结合的全部意义。詹姆斯用语言的可能性表现主题内容的可能性。"可能"说来是一个非现实的范畴，它表现为人和人的世界尚未实现的某种潜在态势，关键是要把潜在态势变成文本中的现实。詹姆斯关注的是"可能"的范畴，其任务是揭示各种可能性。而对人的可能性的揭示，在他那里演化成对人设问、考察和分析的过程。作家冷峻地站在一边指挥着，也观察和分析着笔下人物的表演，还不时既向读者也向自己提出这样或那样的疑问，并及时作出解释。他喜欢把人物推向具有实验性的场景，以文本方式袒露人物可能的潜在态势，让读者凭借想象力来解读文本蕴含的主题的可能性。作家的兴趣不是表达一些预定的肯定含义，而更多是幽默地探索由圆周结构引发的内涵可能性。《专使》叙述抽象的心理状态，从叙事到对话，詹姆斯的确踏出了一条实现"文的可能性"的独特而有效之路，呈现为保护情节抽象的无限潜能而长久推迟作出论断的叙述性和说明性句法，构建庄重的模糊而抽象的圆周文体。

圆周结构通常把一个新的、相对重要和高潮性的成分推迟到末尾，这个特征与《专使》中高潮情节的安排是一致的，高潮性的河边暴露情节被安排到几乎接近小说末尾的第十一书第四章。由于公认属于小说和笑剧成分的纯粹偶然性，斯特莱瑟数月的猜测在他认识到查德与维要娜夫人不合法关系时极度震惊的片刻烟消云散。圆周结构令人吃惊和反讽的文体效果同样体现在这一高潮部分。由于男主人公陶醉于他理想化的社交美，他一直没能认清实情。直到小说第十一书第四章第一大段中，之前一直占主流的圆周句式被局部逆转为一系列规则的主语加谓语加宾语的句式，并且带有特定、具体的主语。在《专使》后部高潮性河边一景之后，主—谓—宾语序的句式开始出现，对主导、占优势的典型圆周句式的部分偏离，表明斯特莱瑟长期的幻想已破灭，他模糊的视觉和不现实的意识已改变，越来越多的事实真相暴露出来。伊恩·瓦特认为詹姆斯倾向于表达存在状态，而不是特定的行为影响特定的人或物（Watt，1960：257）。《专使》抽象的语言模式与詹姆斯对精神状态而非物质状态的关注相关，然而在小说

后部，作家逆转他的典型圆周句模本来反映特定的行为影响特定的人或物。他用《专使》中少有的不加修饰、简洁明晰的句子来表现更多实情。河边一景充当了事实打破斯特莱瑟模糊眼光的高潮，此后作家青睐的典型圆周结构减少，小说语言几乎不再表现抽象性和模糊性，主—谓—宾松散句出现，越来越多的实情通过男主人公的意识和他与其他人物的对话显现出来。尽管斯特莱瑟对查德与维要娜夫人不合法亲密关系的反应已不再是按照乌莱特道德标准那样的深恶痛绝，他已经永远放弃了那种反应，但暴露真情的河边偶遇事件也突显了他的尴尬处境。

斯特莱瑟在河边偶遇查德和维要娜夫人，太迟地认识到二者的关系终究是庸俗的不合法关系。他已完全投入社交美的理想，但他幻想的社交美是由那些带有人性粗俗弱点的人物维系着，因此他面临令他痛心的发现。河边偶遇之后，他对巴黎纷繁复杂的人、事和景的欣赏混杂着对自己以前天真视觉的幽默嘲讽。他启发式进展中的倒退无损他在读者心目中的形象，他被这次幻灭磨炼了，也变得高尚了。他的问题在于，与其说他的想象和理想是错误的，不如说它们好得难以让除他以外的其他人去实践。对他来说，巴黎象征的富有魅力的表面价值具有部分欺骗性。

在揭示真相的高潮情节之前，《专使》的大部分实际上是蓄意隐晦的描写。河边偶遇导致查德与维要娜夫人的关系暴露之后，斯特莱瑟也用"模糊"一词来概括自己先前对二者关系的幻想。河边一景迫使斯特莱瑟改变对社交美的幻想。他总是"庄重地模糊"（James，1986：493），"庄重"是因为他对社交美的幻想是高尚的，"模糊"是因为他的错误幻想没有考虑人性当中一些残酷的事实。因此，庄重地模糊的幻想是由一种独特的语言——庄重地模糊的圆周句式和文体表现出来的。在接近小说末尾处，詹姆斯用偏离圆周句式主流的方式来驱散男主人公长期以来的模糊幻想，从反向证明作家的圆周文体对小说文本内容的构建作用和重要贡献。

参考文献

［1］James, H. The Ambassadors［M］. Middlesex：Penguin Books Limited, 1986.

［2］Leech, G. & M. Short. Style in Fiction［M］. London：Longman Group Limited, 1981.

［3］Watt, I. The first paragraph of The Ambassadors：an explication［C］//

Department of English, University of California at Berkeley. Essays in Criticism. X. Berkeley: University of California Press, 1960.

[4]杨铭禹. 契科夫戏剧双重结构的审美品格[J]. 外国文学研究, 1995(2): 97 – 104.

小林一茶俳作的意象特征与原风景

张丽花　高　明[*]

摘　要：据统计分类，小林一茶俳句作品具有三类特殊意象：虫类、厌雪类和底层人群类。这些作品表现了诗人对亲情人情的渴望、失望和怨恨，以及由己推彼而产生的对弱小者的关爱、同情与共鸣和自嘲式的谦卑。而这种特殊意象是建立在诗人坎坷不遇的人生经历所形成的原风景基础之上的。

关键词：小林一茶俳作；意象；原风景

一、引　言

意象是作者寄托主观情思的客观物象。在诗歌中，意象即是融入诗人思想情感的，被赋予某种特殊含义的具体形象。这种"意""象"间的对应关系被定式化则形成特定的诗歌意象，在定型诗创作中近乎套式化修辞。日本和歌中用于"歌枕"的动植物、地名、自然现象等即属此类，例如，"花橘"暗喻"追怀往昔"；"松虫"兼挂词，寓意"等待"。而松尾芭蕉的"行春や鳥啼き魚の目は涙（春去矣，鸟自哭泣，鱼落泪）"一句则明显借用了杜甫"恨别鸟惊心"的"惜春"意象。小林一茶（1763—1827）一生留下两万多句俳作，在意象物化方面有极其独特的一面，此皆可从其特殊的人生经历及由此所形成的心之原风景找到理据。本文根据一茶俳作的意象物化倾向，从其22000句作中，离析出三个独特的意象分类，对其所表达的含义和理据进行了详细分析。

---

　* 作者简介：张丽花，云南大学外国语学院教授，研究方向为日本语言文化；高明，云南大学滇池学院讲师，研究方向为日本社会文化。

二、一茶俳作意象的量化特征

根据一茶俳作的意象物化倾向，通过完全统计，可离析出三组数量明显居多的、独具特色的物象分类：虫子（3135 句）、雪（927 句）、弱小人群（255句）。其中，虫子类作品所涉及的虫类达 27 种以上，与松尾芭蕉和与谢芜村相比具有明显的独特性。据我们统计，芭蕉共有 1066 发句，其中虫类作品为 30句，涉 12 种虫类；芜村共有 2918 发句，虫类作品为 136 句，涉 15 种虫类。而一茶的虫类作品达 3135 句，按上位分类计算也有 28 个种类，各类作品数量为：蝶（423）、蚊（413）、虫（333）、蛙（327）、萤火虫（311）、蚤（176）、蝇（145）、蝉（140）、蟋蟀（130）、蛇（101）、蜻蜓（83）、鼠（70）、蜗牛（60）、虱子（51）、蜂（47）、蝗（37）、孑孓（16）、牛虻（36）、蚂蚁（28）、蚯蚓（27）、蚕（21）、螗蝉（16）、螳螂（16）、蜘蛛（12）、蚱蜢（11）、水蛭（8）、灶马（7）等。描写乞丐、街头艺人等社会底层人群的作品有 255 句之多，粗略统计涉及 28 个分类，各类作品数量为：乞丐（76）、盲人（18）、耳聋的人（5）、流浪者（4）、火葬工作者（2）、村治安（3）、看林人（8）、小商贩（5）、卖艺人（96）、手艺人（39）、妓女（3）、行脚女商贩（2）、巡礼者（20）、佛画解说（1）等。以雪为意象的 900 多首作品创作于一茶的各人生时期，具有一定的阶段性特征。这种分类和数量特征在内容上有何意义呢？其动机和理据为何？

三、一茶俳作意象的独特性

一茶的俳作在表现形式和内容上，皆与俳坛三巨匠的松尾芭蕉、与谢芜村大相径庭。其句风既没有蕉风禅情禅意的闲寂趣味，亦不追求"俳画如一"的芜村水墨画般的清新和洒脱，而是沿袭了俳谐滑稽、讽刺的传统，将目光投向对市井、俗尘和弱小的存在，诗句充满了无限的慈爱。正如周作人所说，"他的俳谐是人情的，他的冷笑里含着热泪"，字里行间含着"对强大的反抗与对弱小的同情"。这与作者对上述三类意象的操作有极大的关系。

（一）虫类作品的意象含义

3135 句虫类作品从上位分类来看都有 28 个种类，还有不明种类的"虫（333）"，可见一茶对虫类的喜爱和观察之细致。蝉、蝶、蛙、萤等令人怜爱的虫类自古便是和歌、俳句的传统题材，而蚊、蚤、虱、蝇、蚯蚓、蝗虫、孑孓、水蛭、灶马等是令人不快甚至产生憎恶情感的虫类，将它们作为诗歌意象可以说是一茶作品最显著的特色。对这些负意象作品进行分析，可得出四个分类。

1. 对家庭氛围的憧憬

《七番日记》中收录了含"蚊柱"意象的 28 句作品。蚊柱是指蚊子等昆虫上下翻飞群聚成柱状的现象，多出现在树梢上方或树枝间。

> 例1　蚊柱や凡五尺の菊の花
>
> 　　　蚊飞舞，聚形成柱，菊花上。
>
> 例2　蚊柱や是もなければ小淋しき
>
> 　　　蚊柱呀，此景若无，心孤寂。
>
> 例3　蚊柱やこんな家でもあればこそ
>
> 　　　蚊柱绕，陋室若此，幸有尔。

作品描写了包括作者自己在内的、在社会底层努力生活的人们毫无矫饰的样子，像抱团飞舞的蚊子一般，虽无美感，但真实而温暖。表达了作者对亲朋团圆的家庭或集体生活的向往。

2. 对弱小的怜爱

丑陋、弱小的动物、昆虫在一茶笔下是令人怜爱甚至是可爱的。可以说，一茶将内心最柔软且暖融融的情感完全倾注到了芸芸鸟虫身上。

> 例4　やれ打つな蝿が手を摺り足をする
>
> 　　　莫打蝇，搓手擦脚，求饶命。
>
> 例5　米蒔くも罪ぞよ鶏が蹴合ふぞよ
>
> 　　　撒米喂，鸡却相斗，我之罪。
>
> 例6　痩蛙まけるな一茶是に有り
>
> 　　　瘦青蛙，一茶在此，挺住啊！
>
> 例7　さはげさはげお江戸生まれの蚤蚊なら
>
> 　　　喧闹吧，若是江户，蚤蚊族。

例5 为一茶造访下总(千叶县)布施东海寺时所作。出于怜悯，一茶在寺前人家买米，撒于花丛下喂鸡，不料却招致鸡群互殴，鸽雀争食。例6 中"是に有り(吾在此)"是武士在战场上自报家门时的套句，诙谐的笔触自然流露出诗人的慈爱。

3. 自我矮小化

例8　通し給へ蚊蠅の如き僧一人

快通关，蚊蠅不如，一僧人。

这是一茶29岁行脚经过箱根关所时所作，为其最早使用"蚊蠅"的作品。此句将自己喻为令人生恶的蚊蠅般的僧人。当时，出于安全和方便行动，行脚俳谐师多僧侣打扮，可见一茶在行脚旅途中的境遇。借丑虫自嘲，将自己描写为一种了无生趣、为世间所厌恶的存在。类似作品在其成熟期句集《七番日记》和晚期作品《文政句帖》《八番日记》中有很多。

例9　人も一人蠅もひとつや大座敷

客厅中，有我一人，蠅一只。

例10　五十にして都の蚊にも喰われけり

年半百，京城蚊多，被咬了。

例11　蚤蠅に侮られつつけふも暮れぬ

蚤蠅狂，辱人不止，今亦晚。

例12　故郷は蠅すら人をさしにけり

故乡啊，弱蠅且狂，蜇人痛。

例13　寝た人を昼飯くひに来た蚊哉

蚊飞来，睡梦中人，作午餐。

例9为诗人晚年作品，此句将孤独的我类比于蠅，蠅即是我，我即是蠅。其余诗句则稍有不同，皆为一茶回故乡定居后的作品，故乡亲朋冷漠无情也就罢了，还要忍受丑陋且微不足道的蠅、蚤的欺辱，凸显了自己的卑微和孤独。

4. 贫民情结的宣泄

"草深い(杂草丛生)"的贫民家总是蚊虫萦绕、蠅飞蚤跳的。出生农户的诗人以贴近贫民生活的物象，表达了对同阶层人们生活的共鸣。同时，尽情宣泄了自己的贫民情结。该类作品多集中于诗人早期行脚游历时期的作品《宽政句帖》和《享和句帖》中。

例14　人ありて更て蚊叩く庭の月

夜深沉，有人拍蚊，庭月下。

例15　雨垂の内外にむるむる藪蚊哉

草蚊子，浴帘内外，嗡嗡叫。

例 16　蝿一つ打ては山を見たりけり

蝇飞舞，每打一只，看山景。

例 17　やけ土のほかりほかりや蚤さわぐ

焦土暖，草席下面，群蚤闹。

　　例 17 是诗人的辞世之作。1827 年 6 月 1 日，一茶的故乡柏原村遭大火延烧，住家被烧毁。他与身怀六甲的妻子只能栖身于残垣断壁的仓库内。再遭劫难的一茶，却将思绪投向余热尚存的焦土下，惴惴不安的跳蚤，完全一副抛弃执念后的轻松状态。以调侃的口味，将自己的贫民情结宣泄到了极致。

　　(二)故乡的雪与愤懑

　　该类 927 句作品多集中于诗人中晚年时期句集《七番日记》《文政句帖》中，即诗人回故乡信浓(今长野县)柏原村定居之后所作。位于日本中央阿尔卑斯山脉的长野县是日本著名的多雪地区。雪国生活成就了一茶数量众多的诗作，本不足为怪。但是，一茶的咏雪作品尤其晚年的作品却是透着寒意，充满抱怨、厌恨情绪的。

例 18　山寺や雪の底なる鐘の声

山中寺，佛钟声自，雪底来。

例 19　初雪や故郷見ゆる壁の穴

初雪降，壁上破洞，见故乡。

　　例 18 收入句集《霞之碑》中，为一茶咏雪处女作，为纪念祖师爷长谷川马光五十忌辰而咏。冰封大地，也冰冻了晨钟暮鼓之声。诗句充满了冰的质感和透明感。诗句作于其父逝世后，初雪即是亲人和故乡的意象。但随着诗人咏雪作品数量的增多，其意象由漂泊的孤独、不安逐渐转变为厌恶。以下六句清晰地表现了诗人的情感变化。

例 20　雪の日や故郷人もぶあしらひ

雪降日，故乡人亦，态度冷。

例 21　心からしなのの雪に降られけり

寒彻骨，信浓雪降，落心中。

例 22　雪ちるやおどけも言へぬ信濃空

雪飞紧，信浓空暗，难谈笑。

例 23　はつ雪をいまいましいと夕哉

初雪降，连说不详，日暮晚。

例 24　初雪を敵のやうにそしる哉

寒风里，谩骂初雪，如敌党。

例 25　故郷やばかていねいに春の雪

故乡呀，傻瓜真格，降春雪。

一茶晚年对故乡雪的印象从其笔记可见一斑：在偏僻小国信浓之一隅的黑姬山麓是我等居住的村落。每至落叶扑簌，风狂雨骤，满目枯黄，霜冷月暗，更加白雪飘落。人们便开始抱怨"冷东西要来了，坏东西要来了"（尾形仂，2000：58）。

但是，显然一茶对雪的厌恶不仅源于它给老年人生活带来的痛苦，更源于故乡亲朋的冷漠。例 20、21 是 46 岁的一茶为处理父亲遗产问题，第二次回乡时所作。"态度冷""寒彻骨"，字里行间渗透着诗人遭遇继母和村里人冷遇的孤独感。诗人其时之感受从例 26 句亦可推知。

例 26　古郷やよるも障るも茨の花

故乡哟，所接所触，茨棘花。

例 22 至 25 是一茶晚年作品。回乡定居后，他经历了三次婚姻、四子夭折、一次离婚的家庭变故，加之年迈体衰，雪在诗人的生活中变为切实的障碍并成为宣泄愤懑情绪的对象。这种毫无掩饰的情感发泄在当时的文坛亦属罕见。

（三）对社会底层的关照

该类 255 句作品涉及乞丐、盲人、小商贩等 28 类社会底层人群。诗句充满了浓浓的关爱、同情和人情味。

例 27　麦秋や子を負ひながらいわし壳

麦收时，负子炎行，买腌鱼。

例 28　椋鳥と人に呼ばるる寒さかな

白头翁，如此蔑称，寒人心。

例 29　霞む日や夕山かげの飴の笛

暮霞笼，卖糖笛声，山影里。

例 30 木がらしや二十四文の遊女小屋

   秋风寒，二十四文，买春女。

例 31 出代や汁の实なども蒔て置

   打工人，播下菜种，作汁料。

例 32 とうふ屋が来る昼顔が咲きにけり

   豆腐屋，小二方来，田旋开。

例 27 句，北国驿道上的柏原驿站是越后（新潟县）方向入口处，常有妇女将
腌制的沙丁鱼和海带从越后拿到山里卖；有时甚至还要身背吃奶的孩子（尾形
仂，2000：58）。例 28 句中的白头翁是一种外形粗俗、秋天结群南下的候鸟。
故此，时人将冬季农闲时由信越地区南下江户打工的农村人蔑称为白头翁。一
茶客居江户时，生活中被称为信州白头翁，俳坛上被称为乡村俳人。例 29 描写
了当时的卖糖人的典型装扮：头顶糖盘，打着绑腿，口吹喇叭，到处游走。例
30 描写了下层卖春妇女的生活。据井原西鹤《日本永代藏》中故事记载，两文钱
可买一个茄子。由此可知卖春女的生存境遇。例 31 则描写了一个令人感动的故
事场景：外出打工的人知道自己要长时间离开家，担心父亲吃饭问题，帮他播
种了蔬菜。当时为防止人口买卖，严格规定帮工期限为 1 年或半年，到期必须
换人（黄色瑞华，1992：116）。例 32 句中的田旋花的花语是纽带。诗人将目光
投向庶民贫民的生活，描写了他们互帮互助的画面，体现了人情味。

一茶对社会底层人群的关照源于其坎坷不遇的人生经历，这也使他的作品
具有日本近世文学少有的写实主义色彩。他的作品有爱有恨，有喜怒有谐谑，
作品中诸多意象的形成皆与其漂泊、悲凉且缺少父母关爱的人生有很大的关系。

四、特殊意象与一茶的原风景

文艺评论家奥野健男在论著《文学中的原风景》中首次提出了原风景的概
念。此后，这个概念也被广泛运用到绘画、园艺、建筑等领域的研究中。原风
景即"流淌在文艺作家作品深处的、具有潜在意识特征的印象"。它是"成就作
家艺术的时间和空间、风土是支撑作家审美意识、作品印象和主题的深层意识
舞台"（奥野健男，1972：44）。

一茶作品独具特色的意象是其原风景的诗化表现。而一茶原风景则是在悲
凉坎坷的人生经历中形成的。一茶（1763—1827）出生于信浓（长野县）北部柏原

村殷实的农户家，3 岁丧母，8 岁时迎来继母。性格温和柔弱的一茶与能干、性格强悍的继母性情不合。14 岁时疼爱他的祖母去世后，父亲为他着想，将他送往江户做帮工，遍尝心酸。25 岁拜师葛饰派小林竹阿，后历时 6 年，游学于近畿、四国、九州各地。36 岁时继承恩师竹阿的二六庵，却未能独当一面，自成一家。唯靠夏目成美等友人救济，流寓为生。39 岁时，父亲病逝后，与继母和胞弟进行了长达 12 年的遗产纠纷争讼。51 岁时幸能回故乡定居。他在《一茶日记》对前半生的生活总结道：自安永六年（1777）出故里，漂泊 36 年（中田雅敏，2016：7）。孤独继子、贫穷乡下人的自卑情结，以及由此所产生的受害者意识和自我异化情感，始终纠缠着一茶的一生。同为被憎恶之存在，使他在昆虫和小动物的世界找到了某种内心的共鸣。

流浪期间，他追随松尾芭蕉的足迹，复走了"奥细小道"，游历了整个东海道地区，足迹遍布京都、大阪、四国、九州等地区。在当时的户籍管理制度下，像他这样长期远离家乡和土地的农民要被开除户籍，沦为"乞丐""非人（被歧视民）"。36 年的流浪生活，使他亲身体验和目睹了乞丐、行脚商人、妓女、流浪艺人等生活在社会底层人们的生活。这些生活的印象沉淀在诗人的潜意识中，成为其原风景的一个画面。作品中对他们的关照和情感共鸣是一种自然的流露。

少年离家和长期的流浪生活使他倍加渴望家庭亲情的温暖。而在继母、胞弟和村民的眼中，不务正业（农业）、不尽孝道的一茶本就非良善，加之与继母天生性格不合，尽管父亲生前有遗嘱，继母也不愿将遗产给他。长达 12 年的遗产之争，加剧了他在渴望、失望和孤独的情感纠结中，对亲情的期待。

1812 年 11 月末，一茶决意返乡居住。在附近村落巡游一个月左右后，12 月下旬在柏原租房住下，开始遗产交涉。翌年正月，在明专寺住持的调解下，结束了历时 12 年的纷争。15 岁出故里，漂泊 36 年，最终仍选择雪原覆盖的柏原为最后归宿，可见其对故乡执念之深。下句被视为一茶代表作之一，真实地表达了他那时的心情。

例 33 是がまあつひの楼か雪五尺

故乡土，五尺雪下，我归宿。

一茶 51 岁时终于得到父亲遗产，回故乡定居并娶妻生子，拥有了自己的家庭。但不幸纷至，妻子病逝，四子夭折。58 岁时中风卧病，两度续弦。一妻婚后两月即离缘。与第三任妻子间生有一女。65 岁时家中失火，主屋家具尽付一炬，在残留仓库中终其一生，旋病逝(宗左近，2000：4－10)。

一茶的故乡信州位于中央阿尔卑斯山脉，夏日森林葱郁，虫鸟喧闹；冬日白雪皑皑，寒冷彻骨；少年离家的孤独、流浪时近乎乞丐的生活经历构成他原风景的基调。

五、结　语

小林一茶俳句作品具有三类特殊意象：虫类、厌雪类和底层人群类。这些作品表现了诗人对亲情、人情的渴望、失望和怨恨以及由己推彼而产生的对弱小的关爱、同情与共鸣和自嘲式的谦卑。而这种特殊意象是建立在诗人坎坷不遇的人生经历所形成的原风景基础之上的。诗人的悲惨境遇及由此而形成的刚毅人格成就了其句风：滑稽、讽刺、慈爱，他不拘泥于传统俳谐的风雅，大胆使用俗语和方言，生前被称为乡村俳谐。至明治时代，小林一茶强烈的自我意识和敏锐的洞察力得到高度评价，成为与芭蕉、芜村齐名的俳人，主要作品有《病日记》《我春集》《七番日记》《父亲的终焉》等。

参考文献

[1]尾形仂．新编俳句の解釈と鑑賞事典[M]．東京：笠間書院，2000.

[2]小林一茶、荻原井泉水．一茶俳句集[M]．東京：岩波文庫，1958.

[3]宗左近．小林一茶[M]．東京：集英社新書，2000.

[4]中田雅敏．小林一茶の生涯と俳諧論研究[D]．筑波大学人文社会科学研究科．2016.

[5]奥野健男．文学における原風景[M]．東京：集英社，1972.

[6]黄色瑞華．『俳諧一茶発句集』全注解(二)[J]．城西人文研究19(2)，1992－01－25：138－101.

[7]黄色瑞華．『俳諧一茶発句集』全注解(三)[J]．城西人文研究20(1)，1992－07：118－75.

[8]黄色瑞華．『俳諧一茶発句集』全注解(四)[J]．城西人文研究20(2)，1993－01－25：136－91.

[9]黄色瑞華．『俳諧一茶発句集』全注解(五)[J]．城西人文研究21(1)，1993－09－25：122－101.

[10]黄色瑞華．『俳諧一茶発句集』全注解(六)[J]．城西人文研究21(2)，

1994 – 03：64 – 41.

[11]黄色瑞華.『俳諧一茶発句集』全注解（七）[J]. 城西人文研究22(1)，1995 – 09：80 – 56.

[12]黄色瑞華.『俳諧一茶発句集』全注解（八）[J]. 城西人文研究26，2000 – 10 – 25：48 – 25.

[13]黄色瑞華.『俳諧一茶発句集』全注解（九）[J]. 城西人文研究27，2002 – 10 – 25：42 – 21.

[14]黄色瑞華.『俳諧一茶発句集』全注解（10）[J]. 城西人文研究28，2003 – 03 – 30：49 – 27.

[15]茶の俳句データベース[EB/OL] http：//ohh. sisos. co. jp/cgibin/openhh/jsearch. cgi？group = hirarajp.

[16]松尾芭蕉全発[EB/OL] http：//haikai. jp/joho/database/db＿hokku. html #wa.

寻找"家"：重读美国家庭小说

刘笑元[*]

摘　要：本文以瓦尔特·本雅明的"物读"理论，来考察 19 世纪美国家庭小说中的"家"的意义，提出"家"的含义包括两个层面：首先是一个具体的场所，封闭、私密、舒适、温馨、稳定，是心灵的归属地；其次是美国新兴中产阶级的身份象征。

关键词：美国家庭小说；家；中产阶级

一、引　言

在北美大陆沦为英国殖民地之后，以"英格兰母亲"与"她的孩子"指称并美化双方关系的做法，受到一些文人作品的渲染，而推广开来，逐渐为宗主国和殖民地居民所接受。法国学者托克维尔在其作品中就曾以"母亲"—"子女"的比喻论述过英美当时的关系。伴随北美殖民地的不断强大，"孩子"对"母亲"长期以来在政治上的压制、经济上的剥削产生越来越多的不满，终于在 1775 年爆发独立战争，打破了早已岌岌可危的母子纽带关系。战争的胜利为美利坚赢得了经济、政治上真正的独立，逐步摆脱母国的影响，开始了自我身份的摸索。而此刻，美利坚合众国的公民们不约而同地自问：生活在这片国土上的所谓美国人，缺乏世系的血脉纽带的美国人，本身究竟意味着什么？究竟是什么力量把有着不同祖先、文化、习俗的美国人团结在星条旗下呢？有人说是"爱国主义"，是对新兴国家的热爱；有人说是"共同的信仰"，是对上帝的服从。而 19

---

* 作者简介：刘笑元，云南大学外国语学院副教授，研究方向为英美文学、语言学。

世纪美国家庭小说的作者们给出的答案则是：对美利坚民族的身份认同。因为她们认为当时的美国人"普遍经历着一种失落，一种错位，一种混乱，一种分离"（刘笑元，2014：87）。他们对家的思念、对身份认同的渴望成为那个时代普遍的主题。本文拟以瓦尔特·本雅明的"物读"理论来考察19世纪美国中产阶级心中的"家"的意义。

二、19世纪美国家庭小说

19世纪美国家庭小说，也称通俗小说或感伤小说，近些年来越来越受到学界关注，国内外学者们挖掘出众多值得研究的方面，比如家庭小说对美国价值观的修正（卢敏，2009），对女性观、慈善观的剖析（刘笑元，2011），对共和思想的阐释（Emily VanDette，2005）等。这说明家庭小说并非有些评论家所批评的那样"只是英国感伤文学的低略模仿"，家庭小说在文学和艺术上的探讨价值与空间还很大。

家庭小说的作者们不甘心只是关注女主人公在私密、封闭的家庭环境下的生活轨迹，而是把舞台搬到了更广阔的天地，她们利用家与国家的相似性，比喻性地把作品的主题提升到了整个民族的高度，从而达到不出家门即可参与社会、政治、公共事务的目标。凯瑟琳·玛丽亚·赛奇威克的《新英格兰故事》就是一个极好的例证。小说在结构上以主人公的家庭与国家命运两条主线展开，把个人家庭与共和国的未来进行横向梳理，设法找出维持家庭和睦、国家稳定、兴旺发达的共同价值观。而苏珊·沃纳的《广阔、广阔的世界》，则是含蓄地阐释二者之间的相通之处。

在美国家庭小说的日常生活叙事中，充斥着对琐碎物质的描写，书籍、写字桌、尺子、画纸和小衣橱等。"她的茶匙不是银质的；刀子既不锋利也非锃明刷亮。叉子只是两个尖尖的头，分得开开的，拿着不舒服，用起来也不方便。"（Susan Warner，1852：128）作品中的主人公把感情倾注在一些细小的能指细节中，试图通过这些无生命的物体留下有形的时光记忆，捍卫中产阶级的社会地位，构建美国的民族身份。

"物读"理论是德国文化学者瓦尔特·本雅明提出的。本雅明本人以酷爱收藏著称，不惜变卖家产拼命购买。书，以及各种各样收藏的物件，对他而言，都是历史的沉淀，能够帮助历史变得可触、可感。他"将一件件物品抽出来，又将它们放在由收藏者自己创造的历史体系或星簇结构中去研究它，使之升华为一部关于时代、地域、产业以及物品的所有者的全部科学知识的百科全书"（赵元蔚，2013：72）。该理论对于离散文学的解读非常深刻。远走他乡的异乡客们往往表现出极度的恋旧情结，甚至达到恋物癖的程度，他们大量囤积以前的物件，每天的美好时光就消磨于一遍又一遍地翻阅、擦拭当中。他们内心清楚，这些物件是保持他们与历史身份的唯一见证。美国家庭小说在叙事形式上具有鲜明的恋物特征，既有物质修辞性的罗列，又有故事情节的推动。而恋物化特征传递着美国新移民对民族身份的认同。

三、"家"的个人意义

《广阔、广阔的世界》讲述的是一个孤苦伶仃的小女孩如何在广阔天地下（这里指的是美国与英国）坚韧成长的故事。小说包括一、二两册。第一册主要讲述了小主人公爱伦——一位英国移民，经过三年的努力成功融入新大陆当地生活的经历。离开父母的怀抱来到美国乡下的姑姑家，爱伦遭遇到诸多不适。虽然她流过无数次的眼泪，但却始终坚持《圣经》的教诲，以自控、宽容、感恩的心对待周遭一切，包括那个与她发生过多次矛盾冲突的姑姑。住在格格不入的姑姑家，爱伦并没有长久烦恼、害怕，而是采取了积极主动的应对方式，利用自己的巧手把周围的一切变换成为自己熟悉的家的身影。正是由于爱伦的积极态度，加上朋友们无私的帮助，使得她能够迅速成长为知书达理、聪明能干的典范少女，并不断自我完善、找到了自己的身份，不仅与姑姑冰释前嫌，还能够走出小家，伸出援手，去帮助周围的人。正如《19 世纪美国家庭小说中"家"的意义》一文所说："从对《广阔、广阔的世界》进行的文本分析，我们可以看出 19 世纪美国民众对'家'和中产阶级的集体身份的艰难求索。"（刘笑元，2011：87）而爱伦就是其中典型的代表。

在这部作品中，年幼的主人公自始至终都是通过"物读"家具、衣着、食物和日用品等，从对周围物品的细微感受中重新找回自我，进而完成她作为中产阶级的集体身份和作为美国人的民族身份的认同。而这部作品中宣扬的美利坚民族的构建过程，也把众多的读者团结在星条旗下，完成了整个民族的身份认同。"苏珊·沃纳对母亲、家庭、国家相互关系具体而深刻的诠释得到美国民众的认可，阅读《广阔、广阔的世界》成为当时'社会身份的标志'。"（卢敏，2009：61）

小主人公爱伦在小说的第一册中经过无数次的尝试、比对，最终把好朋友爱丽丝的家当成了自己未来的家，把她的父亲当作自己的父亲，把她的兄弟看作自己的哥哥，从而完成了个人的寻家之梦，"也完成了中产阶级身份的构建，为自己的社会地位和价值观找到了一个圆满的归宿"（刘笑元，2014：89）。这个家，首先是一个具体的场所，封闭、私密、舒适、温馨、稳定；其次是心灵的归属地。

这里要指出的是，故事并未以主人公个人寻家历程的胜利而终止。故事发展到第二册，作者继续提升"寻家"的内涵意义，使之上升到了整个国家的层面。这里推动情节发展的重要元素仍旧是无处不在的小物件。从爱伦自己的家到姑姑家、马世曼太太家再到爱丽丝的家，通过详尽地描写每个家庭的室内布置、家具、日用品等的不同风格，叙事中出现了大量名词化的物质片段，冷冰冰的物质被人为地裹上暖洋洋的情感，成为主人公们的精神家园。同样地，在第二册中，主人公也是通过对舅舅家摆设的描述来表达心声，完成民族身份的认同的。

四、"家"的民族价值

就在爱伦筹划与约翰开始新生活之际，她意外拿到了母亲临终前写给她的信。母亲希望自己去世后女儿能够到苏格兰跟自己的家人——爱伦的舅舅、姨妈和外婆一起生活，这样自己才能够安心地离去。面对母亲的临终遗言，爱伦虽有诸多不舍，但还是遵从了母亲的意愿毅然决然地离开了温暖的新家，继续她的寻家之旅。这次返乡，意义重大，不仅属于她个人，也代表着千千万万同她一样背井离乡的英国人的返程。可以说主人公的个人经历被赋予了整个民族的色彩。初到舅舅家，首先映入眼帘的依然是室内的摆设："房子很漂亮，也很舒适，装饰得比较豪华；但却没有炫耀的痕迹。家具是老式的，一点都不花哨，甚至还有些家的感觉。"（Susan Warner1852：252）这样的室内布局一下子拉近了与她未曾谋面的亲戚的距离，亲近感油然而生。在整部小说众多的室内装饰描述中，唯有爱丽丝和舅舅家是得到主人公认同的家。笔者认为，作者如此安排情节是有原因的。爱丽丝的家代表了爱伦寻家历程取得的第一个胜利，她被这家人接受并最终与男主人约翰结为夫妻代表着新移民成功地在美国安家落户，融入并开始崭新的个人生活。而舅舅的家代表的是爱伦的出生地——她的故乡，对故乡她有着难以割舍的依恋与思念。二者之间如何取舍，正是小说第二册的用意所在。

　　这部作品中的人物多是来自不同国家的新移民，有瑞士的，有荷兰的，还有苏格兰的。爱伦可以说是美国的第一代移民，而她母亲的遗愿：希望女儿返回家乡与亲人团聚更是突出了移民与出生地国之间的强烈情感纽带。文中的瓦斯太太是位瑞士移民，来到美国之后，她没有像其他移民一样选择平坦的地面建造房屋，而是远离众人把自己的家建在了山上。爱伦和爱丽丝去探望她时，爱伦一眼就看出，这幢房屋和它的主人都不是美国式的（Susan Warner，1852：190）。她问瓦斯太太："您为什么喜欢住在这里而不是气候温暖的山下呢？"瓦斯太太答道："因为这样会令我想起我的老家，我年轻的时候。如果说我还有什么愿望的话，那就是能够再次看到我的阿尔卑斯山。不过我知道，那是不可能的。"（Susan Warner，1852：192）无法解除思乡之痛，瓦斯太太只得用实实在在的物件时时刻刻提醒自己，终日生活在怀旧的痛苦当中。

　　正如上文所讲，小说并未就此打住。小说的社会价值在第二册的巧妙安排下大大提升了。爱伦如母亲所愿回到了她的故乡，这段经历最终帮助她完成一个移民在美国这个第二故乡的民族身份认同的完成，因为爱伦最终选择的家不在苏格兰，而是美国，尽管她的亲戚都希望她留下。而这一切也是经由物质传递的：物质修辞性的罗列在不断提醒着爱伦，她的精神家园究竟在何方。

　　爱伦的美国朋友都以为，她此次探亲恐怕是不会再回到美国了。她的一个朋友说："你会变成苏格兰女人的。"（Susan Warner，1852：244）爱伦的亲戚也想方设法说服她永远留在苏格兰，第一次见面她姨妈就告诉她："必须学会忘掉美国的一切，接受英国身份。"（Susan Warner，1852：257）对于那个遥远的新大陆，爱伦的舅舅、姨妈和外婆都是鄙视的态度，他们把美国称为"落后的边远地区"，对于爱伦过去三年在美国的生活，包括结交的朋友、学习的本领以及读过的书籍，给予了全盘否认，而且从此都不愿爱伦再提起。在他们看来那些移民都是叛国者，他们叛离了自己的祖国，在美国苟延残喘，就连对美国伟大的将领华盛顿也是嗤之以鼻。她舅舅对她说："如果他们对你的确不错，爱他们是理所应当的。不过正像你姨妈所说，那些都已过去。不必向后看了。忘掉你是个美国人，爱伦——你属于我；从此你不再姓蒙格麦里，姓林塞。"（Susan Warner，1852：258）舅舅甚至要改变爱伦的姓氏，从而改变她的国籍，迫使她忘掉自己的美国身份。面对这样强大的"敌人"，爱伦并未害怕，正如在姑姑家一样，她选择了勇敢面对，积极主动地应对。而这一切，也是通过对物质的处理表达出来的。

像在姑姑家一样，爱伦用自己随身物品来营造一个自己熟悉、认同的家。"她心爱的书桌被安置在了房间的中心……工具箱摆在了窗边的架子上。"（Susan Warner，1852：283）房间的一切似乎都布置好了，这时爱伦突然发现还缺样东西——"一瓶鲜花"，那是她第一次拜访爱丽丝家时留下的美好印象。而当她躺在新家的床上，"自然而然爱伦的思绪回到了她上次犯头痛时的情景，那是在家里"（Susan Warner，1852：284）。周围自己用随身物品创造的新家，无时无刻不在提醒着她，自己的家在美国。爱伦的思乡之情代表了许许多多同她一样的新移民对第二故乡的认同感。而作者刻意地安排爱伦回乡探亲——离开美国，恰巧突出了新移民对第二故乡而非出生地的思念。

约翰曾送给她一本《天路历程》，爱伦很是喜欢，每天都会诵读，遇到无法解决的问题，她便试图从中找寻答案，而且每次都能令她满意。舅舅发现了她的秘密，担心这本书的存在会令她无法彻底地忘记美国，无法忘记美国的人和事，于是把书没收了。这一粗暴行径令爱伦寝食难安。为了转移爱伦的注意力，舅舅送了她许多女孩们喜爱的东西，如手表、钱袋、饰品等。看到这林林总总的奢侈品，爱伦的第一反应和其他女孩子一样，满心欢喜，但"接下来，她迟疑了，把手表轻轻推了回去"（Susan Warner，1852：316）。因为她意识到舅舅企图用这些漂亮东西诱惑她，试图令她忘掉那本珍爱的《天路历程》。爱伦当即勇敢地表明了自己的立场：她宁愿要回自己的书。为了这本书，爱伦不惜与舅舅发生正面冲突，她的执着最终打败了舅舅，答应"你放心，我会妥善保管，合适的时候还给你的"（Susan Warner，1852：316）。爱伦之所以对这本《天路历程》如此在乎，不仅仅只是因为它是亲爱的约翰送的，更是由于那是她与日思夜想的美国在物质上保持的唯一联系。每每翻开这本书，爱伦被尘封的记忆大门就打开了，美国的人与事就会纷纷涌上心头，令她感觉不到寂寞带来的痛楚，而感到无比温暖。

五、结　语

故事结束时，爱伦终于返回了日思夜想的美国，圆满地完成了她一生的寻家旅途。以《广阔、广阔的世界》为代表的美国家庭小说，以物质形式为中心的修辞系统，在叙事中起到重要的推动与深化作用，这种物质修辞手法也使得美国家庭小说形成了一种独特的叙事景观。物质的罗列传递出主人公爱伦对精神家园的寻找与认同，帮助她从个人小家走了出来，融入美国新兴中产阶级的群体当中，代表着千千万万美国移民的心声。

参考文献

[1]Emily，V. It should be a family thing：family，nation，and republicanism in Catharine Maria Sedgwick's A New England Tale and The Linwoods[J]．American Transcendental Quarterly，2005，19(1)：51 - 74．

[2]Susan，W. The Wide，Wide World Vol. 1[M]．New York：G. P. Putnam，1852．

[3]Susan，W. The Wide，Wide World Vol. 2[M]．New York：G. P. Putnam，1852．

[4]刘笑元．19 世纪美国家庭小说的女性观和慈善观[J]．学术探索，2011(4)：109 - 113．

[5]刘笑元．19 世纪美国家庭小说中"家"的意义——以《广阔、广阔的世界》为例 [J]．边疆经济与文化，2014(3)：87 - 89．

[6]卢敏．19 世纪美国家庭小说与现代社会价值建构[J]．外国文学评论，2009(2)：60 - 69

[7]赵元蔚．收集癖：一种现代创作的特色[J]．2013(3)：72 - 75．

战后英国诗歌的文化特性及其发展脉络*

杨　汨　刘宜珂**

摘　要： 1945 年随着二战结束后，英国社会经济和文化发生很大的变革，诗歌的发展也逐渐改变了它原有的模式。尤其是进入 20 世纪 90 年代之后，用传统的某个统一的文化术语或是文学术语，如"现代"或"后现代"等已经无法为英国诗歌分类。英国诗歌从文化特性上来说，逐渐走上了多元化放射性发展的道路。本文致力于以战后诗歌中所反映出的后现代主义思想这个核心为研究对象，试图为这一阶段的英国诗歌在文化特性方面的发展整理出一个大致的脉络。

关键词： 战后英国诗歌；文化特性；多元化；后现代

英国诗歌有着悠久的历史，在世界文坛地位显赫。而近年来，与美国当代诗歌研究相比较，英国诗歌显然没有受到世界范围内学术界的足够重视，无论从相关研究发表的论文或者专著的数量及其质量来说，都远远落后于对美国诗歌的研究。二战后，英国在经济和政治发展上的没落，对于诗歌写作和研究也产生了重要的影响。二战以后，战争的残酷性和战后冷战引发人们对现代文明和人自身存在的怀疑。另外，随着 20 世纪英国殖民统治的土崩瓦解、科技的发展、少数民族和女性团体的崛起，进入后殖民时代的英国诗歌呈现了全新的发展形势。在这种社会经济急剧变化的背景下，战后英国诗歌（主要指 1945 年后）反映的文化特性体现出如下特征：在继承 20 世纪早期文化思潮的基础上，以后

＊　云南省教育厅社科基金项目"当代英国诗歌研究"（2012Y279）研究成果。

＊＊　作者简介：杨汨，云南大学外国语学院副教授，研究方向为英美文学、跨文化交际；刘宜珂，云南大学外国语学院英语专业 2017 级研究生，研究方向为英美文学。

现代主义为核心，呈多元化放射性发展。

纵观国外学术界对这一时期英国诗歌的宏观研究，已有的研究文献形成了三种主要的研究范式。研究范式一：将 20 世纪或 1945 年二战后创作的英语诗歌汇编成诗集，供研究和学习者学习，包含合集，如诺顿编选的英美、爱尔兰、加拿大等国的现当代诗歌（Ramazani，Ellmann & O'Clair，2003）；或是仅包含英国（爱尔兰）分类编选的诗选，其数量不超过 10 本。基于这一研究范式的文献，为本文从全景式观察英国当代诗歌中的社会思潮问题提供了有益参考，但其不足之处是，这些文献中没有对诗作的评论，只有少量注释。研究范式二：以一定的文学批评角度或作者群作为遴选原则，然后对研究对象作出较深入的批评，如以女性主义和文化研究为切入口，或以少数民族诗人作为一个族裔群体的诗歌为切入口。这些研究中都提到了话语权、解构主义、存在主义等后现代思想的元素，但是主要以诗人为主体，没有归纳、对比和聚焦在诗人所反映的思想上。基于这一研究范式的文献，大多强调女性和少数民族这些被边缘化的群体如何在文学主流中寻求自己的文化认同，发出自己的声音。但这一范式下的研究大都停留在某一个群体的微观研究上，缺少对多种思潮的宏观把握。研究范式三：在多种批评视野下对英国当代诗歌较为宏观的观察和分析，研究对象跨度都在 20 年以上，对当代英国诗歌发展和变迁的轨迹都提出了自己的看法。詹姆斯·阿切森（James Acheson）在《当代英国诗歌—理论与批评》（Acheson，1996）中提到英国当代诗作中闪现的后现代主义思想；研究 1970 至 1980 阶段英国诗歌的评论家阿兰·罗宾森（Alan Robinson）的《当代英国诗歌的不确定性》（Robinson，1988）和肖恩·欧布莱恩（Sean O'Brien）的《管不住的缪斯：当代英国和爱尔兰诗歌文选》（O'Brien，1998）都提出了英国当代诗歌发展的不受限与不确定性，这些论著均表现出面对纷繁复杂研究对象的迷茫。

中国学者也努力试图为多元的英国诗歌理出一些头绪。他们不仅在论文中综述当代英国诗歌发展的概貌、总结成果和划分流派，还各自提出了英国诗歌在当代的发展轨迹。张剑（1997）在论文中指出："这个发展大致是从反传统的现代派到反现代派的各种流派。"何宁（2002）指出："英国诗歌从对现代性的探索，至'英国性'的回归，到多元化、非本土化、非精英化的发展轨迹。"王宁（1998）在《当代英国诗歌概述》等论文中明确指出："虽然我们不能说战后的英国诗歌一直是以后现代主义为主流，但其重大影响和多元走向却是不可否认的。"基于这一研究范式的文献可以看出，国内外对英国当代诗人的研究还处于未全面深入展开的阶段。专著总数偏少，国内研究成果主要是一些介绍性的论文，近年专著仅见章燕（2008）《多元·融合·跨越：英国现当代诗歌及其研究》一本。

从以上研究可以看出，其分析的结果均或间接或直接地佐证了英国战后诗歌发展多元化的特色。这种多元化的具体表现是纷繁复杂的，从诗歌主题的"平民泛化"，到诗歌语言的多样化；从女性诗歌在主流文学中地位的提升，到地域诗人群体民族意识的崛起；这些都是战后英国诗歌发展中齐头并进的新风尚、新特色。但是，尽管这些多元化的表现琳琅满目，究其核心，都是发起于同一个源头的——在后现代主义观照下，以往被英国主流诗歌忽视的诗歌元素、诗歌流派、诗人群体与少数民族意识在战后主流派系的式微中逐步地显现于英国文坛，塑造了战后英国诗坛发展的多元化轨迹。

就战后英国诗歌艺术本身的特点而言，多元化带来的第一个显著变化无外乎是在诗歌主题与诗歌语言的选择广度上的扩展。自华兹华斯提出"所有的好诗都是强烈情感的自然流露"以来，英国诗歌的主题与文字一直都在朝大众化、通俗化的方向发展。这种变化尤其在 20 世纪 50 年代左右，英国出现的"运动派"和"集群派"诗人代表作当中有充分的体现。菲力普·拉金、托姆·根恩、唐纳德·戴维等的诗作中普遍反映出生活在战争年代的英国人所带来的前所未有的焦虑、不安与恐惧。这些情感迫使他们放弃了传统英国诗歌中对形而上的理想和诗歌美学形式的追求，转过来寻求更平易近人的意象与语言，以求更真实地抒发在历史的车轮下受难的人民的心声。

1914 年出生于威尔士的狄兰·托马斯的诗歌继承了浪漫主义的形式，但是其核心主题却是伤病、死亡与人性的冲突，这一过渡性的诗风体现了自浪漫主义至后现代主义发展进程中英国诗人对于诗歌主题与形式的思考轨迹。

首先，值得注意的是：很多浪漫主义诗歌都表达了对生活的热爱，对生命的向往，而狄兰·托马斯建立在浪漫主义基础上的观点却是死亡。其次，在狄兰托马斯的诗歌里，死亡并非唯一主题，换言之，死亡意象并非独立的存在，而多与"方舟""十字架""基督""上帝""天堂""地域""圣徒""祭坛""修女"等诸如此类富含宗教色彩和历史内涵的宏阔意象以及"子宫""精子""耻骨""乳房""大腿""胯部"等这些富含性意识的意象相互交织。而当死亡与性及宗教相碰撞，当光明与暗黑相纠缠，狄兰·托马斯的诗作里自然无可避免地爆发了一场又一场奇崛而迷人的花火。在那一个个看似破碎实则自成一体的神秘世界里，死亡充满了神秘而瑰丽的张力，更富有一种无可言喻的生命力。

伴随着诗歌主题的通俗化，英国诗歌的语言也得以摆脱了长久以来对于诗歌作品中较为"污秽"的字词语句的避讳，吸取了美国同时期崇尚口语语言与自由诗体的诗歌流派的经验，收获了敢于直抒胸臆的魄力，得到了解放。即便是早年诗风中有学院派痕迹的菲利普·拉金，也在1965年的《高窗》中写下："当我看见一对年轻人，／猜想他在操她，而她／在吃避孕药或戴子宫帽，／我知道这是天堂，／每个老年人都曾毕生梦想——／束缚和行为被推向一旁。"诗作中出现的"操""避孕药"和"子宫帽"等为英国传统诗歌所避之不及的禁忌语，折射出英国诗歌脱离束缚后的快乐；"天堂"的意象，不仅是就诗中所反映的英国社会风尚而言，似乎同时还是在为诗歌的语言得以摆脱以往的束缚，具有更多更加自由的选择而发出的感叹。

就战后英国诗歌流派发展的特点而言，其多元化进程主要还表现在女性诗人这个群体在英国诗坛上的集体抬头。女性诗歌在战后的英国诗歌界逐渐由边缘走向中央，由受排挤、被忽视到得到主流诗歌艺术的认可，虽然这一过程是步履维艰的。在一战时期，英国诗歌界对于军旅诗人（war poet）的定义过分狭隘，仅仅单一地关注真正身赴前线"参与"了战斗的男性诗人所写的作品。在一战时期占据主流位置的战争诗歌集中，女性诗人作品几乎从未被收录、发表。这种排挤与忽视剥夺了许多女性诗人在战争年代向大众传递自身以及自身群体诉求的机会，但也从另一个侧面塑造了女性诗歌中对于英国社会中的性别歧视与男权主义尖锐的反思与批判。到二战结束时，英国女性诗人对于性别与社会的思考经历了数十年间的打磨，褪去了其初始时尽管尖锐但过分单一的注重两性社会权利不平等这一方面的批判，取而代之的是一种更为清醒的对于两性社会关系上的差异这一问题的思考。如果说一战时期的女性诗人关注的问题是"女性能干什么？"的话，二战后的女性诗人则可以说将这一问题深化到了另一个层面，向当时意图将男女间社会秩序拉拽回战前阶段的英国父权主义发问："女性该干什么？"在步入战后重建阶段的英国社会中，家庭生活所承诺的安逸与安全与女性群体所迫切追求的独立自强的生活态度构成了一组难以调和的矛盾，女性诗人作品中折射出的便是在这种矛盾下她们对于自身身份被割裂为妻子与母亲等社会要求的角色与自身向往的以写作诗歌为目标的身份这一现状的愤懑。这种矛盾冲突在20世纪六七十年代的女权主义运动后逐渐得到重视，转变为了社会的主要矛盾之一，也将女性诗人推向了英国诗坛的中心舞台。

卡罗尔·安·达菲就是一位当代英国女诗人的代表。她是英国历史上第一位女性桂冠苏格兰诗人与剧作家。自 20 世纪 60 年代起进行诗歌创作以来，她就希望自己的诗歌为社会各色人群提供其发声的机会。到 20 世纪 80 年代，她已颇为诗歌界所关注，广泛获得英国国内各类重要诗歌创作奖项。她所关注有关性别、种族、虐待儿童、同性恋等社会现象及其他涉及英国当代价值观和精神文明的问题，反映出诗人不仅受到 20 世纪 70 年代女性主义的影响，也受到了后现代女性主义诗学的影响。例如，在她的《情人节礼物》这首诗作中，通过"旧瓶装新酒"的形式，表明了她鲜明的女权意识。

"收下吧/它白金色的葱圈会收缩成一枚婚戒/如果你喜欢/足以致命/它的气味将附着在你的手指上/附着在你的刀上。"浪漫的情人节礼物不是世人眼中象征着爱和浪漫的鲜艳玫瑰，也不是高雅脱俗的永恒钻石，亦不是印着吻痕的传真。在达菲笔下，情人节礼物只是一颗辛辣而让人心碎的洋葱。"就像我们一样/霸道而又坚贞"展现着一种浓郁的男性霸道之感，似乎是在展现试着努力摆脱一种父权的控制，反对着男性对女性的强制霸权和禁锢原则。然而整首诗读下来，却感觉到此诗像出自女子之口。"足以致命/它的气味将附着在你的手指上/附着在你的刀上。"致命的气味以及切碎洋葱的刀指向的是女性政治权利、社会地位的崛起将会对现有男权社会的规则化思想形成强烈冲击，富有攻击意味的意象给予我们想象力强烈的释放，渐渐地包含着爱与光的"洋葱"将会收缩成一枚婚戒，终此打破既定的女性地位低下的一切规则，真正得到一个"浪漫的情人节礼物"。

另一个在战后由边缘走向中心的群体则是少数族裔诗人。这一潮流得益于战后英国国内北爱尔兰、苏格兰、威尔士等地民族意识以及文化独立意识的觉醒。在这种社会背景下，英国少数民族族裔诗人开始着重从地域文化中挖掘诗歌的新材料与新语言。以谢默斯·希尼为首的一批爱尔兰或者北爱尔兰诗人开创性地结合了英国诗歌传统与爱尔兰本土的文化沿袭，在诗中从生活在爱尔兰与英格兰的夹缝中的个人——而非国家整体——的角度审视英爱两国的历史与政治文化冲突，从而丰富了 20 世纪 60 年代英国诗歌多元化的进程。以希尼1969 年创作于西班牙的《1969 年夏天》这首诗为例，当时北爱尔兰暴力事件愈演愈烈，而诗人当时正看到西班牙大画家戈雅为西班牙 1808 年反法起义烈士所做的画作。希尼写道："我退到普拉达宫美术馆的阴凉地。/戈雅《五月三日的枪杀》占去一堵墙——那些扬起的手臂/和反叛者的痉挛，戴头盔/和背背包的军队，枪支/齐射的有效斜度。在隔壁/他的梦魇，嫁接到宫墙——/黑暗的气旋，集结，溃散；农神/用他自己孩子的血来装饰，/巨神混沌把他那野兽的屁股/转向世界。还有，那决斗，/两个狂暴武士为了荣誉而用棒/把对方打死，陷在沼泽里，下沉。"（黄灿然，2013）希尼在诗作中一贯以悲天悯人的胸怀谴责暴力，谴责杀戮。这首诗歌中也没有明确表明政治态度，他"并未站在某一方去谴责另一方的暴力行径，却对暴力残杀本身提出了抗议，这是诗人站在人类文明史的高度，对采取武力手段来解决政治问题和宗教问题的否定"（章燕，2008）。有批评家认为希尼的政治态度较为暧昧，而这一点正是希尼作为一个战后的英国诗人与传统诗人的不同之处，立足于世界性的视角，希望达到多元文化的平衡，这样的社会责任感最终令他冲出了英国的范围，于1995年获得诺贝尔文学奖。

除政治原因之外，英国国内之前被忽视的地区方言也是少数族裔诗歌崛起的重要原因之一。伴随着英国国内南北地区贫富的两级分化，小镇乡村与大都市之间的离心力愈发明显，生活、工作于相对较贫穷的北方的部分英国诗人的作品也在这一时期更多地侧重于彰显地域语言文化。这一趋势下，诞生了许多类似于巴兹尔·邦廷的《布里格公馆》等大量采用了地方文化与方言要素的诗作，为英国诗歌注入了新鲜的血液。同时，这一时期少数族裔诗人引领的多元化发展中还有不少前殖民地移民作家的身影。这些新移民诗人运用带殖民地特色的英语语言变种表达他们对于殖民统治的感受，这不仅丰富了英国文学作品的主题，也扩展了英语语言的范畴。就整体而言，一方面，少数族裔诗人步入主流诗坛的进程丰富了英国诗歌的文化内涵，指出了英国诗歌新的发展方向；另一方面，这也削弱了英国诗人对一个统一的英国文化的认同感，强调并放大了地方与个体差异，这些因素后续又进一步沉淀发酵，其影响在近年的脱欧文学作品中也逐步得到显现。

为什么要研究战后英国诗歌？

事实上，西方的文学思潮或诗歌流派并非空穴来风或无中生有，而是特定的社会、历史、文化多方相互作用的结果，是英国社会剧烈变化的艺术呈现，也是西方文学自身发展的结果。战后的英国诗歌与西方文明危机并非与中国毫无关联。在全球化的时代背景下，文明的一个突出特征就是其交流在广度与深度上都取得了相当的进步，东西方文明在碰撞、冲突中寻求着对话、融合，在引进、借鉴中进行着排斥和批评，在共同性中寻找着差异性，在差异性中寻找着共同性。用战后英国诗歌的文学思想来思考中国自己的问题，用其现代的艺术手法来表达中国人自己独特的思想感情，用西方的文明危机来为中国的文明发展敲响警钟。

自 20 世纪 90 年代以来，英国诗歌又经历了 20 多年的发展，在学界对美国诗歌普遍更为关注的情况下，顽强地坚持多元发展的道路，发出了自己的声音。后现代主义浪潮作为 20 世纪一种主要的社会文化思潮，给英国这个古典和现代主义诗歌都曾在世界文坛占据重要一席的国家带来不小的冲击。从文化特征上来看，英国诗歌在这个阶段的发展应该说是以后现代主义为核心，后殖民主义、女权主义、生态批评等多种文化思潮对引领英国诗坛的领袖们也产生了重要影响，从他们诗作当中所反映出的文化特性上，已经得到了充分的验证。但是囿于篇幅有限，本文不再展开讨论。在此抛砖引玉，希望后来者在上述已有研究成果基础上，进一步在文化和社会更多元发展背景下，辨析英国诗歌中后现代主义思想的渗透性，不断用源于后现代主义的多种文学批评理论检视自 1945 年以来至今的英国当代诗歌，为我国文学界和批评界在研究中国当代社会文化思潮中面临的类似问题提供借鉴。

参考文献

[1]Acheson, J. Contemporary British Poetry: Essays in Theory and Criticism[M]. New York: State University of New York Press, 1996.

[2]O'Brien, S. The Deregulated Muse: Essays on Contemporary British and Irish Poetry[M]. Hexham: Bloodaxe Books, 1998.

[3] Ramazani, J. Ellmann, R. & O'Clair, R, eds. The Norton Anthology of Modern and Contemporary Poetry, 3rd ed[M]. New York: Norton, 2003.

[4] Robinson, A. Instabilities in Contemporary British Poetry [M]. London: Macmillan Press, 1988.

[5]何宁. 20 世纪英国诗歌的变迁[J]. 当代外国文学, 2002(4): 70 – 75.

[6]黄灿然. 谢默斯·希尼 29 首(修订版). https://site. douban. com/106369/widget/articles/11971/article/28746122/.

[7]王宁. 当代英国诗歌概述[J]. 诗探索, 1998(4): 172 – 181.

[8]张剑. 当代英国诗歌的发展：1970—1990[J]. 外国文学评论，1997(3)：130 – 135.

[9]章燕. 多元·融合·跨越：英国现当代诗歌及其研究[M]. 北京：人民文学出版社，2008.

论本土文化自信在马克·吐温作品中的体现[*]

王文俊[**]

摘　要：本文从外国文学作品文化自信建构的视角出发，基于对马克·吐温主要小说作品的分析，从创作的时代背景、文本的空间背景、作品语言风格和人物形象描写的本土化特征四个方面来讨论美国本土文化自信在马克·吐温这一美国现实主义文学大师作品中的体现。

关键词：文化自信；美国现实主义文学；马克·吐温

一、导　言

海明威曾这样说过："全部的美国现代文学都源于一本马克·吐温所著的《哈克贝利·费恩历险记》。"（*The Adventures of Huckleberry Finn*，1884）（Baker，1962：2）从主观因素来看，这样的高度评价源于马克·吐温对海明威的影响，因为海明威被普遍认为是继承和发扬了马克·吐温的写作特点；从客观因素来看，确实说明《哈克贝利·费恩历险记》作为马克·吐温的主要代表作在美国文学，尤其是美国现实主义文学中的地位。马克·吐温的作品开创了美国本土文学或是民族文学的先河，其语言和主题含有前所未有的美国特色，标志着真正的美国小说的诞生。马克·吐温所倡导的现实主义文学"是一种极具区域特色、用美国方言创作的文学。这种现实主义传统认为，现实主义文学必须在其创作中包含种族、社会环境以及作者所处的历史时代"（丛郁，1995：46）。在作品

　＊　云南大学人文社会科学研究基金项目"美国现实主义文学中的文化自信研究"（编号：18YNUHSS020）阶段性成果。

　＊＊　作者简介：王文俊，女，博士，云南大学外国语学院副教授，研究方向为英语语言文学及国别研究。

创作的深层所体现出的是美国人在历史文化发展进程中的文化自信。本文将从文学创作的时代背景、作家作品描述的空间背景、文学创作的语言风格、描写对象的社会经验四个方面来探讨马克·吐温作品中所体现出的文化自信因素。

二、外国文学研究中文化自信的借鉴

文学是文化的缩影和反映。通过研究文学，可以洞察其文化内涵，从中借鉴精华和闪光之处，以增加自身文化的活力和包容性。"文化自信"在文字的表现形式上属于新提出来的概念，就实质和表现而言，它与"文化认同""族群认同""文化自觉"等概念有着相似、相通或是相连的关系，属于文化人类学范畴。关于文化自信的研究，要从文化人类学视角出发来进行梳理。文化自信是"一个国家、一个民族、一个政党对自身文化价值的充分肯定，对自身文化生命力的坚定信念"（云杉，2010：14）。

关于文化自信与外国文学关系的研究近年来在中国学界得到了前所未有的重视。2017 年 9 月，中国高等教育学会外国文学专业委员会 2017 年学术年会暨文化自信与外国文学研究学术研讨会召开，"文化自信"与外国文学研究的关系首次成为研讨会的主旨。大会在"文化自信和外国文学研究"的主题下，进行了三大方面的讨论：文化自信与外国文学研究中国话语建构的理论思考；外国文学具体研究领域的中国学术话语建构；外国文学教学改革与人才培养的中国立场。北京大学刘树森教授认为，文化自信是中华文明在 21 世纪延续和发展的基础，外国文学的教学与研究者应自觉地认识与把握中国立场，从中国的视角进行教学与研究，辅导学生从中国视角学习和认识外国文学的发展历史。南开大学王立新教授表示，文化自信绝不是封闭的概念，我们要像先辈那样"两脚踏中国文化，一心评宇宙文章"，用实事求是、客观严谨的学术研究确立起真正坚实的文化自信（杨丽娟，2017：174）。正如我国的外国文学研究中有影响力的"莎士比亚研究"所强调的"借鉴与创新"原则一样（李伟民，2016：28），研究美国现实主义文学对于当代中国的文化自信构建也是有着积极意义的。文化自信赋予了"借鉴与创新"新的要求。

在我国文学、外国文学和比较文学领域，应侧重或强调本土经验与外国文学之间的关系研究。真正的美国文学始于美国现实主义文学，现实主义文学作品所体现出的美国特性都源于美国人对美利坚文化的认同、自觉与自信。美利坚民族的文化在源头上是欧洲文化的移植，文学作品大多是舶来品。随着美国

人意识的不断增强，其文学作为美国新兴文化的重要组成部分，必须具有鲜明的美国特色。作为 19 世纪美国现实主义文学的主将，马克·吐温在其作品中体现出了其作为美国人对自民族文化的自信。正因为有这样的文化自信，他的小说成为美国民族文学和本土文学诞生的真正标志。因此，从马克·吐温作品中剖析文化自信因素对我国外国文学研究中本土文化自信的构建具有积极的借鉴意义。

三、马克·吐温作品中的本土文化自信

（一）美国现实主义文学产生的背景

美国现实主义文学一直是美国文学的主流，它对现代文学产生了直接的影响，甚至还出现了现实主义文学的回流，故而又有新现实主义文学的说法（郭继德，1997：147；胡铁生，2004：120）。从传统概念划分来看，美国现实主义文学是指从美国内战结束至第一次世界大战之间的文学。回顾美国现实主义文学的产生背景，可以看出历史因素促进了美国人的文化认同。现实主义追根溯源兴起于法国，是席卷欧洲和美国的文化思潮与运动（邱安昌、王军，2001：88）。现实主义与之前的浪漫主义形成鲜明的对比，强调"真实客观地反映现实"（潘淑娟，2007：72）。正是现实主义文学的产生和发展加速了美国文学民族性特征的形成。

美国内战结束于 19 世纪 60 年代中期，在南北纷争和对峙被国家的统一所取代之后，联邦的建立以及西进运动使得美国人产生了前所未有的民族自豪感，美国社会进入了一种全新的社会秩序。在此时，美国文学也随时代的变化进入新的阶段，作家们希望向外界展示美国人的乡土性格、地貌景观和乡土方言，强调本地区的文化特征，刻画本土的个性与尊严。在现实主义文学创作中，要求"写实"和"描述自己所生活的环境"的呼声越来越高，不断摆脱英国文学创作经验的影响，体现美国人自己创作的美国小说的特性。《镀金时代》（*The Gilded Age*, 1873）是马克·吐温与查尔斯·沃纳合写的长篇小说，也是他的第一部长篇小说。该小说大胆揭露了美国南北战争以后，美国社会中出现的种种现实问题，作家用生动和讽刺的语言提炼和浓缩了社会现象中的丑态。于是，"镀金时代"成为美国内战后发展勃兴时期具有贬义的代名词（虞建华，2015：1153）。文化自信并不是对本民族文化盲目的骄傲和自大，正是因为有了对本民族文化

的自信，马克·吐温这样的现实主义作家才有自信去针砭时弊地反映属于美国社会的问题，如中西部与东部人之间的差异、为了共同利益所进行的投机和勾结等。从大环境来看，正是美国内战结束后的时代背景催生了美国现实主义文学的产生、发展和成熟，并为作家的创作提供源源不断的灵感和素材。

（二）作品文本中的美国本土背景

乡土文学或称区域文学，"具有特殊的质地和背景特点，包括当地语言、风土人情、民间传说等，是除了本地人外其他任何地方或者任何人都不可能创作出的文学"（虞建华，2015：1257）。美国现实主义文学流派众多，但有一个共同之处就是"写真实、描述自己所生活的环境"（丘安昌、王军，2001：88），马克·吐温也不例外。"马克·吐温"这一笔名的来由就与美国的密西西比河息息相关，是水手在航道上测水深度的术语。密西西比河是美国的最长河流，是美国人的母亲河。马克·吐温很多作品的创作背景都与密西西比河有关，如《密西西比河上的生活》（*Life on the Mississipi*，1883）、《汤姆·索亚历险记》（*The Adventures of Tom Sawyers*，1876）（后简称《汤》）和《哈克贝利·费恩历险记》（后简称《哈》）。《密西西比河上的生活》是马克·吐温的自传体游记，书名的文字表述就限定了创作的背景，并用出色的抒情手法描述了密西西比河的自然风光，记载了发生过的奇闻异事，也描绘了作者自己的心路历程。从河流的外在形象来看，密西西比河生命力顽强、变化多端、难以琢磨，在养育着流域广大人民的同时，又具有危害性和破坏性。众多自然现象之后，又暗喻着复杂的社会现象。《汤》和《哈》都以密西西比河及周边的乡村和小镇为故事背景，在儿童历险的过程中，密西西比河成为出现频率最高的地名，它湍急的河水、河面上漂浮着的木筏、河岸两旁的树木成为密西西比河岸社会上层和底层人们生活的大背景。

当看到作品的名字、读到作品中的密西西比河时，读者的思维很快就定格在了美国中西部，如同伴随主人公在密西西比河畔进行了很多次旅行和冒险，遇见了性格迥异的美国人。所有发生的事情似乎都可以与河流建立联系。马克·吐温从小成长的地理环境赋予了他丰富的生活经历，为他的作品提供了最天然的创作背景，使他更能观察社会、洞察人物内心、反映理想与追求；也能让读者在第一时间拉近与美国本土的距离、感受美国那一特定时期的社会矛盾与冲突。例如，哈克和吉姆每次历经艰难险阻逃离之后，静静地、欢快地坐在木筏上在密西西比河顺流而下的时候，读者会感受到一种安全、自由、幸福的感觉，似乎密西西比河就像母亲一般拥抱和抚摸着顽皮的孩子们。

马克·吐温作品中通过对密西西比河的描写，一方面反映出他对本土的热爱，在之前美国东部文学占主导的情形下，中西部文学以美国第一大河作为背景成为现实主义文学创作的主题，给人一种横空出世、耳目一新的感觉；另一方面，美国内战结束后，文学不再是浪漫主义时期的诗歌、不只局限于独立战争前后的政论性文本，也不是新英格兰地区爱默生的诗歌与散文、霍桑对清教主义的批判或是梅尔维尔对美国人民持久精神的歌颂等（Fulton，2011：136）。现实主义文学继承了浪漫主义文学中的民主、人道和抗争精神，但强调面对现实、塑造现实生活中的人，揭露现实生活的本相（胡铁生，2004：120）。马克·吐温以美国的第一大河密西西比河作为鲜活的背景、气势恢宏地描写和反映了美国社会，这正是对美国文化的自觉中文化自信意识对文学创作提供了源泉。在自觉的基础上，才会产生自信，进而为自主创造条件。

(三) 文学作品中的语言风格

美国文学诞生之初，有较为明显地模仿英国文学的痕迹。随着美国历史的发展进程，文学创作也有了发展和变化。马克·吐温被视为"真正彻底摆脱欧化痕迹，创作出美国式文学语言"的作家（程玲，2014：6）。马克·吐温作品中的语言风格具有口语化和方言化两大鲜明的特点。首先是口语化。马克·吐温对方言的灵活运用可以说在美国文学创作中首开先河，并且是独一无二的。他可以根据人物角色的背景和性格特点，简明直接地使用口语化的文字。大多时候句子结构简单有些时候甚至不合乎语法规则，是典型的区域口语。再者是方言化。他在巧妙地应用口语的同时，还根据故事人物背景的特定历史时期与特定区域，赋予了浓重的方言，使其乡土特色更为生动真实，人物形象跃然纸上。

文学作品是通过文字表达和传递思想和内容的。马克·吐温作品语言的乡土特点给人一种地道的美国印象。从社会语言学的角度看，在英美社会存在以语言、口音、方言来区别人的身份、地位和职业的倾向。由于北美殖民主义文化的影响，标准的英国口音比美国英语有优势、美国东部口音又比中西部口音有优势。而马克·吐温直接用鲜活的语言让角色表现得更为形象生动，让读者第一眼在语言表述层面就能感受到了美国的气息。此外，这样的语言风格还产生了幽默和讽刺的味道，将作者的思想和写作意图表达得入木三分、淋漓尽致。

在很多对话文本中"ya"的使用，最具代表性。这是在美国英语中"you"的非规范和非正式的用法，同 you 或 your，当然在很多后来的改写版本中这样的语言现象已经被规范化了。又如在《汤》中的"Oh, shucks, I'll be just as careful. Now lemme try. Say – I'll give you the core of my apple."（Twain，2013：20）（"哦，呸。我会小心的，我会把我的苹果核给你"）这样的语句用"shucks"表现出人物的不满情绪；"I'll just be as careful"在语法上也存在问题，表现了人物所受教育程度；"lemme try"就更为口语化了，体现了主人公的儿童语言特点，还有"Less see em."等。这一系列的语言真实生动地展现了人物特点，即一个天真烂漫、富于幻想和冒险、不堪忍受束缚的美国小男孩的个性。像这样的语言在马克·吐温作品中，尤其是人物对话过程中随处可见。如《哈》开端部分就以哈克作为第一人称的口吻，这样说道："You don't know about me without you have read a book by the name of *The Adventures of Tom Sawyer*; but that ain't no matter."（Twain，2013：9）这样的语言风格前所未有，与之前没有散文形式的风格完全不同，也标志着美国小说从文雅的英式小说传统中的脱离（Fishkin，2013：xiii）。这不但表现了英式英语与美式英语的差异，更进一步反映了美国东西部语言的差异，让文字在读者面前变得真实可感。这种"独树一帜"的口语化、方言化写作风格，增加了读者与作品、读者与作者之间的距离，使人读起来很为自然和亲切。大量使用地方语言和土著语言增加了作品的现实主义特色，使得马克·吐温的作品不但得到大众的喜爱、销量激增，还成了美国本土文学创作的文本典范，为现代文学、后现代文学以及新现实主义文学的产生奠定了基础。

（四）文学作品中所刻画人物的本土化

人物是小说的核心，人物的思想、语言、行动都为作者所要传达的思想意识服务。马克·吐温作品中人物本土化的体现为角色的大众化、底层化、多样化和儿童化。他一生创作了大量作品，题材涉及广泛，有小说、剧本、散文、诗歌等，其中以小说最为有名。在这些小说中，他把美国社会最底层的人物作为主要的描写对象，在批判不合理现象或揭露人性丑恶的同时，栩栩如生地展现了本土的人物形象。例如《汤》和《哈》就直接以人物的名字来命名，充分体现了马克·吐温的写作风格。通过"adventures"一词传递了小说的内容和所要表达的冒险精神。汤姆和哈克都是天真活泼、顽皮捣蛋、有探索精神和正义感的小男孩，他们在一路的冒险经历中都体现着乐观自信的精神，这就是马克·吐温作品自始至终在贯穿着的轻快旋律。作为揭露和批判社会现实的作家，马克·吐温既当过排版工人又做过内河水手的经历，让他对美国底层人物的生活有了深刻的认识，他笔下的人物都来源于现实生活中的原型。在揭露、讽刺、批判的同时，他通过少年文学的形式展现了小男孩面对困难时的坚毅、乐观以及迎难而上和一往无前的个性和精神。他们向往自由、喜欢冒险，心地善良、爱憎分明、自信正义，成了具有美国气质的少年。他们的个性有相似之处，也有不同之处，他们既是极为普通的美国少年，又各具特点；他们的善良是自发的也是本性的反应。哈克是美国南部传统教育中的"坏孩子"，他淘气爱撒谎；而哈克要相对自由些，他更明辨是非，可以机智地帮助黑人男孩吉姆逃跑。

还有马克·吐温的短篇小说《竞选州长》（*Running for Governor*，1870），以"我"的竞选州长的遭遇为写作内容。"州长"一词也是在题目层面就表明了人物的美国特性。无论是"候选者"还是"竞争对手"都被赋予了美国特点，小说从批判和揭露美国政治和美国社会现实出发，将人物的特点都发挥了出来。如遭受对方的诽谤和诬陷，"我"的束手无策和节节退让等，都对美国式的民主进行了淋漓尽致的讽刺和批判。

马克·吐温在小说人物刻画的过程中还具有表层和深层的二元关系。如汤姆与波莉姨妈、哈克与华森小姐、哈克与吉姆等。首先来分析前两对关系，汤姆的姨妈处处管教他，希望他成为一个乖孩子，而汤姆就是要逃脱种种限制；华森小姐是哈克养母的妹妹，是一个有爱心的人，但她古板、守旧，总是好心教化哈克，希望他能够脱胎换骨成为像自己一样的上流社会的人，而哈克偏偏喜欢过自由自在的生活。这表明了美国社会中自由精神要打破传统观念束缚的趋势。还有哈克和吉姆的主仆关系，一个是白人流浪少年、一个是逃亡的黑奴，他们结伴而行既有共同之处，也有差异。哈克总是很果断、聪明，是决定的制定者；吉姆则显得憨厚、老实，往往是事情的执行者。这些人物二元对立关系的存在体现了内战后美国社会阶层矛盾的主要关系。因此，人物角色的建构体现出了作者的美国意识，这种基于现实、反映现实、批判现实、反思现实的作品在一个个生动的美国人物形象中得到了体现，并使美国文化特点在作品中得到了深化。

马克·吐温重视对本土小人物的刻画，更注重对日常生活中的平凡人物的刻画，将这些小人物在特定社会背景中的真实经历描绘得生动活泼。其作品的很多题目和内容都符合儿童文学的特点，事实上也适合成年读者。儿童文学的视角能使小说更为真实和生动，更能引起作者的共鸣，也表达了人们对快乐、自由、幸福的美好生活的向往，《哈》第一版就销售 5 万多册，被艾略特誉为"英语的新发现"（邱安昌，2001：89）。

四、结　语

马克·吐温作为美国 19 世纪现实主义文学的旗帜性人物，其本土文学特色处处体现出了他对美利坚文化的自信，即在美国的背景下，用美国的语言描写美国的景物和人物，体现美国社会的矛盾重心，凸显美国人的精神。这种自信文学创作的时代背景、作家作品描述的空间背景、文学创作的语言风格、描写对象的社会经验，值得中国、美国文学研究与教学关注。

参考文献

[1]Carlos Baker，"Two Rivers：Mark Twain and Hemingway"，in Mark Twain Journal[J]．Vol. 11，No. 4（Summer，1962），p. 2.

[2] Joe Fulton："The Reconstruction of Mark Twain：How a Confederate Bushwhacker Became the Lincoln of Our Literature"，in Mark Twain Annual[J]．2011，pp. 136 – 139.

[3] Mark Twain. The Adventures of Tom Sawyer[M]．New York：Penguin Group，2013.

[4]Mark Twain. The Adventures of Huckleberry Finn[M]．New York：Penguin Group，2013.

[5]Shelly Fishkin. Introduction to The Adventures of Tom Sawyer and Adventures of Huckleberry Finn[M]．New York：Penguin Group，2013.

[6]丛郁. 现实主义：美国文学的渊源于传统——美国现实主义再审视[J]．山东外语教学，1995(1)：44 – 47.

[7]郭继德. 当代美国文学中的新现实主义倾向[J]．当代外国文学，1997(4)：147 – 150.

[8]胡铁生. 20 世纪美国文学背景评析[J]．河南师范大学学报：哲学社会科学版，2004(2)：120 – 124.

[9]李伟民. 借鉴与创新：中国莎士比亚研究和演出的独特气韵：纪念莎士比亚逝世 400 周年[J]．河南大学学报：社会科学版，2016(5)：28 – 37.

[10]杨丽娟."中国高等教育学会外国文学专业委员会 2017 年学术年会暨文化自信与外国文学研究学术研讨会"会议综述[J]．外国文学研究，2017(5)：173 – 174.

[11]潘淑娟，高雪．现实主义：美国民族文学的真正开端——论美国 19 世纪现实主义文学的特征[J]．吉林师范大学学报：人文社会科学版，2007(3)：72 – 75.

[12]邱安昌，王军．美国文学中的现实主义[J]．西安外国语学院学报，2001(4)，88 – 90.

[13]虞建华．美国文学大辞典[M]．北京：商务印书馆，2015.

[14]云杉．文化自觉文化自信文化自强——对繁荣发展中国特色社会主义文化的思考[J]．红旗文稿，2010(3)：14 – 19.

越南女性的新呼声——"I am 女人！"

——医班作品导读兼论当代越南文学中的女性写作

张绍菊[*]

摘　要：女作家医班的作品被称为越南当代另类文学的代表，其代表作《I am 女人》曾在越南引起不小的反响。随着越南经济发展进程的不断加快，越南妇女开始睁开眼睛看世界，敢于接触世界文明并做出自己的价值判断与取舍。在一些外来文学特别是中国文学如《废都》和日本文学如《挪威的森林》等作品的影响下，越南的女性文学正在打破传统思想的束缚，从多方面、多角度更加淋漓尽致地表现丰富驳杂的人生与人性，一改过去人们以传统观念"哀其不幸"的单纯同情，更多地倾向于对女性在思想上抗争的一种呐喊。

关键词：医班；当代越南文学；女性写作

一、女性写作与越南女性作家的崛起

20 世纪 80 年代西方女性文学批评和性别理论兴起，女性写作和女性文学研究开始在世界各地引起关注。1995 年第四届世界妇女大会之后，女性文学研究更为活跃。尽管现在学界对如何定义"女性文学"还没有统一的说法，但并不影响女性写作的迅猛发展。许多女性作家把性别角度作为文学创作的切入点，挑战传统的文学写作，解构以男权为中心的霸权话语。题材和表现手法变得多种多样，女性生命体验和欲望表达表现得比过去更为突出，开拓了文学表现的空间，取得了新的审美效果。许多作家回避了重大题材，更多地从熟悉的身边

---

*　作者简介：张绍菊，女，云南大学外国语学院讲师，研究方向为越南文学、对比语言学。

故事切入，以女性特有的敏锐和细腻的笔触，抒发情感、思考人生。

20 世纪 90 年代越南文坛涌现出了一批关注女性命运的女性作家如陈清河（Trần Thanh Hà）、阮玉姿（Nguyễn Ngọc Tư）、黎云（Lê Vân）、医班（Y Ban）、杜黄耀（Đỗ Hoàng Diệu）等，她们以特有的人生体验、独特的视角和极具个性化的叙述语言，创作了一批耐人寻味的女性题材的作品。这批女作家在性别意识的觉醒过程中表现女性的生活现状、生存困境与挣扎的过程，她们对女性经验和女性心理全方位敞开，对个人的生存体验和生命体验的书写、对个体欲望的书写达到了前所未有的境地。

二、医班及其作品

女作家医班（Y Ban），原名范氏春班（Nguyễn Thị Xuân Ban），生于 1961 年 7 月 1 日，越南宁平省人。医班于 1978 年进入河内医科大学学习，1982 年毕业获学士学位。先后任教于南定（省）医学高等专科学校、太平（省）医科大学。任教期间开始用"医班"作为笔名（取在医科院校工作之意）进行短篇小说的创作。1989 年辞职潜心创作。同年 10 月，医班被派往阮攸创作学校学习，1992 年从该学校毕业后到《教育与时代报》做记者，曾任该报总编。1996 年加入越南作家协会，被认为是创作能力最强的女作家之一。

医班是越南一位成果颇丰的女作家。主要作品包括《有魔力的女人》（Người đàn bà có ma lực，短篇小说集，1993）、《暮色中降生的女人》（Người đàn bà sinh ra trong bóng đêm，短篇小说集，1995）、《记忆中的光明地带》（Vùng sáng ký ức，短篇小说集，1996）、《医班短篇小说》（Truyện ngắn Y Ban，1998）、《废弃的庙宇》（Miếu hoang，短篇小说集，2000）、《洪水漂流记》（Cuộc phiêu lưu trên dòng nước lũ，儿童文学类中篇小说集，2000）、《球兰花》（Cẩm Cù，2002）、《集市上的婚宴》（Cưới chợ，2003）、《丑女人没有礼物》（Đàn bà xấu thì không có quà，长篇小说，2004）、《榕树神和我》（Thần cây đa và tôi，中篇小说，2004）、《I am 女人》（I am đàn bà，短篇小说，2006）、《一张假钱的旅行》（Cuộc Hành Trình Của Một Tờ Tiền Giả，短篇小说集，2010）、《春慈菊》（Xuân từ chiều，长篇小说，2013）等。其中短篇小说《给姬姬妈妈的信》（Bức Thư Gửi Mẹ Âu Cơ）和《一个女人的故事》（Chuyện Một Người Đàn Bà）曾获得 1989—1990 年度军队文艺杂志短篇小说竞赛一等奖。短篇小说集《有魔力的女人》（Ng

ười Đàn Bà Có Ma Lực)获得 1993 年由河内出版社组织的"描写河内"征文比赛
二等奖。

医班的作品大都是短篇小说，这些文章虽然短小，却道出了现实生活中妇
女的种种命运，折射出越南社会纷纷扰扰的故事和酸甜苦辣的人生。像《桔子
村》讲述的是革新开放时期一个村子里的一个寡妇每夜都被村里一群男子骚扰，
这些男子在事成后都会在寡妇家的园子里种下一棵桔子树，但会在每次遭到拒
绝后砍掉这棵树。短篇小说集《一张假钱的行程》(Cuộc Hành Trình Của Một Tờ
Tiền Giả)以集子里一篇同名小说的名字为名，讲述的是一张面额为 100 盾的假
纸币经历了社会各个阶层的各种人之手，反映了花花世界背后隐藏的欺骗与谎
言。《春慈菊》(Xuân Từ Chiều)是医班的第一部长篇小说，小说以三个主人公的
名字命名，写作手法独特，文章不分段落，从头至尾浑然一体但却脉络清晰，
给人一种不一样的阅读体验。

2006 年出版的短篇小说集《I am 女人》被认为是医班文学创作的转型作品。
在之前的作品中，医班塑造的人物都是传统的越南女性，她们和大多数作家笔
下的越南妇女形象一样，大都为实现自己的愿望而苦苦挣扎，而命运却往往不
给她们一个完美的结局。而在《I am 女人》中女人们开始抗争，她们为了自己的
理想或者只能说是愿望而敢于冲破传统的世俗观念，追求自己的心灵需求。这
些女人同样都是一些善良的女性，但是她们不再像过去的女性那样逆来顺受，
屈服于男性的淫威和社会强加于她们的宿命，她们起来抗争、放声呐喊。其中
的同名小说《I am 女人》中的主人公就是一个觉醒的女性。故事讲述的是一个叫
氏的年轻农村妇女，有一天在野外看见一个被遗弃的婴儿，尽管家里已经有了
三个孩子，但是出于母性本能和善良的天性，她还是把孩子抱回家抚养。由于
孩子多、田地少，氏一家的日子过得异常艰难。后来在劳务输出公司的介绍下
氏背井离乡去台湾打工，受雇于一个知识分子家庭。男主人因车祸而变成植物
人，氏的工作就是照顾这个瘫痪在床的男主人。由于语言障碍，氏基本不能与
任何人交流，而女主人也从不让她出家门与外界接触。苦闷的氏为了不被扣工
钱，努力地做着她该做的事情。为了解闷，氏每天在女主人和两个孩子出门后
对着根本没有意识的男主人讲述她的家庭、她的丈夫、她的孩子以及她能说出
来的一切，而且亲切地称男主人为"儿啊"。男主人在氏的精心照料下身体机能
有了好转，而且似乎对她的言语会有一些反应。于是男主人成了氏唯一的说话
对象和倾听者，氏像照顾自己的孩子一样精心的照顾男主人，从最初的完成任

务式到后来真心希望男主人能听懂自己说的一切。但男主人还是一直没有恢复意识，而奇怪的是有一次氏在给男主人擦洗身子时男主人的下身有了反应，似乎身体的某些机能有所恢复。后来每次氏一边说话一边为男主人擦洗身体的时候，男主人都会有坚挺的勃起。开始氏可以像对待自己儿子那样对待男主人的异常，但一次又一次的亲眼目睹，使氏终于在一次工作中与尚无意识的男主人发生了关系。不幸的是女主人早有了防备，在屋内安装了摄像头，把氏所做的一切看了个清楚，最终氏不但没有得到她为之奋斗的工钱，反而被女主人以性骚扰罪告上了法庭。成了被告的氏因为语言的关系不能为自己作任何辩护，最后她想起在来台湾之前的出国务工培训班上老师教的英语"I am"是"我是"的意思，于是她决定在第二天的法庭上为自己大声地作一声辩护——"I am 女人！"

这部短篇小说集的出版，被认为是越南文坛兴起的一股"另类小说"热。同时期的另外一位女作家杜黄耀（Đỗ Hoàng Diệu）的《梦魇》（Bóng đè）被认为是越南"另类小说"的开辟者。医班与杜黄耀、阮玉姿（Nguyễn Ngọc Tư）并称为越南当代另类文学的代表。有学者认为这个流派的小说深受卫慧等一些中国作家的影响[卫慧的作品《像卫慧那样疯狂》2003 年被翻译成越语在越南出版发行，得到越南当代著名文学批评家王志贤（Vương Chí Hiền）为其作序，极力推荐卫慧的作品]。但《I am 女人》一书在出版之初还是经历了一些波折。最初作者于2005 年 8 月将书稿交予作家协会出版社，但没有获得出版许可。后来在 2006年年底才由人民公安出版社出版。但在 2007 年 8 月，正当医班的《I am 女人》获得《文艺报》短篇小说二等奖颁奖会前夕，该小说因违反"参赛作品不得出版"的原则而被取消了其获奖资格，同时因涉及两性的描写而遭查禁。小说的出版引起了社会不小的反响，让习惯了"文以载道"传统的批评家们大跌眼镜，因此而招致了诸多的误解、抨击甚至批判。批评家们认为医班在作品里大胆的性爱描写完全有悖于越南传统的道德标准，是一种有伤风化的"毒瘤"。但是也有人认为这是越南女权主义发展的体现，还有人认为医班是故意制造这种"丑闻"来提高自己的知名度。但不管怎么说，医班及其一帮年轻女性开始将女性作为一个完整的个体，为她们代言，为她们呐喊，在文坛上形成了一股新的创作潮流，对越南文学产生了不小的影响。这些女作家的作品都以女性为主角，描写女性的思想、生活及其命运。不同于以往女作家描写女性作品的是，这些被称为另类作家的写作人都以女性生命意识（性意识）和性别自觉的萌发和觉醒为书写重点，开始关注作为社会构成体的另一半——女性的生存意义和生存状态。其中医班的短篇小说集《I am 女人》(I am đàn bà)，以其抢眼的书名及大胆开放的写作手法将越南另类文学推向了一个高潮。

我们不难看出，这种女性写作热，不仅有其自身发展的原因，也是消费时代商品与需求互动的结果。医班的作品大都以第一人称的口吻，讲述现代女性各种不同的命运以及她们在生活中不断觉醒的自我意识。这种写作风格正如医班自己认为自己的创作就是为了满足消费时代商品与需求互动。因此，在其创作伊始，她就给自己明确了紧跟时代的现实主义创作风格。她的文章一般都短小精练，没有冗长的描述场面。她给报刊写稿的经历使她比较容易掌握读者的阅读需求，这也是其作品拥有广大读者的原因之一。同时因为经常给报刊供稿，使她能体验更多的生活境遇，丰富了她的创作素材，使其作品涉及社会生活的方方面面。医班被认为是一位心细的作家并将这种心细大胆地体现到她的作品中。她把生活中的细节都融进了她的作品中，工作时、送孩子上学的路上及上街的每个细节都可能成为她创作中某个情节的素材。正是她对生活细节的观察与思考，才使得她的文章充满生活的元素，读者读起来才觉得有生活的质感，没有虚幻无边的感觉。这也许是医班的作品倍受大家欢迎的原因之一。医班说过："我从一开始创作短篇小说就走的是简易风格之路，我从不玩晦涩的文字游戏。"医班的作品很少使用华丽的辞藻，她总是在挖掘每个女人心灵深处那种对美好爱情的渴望和向往，用最生活的词汇讲述那些最平常的事情。因此在读她的小说时你往往会感觉在你身边会有这个或那个故事的影子，这个或那个人物的形象。医班的文章动词的使用频率大大超过形容词的使用频率，作品中的女人都在追求美好的情爱，然而在追求的途中又往往会遇上许多的坎坷。她笔下的人物似乎都有一种宿命，作者也从不把自己的意志强加于这些人物身上以改变她们的命运，而是让人物按自己生活的逻辑自行发展下去。医班的创作并非依照某种预定的轨迹，而是一种灵感的爆发。这种灵感可能会是一场意外的感动，而这种灵感的记录可以在一天之内完成，进而成就一篇短篇小说的诞生。评论家范春原(Phạm Xuân Nguyên)在短篇小说集《一张假钱的旅行》(Cuộc Hành Trình Của Một Tờ Tiền Giả)出版发布会上说："读医班的书我们往往能看到当今社会的影子。她的作品塑造了众多女性的形象，贪婪的、辛勤的、可怜的。"

三、越南女性写作的特点

医班及一批越南女性写作者深受一些中国作家的创作思想及创作风格的影

响。进入 20 世纪 80 年代以来，一批性爱意识浓厚的中国小说被译介到越南，贾平凹的《废都》和莫言的家族小说都深受越南读者的欢迎。其中莫言的《丰乳肥臀》更是在越南引发了"莫言热"。很多越南作家模仿莫言的创作手法，开始尝试直接描写人性的本真欲望，勇敢地突破原来不能写、不敢写的禁忌领域，实现了文学艺术的"思想解放"。其中较为成功的要数女作家阮玉姿（Nguyễ Ngọc Tư）的《无尽的田野》（Cánh Đồng Bất Tận）和杜黄耀（Đỗ Hoàng Diệu）的《梦魇》（Bóng đè）。女作家阮玉姿以写越南南方温柔敦厚的农民步入文坛并引起广泛关注。《无尽的田野》一改作者以往朴素温和的风格，文笔变得犀利刻薄。虽然作品的主人公仍然是生活在越南的最南端——金瓯角小人物的故事，但在情节的推动中包含了诸多性爱描写，有些场面正如同《丰乳肥臀》一样，表现了潜伏在人物内心的粗野、残暴甚至荒唐的性欲。

除了受中国作家思想及创作手法的影响外，西方文学及日本作家对现代越南女性的写作也产生了不小的影响。作家杜黄耀的作品就有明显的西方文学创作理念的痕迹。日本作家村上春树在越南有广泛的读者，作品《挪威的森林》曾一度在越南热销，几乎所有的书店都在销售这部描写男女之间情爱的作品。

从一些中国和日本先锋作家的作品在越南的出版与风行，再到《无尽的田野》《梦魇》以及《I am 女人》等一些越南女性作家作品的相继问世，我们看到随着越南经济发展进程的不断加快和改革开放的进一步深入，越南人民特别是越南妇女逐渐挣脱以往思想上的各种桎梏，开始放眼外面的世界，敢于接触世界文明与开放时代的文化并做出自己的价值判断与取舍。在一些外来文学特别是中国文学如《废都》《丰乳肥臀》《上海宝贝》等和日本文学《挪威的森林》等这些富于先锋精神的作品的影响下，越南的小说从题材、思想、风格方面都有了革新。特别是越南的女性文学，正在打破传统思想的束缚，从多方面、多角度，更加淋漓尽致地表现丰富驳杂的人生与人性。除了阮玉姿、杜黄耀、医班等一群先锋的女性作家外，像陈秋妆（Trần Thu Trang）的《嫁人就嫁你这样的男人》（Phải lấy Người như anh）、《爱情鸡尾酒》（Cocktail cho tình yêu）也从不同的角度展示了潜藏在人物内心深处的奴性心理。但对于女性的痛苦遭遇，女性作家们一改过去人们以传统观念"哀其不幸"的单纯同情，更多地倾向于对女性在思想上抗争的一种呐喊。在过去，越南的女性更多的是男人泄欲的对象和传宗接代的工具，所以女性在文人的笔下都逃脱不了其在社会与家庭中的悲惨命运。

而在医班等一些先锋女作家的笔下，女性都努力向传统思想提出挑战，勇于追求自己的理想，敢于向男权社会或强势群体抗争，一心做有人生理想、追求自由的新时代女性。随着这种性别意识的萌生和觉醒，女性的生命意识（性意识）也开始萌发，女性的性行为不再只是为了满足男性的需求，而是勇敢地站在与男性平等的地位开展与男权世界及男性话语的对抗，成为革新时代文学特别是女性文学中一道特殊的风景。

四、结　语

作家张抗抗说："我想'女性文学'有一个重要内涵，就是不能忽略或无视女性的性心理。如果女性文学不敢正视或涉及这点，就说明社会尚未具备'女性文学'产生的客观条件，女作家亦未认识到女性性心理在美学和人文意义上的价值，假若女作家不能彻底抛弃封建伦理观念残留于意识中的'性＝丑'说，我们便永远无法走出女人在高喊解放的同时又紧闭闺门，追求爱情却否认性的怪圈。"因此，医班笔下的女主人公氏在法庭上的唯一证词——"I am 女人！"正是越南女性挑战传统思想观念、女性意识的自我觉醒和女性主义思想开始在社会中逐步建立的体现。而这种观念的转变，正是医班等一批越南当代女性作家以回归女性本真、探索新时代女性在物质、精神方面需求的思想作为创作的灵感源泉，关注女性命运，把女性作为人的个体站在更高的历史角度上来挖掘女性的人生。这群女性开始执着于对人特别是对女人的命运的思考，着眼对当下现实的反思，也开始对本国传统文化进行重新认识并给出作家本身的个人解读，以一种兼收并蓄、继往开来的艺术姿态加以表现，带给读者一种耳目一新的阅读体验。

参考文献

［1］Y Ban. I am đàn bà［M］. Hà Nội：nhà xuất bản phụ nữ. 2007.

［2］Nguyễ Ngọc Tư. Cánh Đồng Bất Tận［M］. Hà Nội：nhà xuất bản Thanh Niên Việt Nam. 2007.

［3］Đỗ Hoàng Diệu. Bóng đè［M］. Đà Nẵng：nhà xuất bản Đà Nẵng Việt Nam. 2005.

［4］Trần Thu Trang. Phải lấy Người như anh［M］. H：nhà xuất bản Lao

Động. 2009.

[5]阮忆. 女性文学和女性意识——新时期女性文学断想[J]. 文艺评论，1987(4).

[6]马春花. 中国当代女性文学思潮论[D]. 济南：山东师范大学，2006.

[7]陶文刘. 桃李莫言，下自成蹊——以《丰乳肥臀》为例论莫言小说对越南文学的影响[D]. 广州：中山大学.2008.

[8]阮氏秋香. 卫慧与越南当代文学中的女性写作[D]. 广州：中山大学，2010.

[9]段氏琼茹. 超越时代的藩篱——论越南女性写作意识的变迁[J]. 北方文学，2017(14).

[10]贺桂梅. 当代女性文学批评的三种资源[J]. 新华文摘，2004(3).

印地语文学中的贱民意识

付　蓉*

　　摘　要：贱民处在印度社会的最底层，几千年来被排除在印度主流社会和文化之外。近现代，在英国的统治、宗教社会改革和贱民运动等多重影响下，贱民意识觉醒，贱民文学产生。这一文学在马拉提语地区产生后，迅速席卷全国，从不同层次上丰富了印度文学，引起了国内外的热议。它以贱民为中心，着重表现以种姓为中心的社会制度下贱民的生活状况，表达贱民的情感、问题和斗争，对种姓制度的反抗。20世纪七八十年代，印地语的贱民文学创作开始。本文尝试探讨印地语文学各个时期作品中体现的贱民意识和印地语贱民文学中的贱民意识。

　　关键词：印地语文学；贱民；贱民意识

　　在正式进入问题之前，我们需要对几个词的含义进行界定，一是贱民，二是贱民文学，三是贱民意识。众所周知，印度社会是一个等级社会，而贯穿印度社会几千年的种姓制度到今天还表现着强大的生命力。这一社会制度在理论上把人分成四个等级，即婆罗门、刹帝利、吠舍和首陀罗，除此之外还有一个被排除在种姓之外的"贱民"阶层，亦即"不可接触者"，甘地称之为"哈利真"。印度社会像一个金字塔结构，地位最高的婆罗门约占总人数的5%，而广大受奴役被剥削的贱民阶层则为数众多，数千年来忍受着非人的对待。这既是宗教意义上也是传统社会中的贱民。今天越来越多的学者从更广泛的角度对"贱民"进行新的定义。奥姆普拉卡什·瓦尔米基认为："印度社会中凡被认为是不可触

---

　　* 作者简介：付蓉，云南大学外国语学院助教，研究方向为印地语文学。

摸的人，都是贱民。在难于行走的崇山峻岭、森林之中求生的部落和边区人民，偷盗的民族，都属于这一范畴。所有阶层的妇女都是贱民。花费二十四小时从事低价值劳动的劳动者、工人也属于达利特的序列。"（ओमप्रकाश वाल्मीकि，2008：14）马拉提贱民作家谢楞库马尔·利巴勒认为："贱民不仅仅是指哈利真和新佛教徒，在村庄边缘之外居住的所有不可接触者种姓的人、边区人民、无地者、佃农、劳动者和流浪人都可以定义为贱民，不能把贱民仅仅定义为不可接触者。从经济角度看落后的人群也被称为贱民。"（शरणकुमार लिंबाले，2016：42）但是在本文中，出于对印地语文学中尚有女性文学和边区文学的考量，将从狭义的概念对印地语文学中的贱民意识进行讨论。

一、贱民文学是什么

贱民文学是什么？顾名思义，贱民文学是指以贱民为中心对贱民的生活、感情、可怜处境进行艺术性描写的文学。但是关于谁能创作贱民文学这个问题争论已久。贱民文学仅仅是由贱民作家创作的文学？还是包括非贱民作家，诸如尼拉腊、普列姆昌德，拉胡尔·桑格利特亚因，那伽尔隽等非贱民作家创作的文学？一些学者把非贱民作家创作的作品排除在贱民文学之外的原因是，他们认为，非贱民作家不反对以种姓为中心的社会制度，或者只是在一定的界限内反对种姓制度。绝大部分贱民作家和思想家认为，无论是贱民作家创作的文学，还是非贱民作家创作的文学都可以被认为是贱民文学，但也有学者认为非贱民作家所创作的文学是"贱民意识的文学"，或者说"对贱民同情的文学"。显而易见，非贱民作家创作的以贱民为中心的作品中所展现的"贱民意识"对能否被认为是贱民文学起着关键作用。可以引出这样一个结论：以贱民生活为中心，对贱民生活的苦难、感受和斗争进行描写，体现"贱民意识"的文学作品无论是贱民作家创作的，还是非贱民作家创作的都可以被认为是贱民文学。

二、贱民文学的特殊性及贱民运动

（一）贱民文学的特殊性

贱民在印度社会中处于最底层，这和印度社会的"种姓"息息相关，在社会、经济、政治、宗教等各个方面都处于受压迫、受歧视的地位，因此从贱民文学产生之初它就和传统的印度文学不同。传统的印地语文学，或是讴歌王公贵族的英雄事迹，或是歌唱印度教诸大神的神性，或是为腐朽没落的宫廷贵族歌功颂德，或是描写女子各部分的美。到了近代，印地语文学才转变以往的文学创作传统。但不论是进步主义诗歌还是小说，不论是散文还是戏剧，都没有把贱民作为文学创作的主要对象，更不用说把贱民的生活和思想作为创作中心了。

所以，贱民文学有几个特殊性：一是以贱民生活、贱民的内在思想为中心，表达贱民数千年来承受的非人对待，对种姓制度的控诉，表达贱民的痛苦、不安、愤怒以及对印度教社会的反抗。二是在否定整个印度教社会的同时否定印度本土的文艺理论，贱民思想家和作家认为对贱民文学的评论和解说需要构建一种新的美学，而不能采用对传统文学评论时采用的印度文艺理论或西方文艺理论。三是贱民文学是社会运动的结果，与其他文学传统相比它更接近生活。四是强调人的重要性，要求从社会的狭隘性和印度教的非人道中解放出来，得到作为人的权利，得到平等与尊重。五是具有文化性和社会性。

(二)贱民运动

提起贱民文学，需要了解与贱民意识和贱民文学相关的贱民运动。这一运动的主要领袖有焦第巴·普雷、百利亚尔、阿丘特南德和安倍德卡尔。焦第巴·普雷和百利亚尔为贱民解放做了大量工作，但他们领导的运动是区域性的运动，所以在这里主要谈论安倍德卡尔和北印度的阿丘特南德。

阿丘特南德是安倍德卡尔之前的贱民领袖，他把贱民称为"原始印度教徒"，"原始印度教"的目标在于促进贱民社会的意识觉醒。阿丘特南德借助文学推动这一运动的发展，1910—1927 年他创作了大量的歌、戏剧、诗。他通过诗、歌、演讲和杂志等提出贱民自尊和贱民解放问题，并针对贱民教育、健康和就业提出特殊对待的要求。1927 年，他创办了"原始印度教"报刊。他还受到安倍德卡尔思想的影响，在 1930—1932 年的圆桌会议中，他发电报明确表明他支持安倍德卡尔，他说："贱民的代表不是甘地，而是安倍德卡尔。"不仅如此，他还在德里、旁遮普、拉贾斯坦等邦召开了贱民会议。

安倍德卡尔倡导了 20 世纪反种姓制度的最浩荡的贱民运动，这与他自身的经历有关。安倍德卡尔出身于马哈拉施特拉邦，属马哈尔种姓，在开明王公的支持下他先后赴美英求学，学成归国之后深感自己作为贱民在宗教地位、礼仪地位和社会地位之间的不平衡。为此他带领民众开展一系列争取权利的斗争，领导贱民进庙运动，带领贱民到高种姓才能使用的湖边取水，焚毁摩奴法论，改宗佛教等。这一系列斗争奠定了安倍德卡尔在贱民心中的重要地位。作为贱民运动的领袖，安倍德卡尔的思想不仅冲击了传统的以种姓为中心的社会制度，促进了贱民的觉醒，他创办的学校也为培养第一代贱民作家做出不可忽视的贡献。安倍德卡尔的思想在广大贱民心中也传播开来。他的思想是反对种姓制度而把人道主义置于高位的。他说："我读了《梨俱吠陀》《阿达婆吠陀》很多次，但是这里面对社会和个人的提高及道德伦理观念而言，价值是什么，我没有理解。"他还说："完善自己文学作品中崇高生活的价值和文化价值，不要限制自己的目标，要用自己的笔做出改变——消除村庄和村落的黑暗，带给人们光明。请不要忘记在我们的国家里，达利特和被忽视人群数量众多。用好的方式理解贱民的苦痛并用自己的（即贱民）文学为改善这些人的生活而努力。这里有真正崇高的人性。"(शरणकुमार लिंबाले，2016：58)

安倍德卡尔的思想最先影响了马拉提语文学，所以马拉提语地区最先出现贱民文学。这是安倍德卡尔领导贱民运动的结果，其后贱民意识传播到全国。印度各地各语言都开始进行贱民文学创作，印地语中贱民文学的产生较其他语言要晚，20世纪70年代才出现用印地语创作的贱民文学。但它发展迅猛，在20世纪80年代就超过其他印度语言，成为创作贱民文学最活跃的语言。由于看到印地语贱民文学广受民众喜爱，不少作家也或是改用印地语进行贱民文学创作，或是把自己的贱民文学作品翻译成印地语。

三、印地语文学中的贱民意识

（一）如何定义贱民意识

贱民文学中的"贱民意识"是与斗争有关的革命性思想，是把人作为中心，反对种姓制度，揭示贱民在社会、经济、政治、生活等方面的问题，在此基础上唤醒贱民反对剥削、压迫，获得作为人的权利的反抗意识。贱民意识是贱民文学的火种，如今它已成为一种重要的意识，凭借文学为印度社会中贱民的艰难处境和不平等发声。

（二）贱民意识的产生

安倍德卡尔对贱民意识产生的作用在于他的个人经历以及对贱民社会所做

的贡献——领导贱民运动，争取贱民权利，为提高贱民地位、改善贱民处境所做的种种努力，包括研究各种宗教经典，最终改宗佛教。这一系列举措促进了贱民意识的觉醒。在安倍德卡尔改宗佛教之后，大批的贱民随之改宗佛教，举国震惊。贱民社会中产生了一种新意识："我们成了佛教徒，因此印度教强加于我们的现在我们不做了。"安倍德卡尔还说："贱民需要有自尊心的觉醒""贱民应得到权利和制定法律的力量"。对长期以来饱受压迫的贱民来说，这一思想是革命性的。可以说安倍德卡尔的生活和哲学把贱民社会和文学引到了一个新的方向。

除受安倍德卡尔的思想的影响外，英国人的统治时期、觉醒时期和独立之后是贱民意识发展的高峰期。印度社会的觉醒发生在英国人统治时期。英国人到印度之后，在政治、经济、文化、宗教等各个方面冲击了印度的旧制度和旧思想。英国人对印度的不人道的种姓制度进行抨击，对贱民的处境给予同情，并为改善贱民处境，在社会宗教层面做了努力。"英国统治时期的政治经济变革和自由主义价值观的传播减轻了业报理论对贱民的束缚，贱民开始对高种姓的特权提出质疑。他们的斗争和反抗增加了。"（धनश्याम शाह，199）英国人的到来，不论是从法律还是宗教上，都给印度社会带来平等思想。这一时期宗教社会改革和贱民运动的开展，使贱民的地位有了很大改变。

印度独立之后，实行的各项政治经济制度，使人民的生活得到了切实的改变，民主制度的实行使人们对自己的权利有了新的理解，独立、教育和民主思想传播到了社会的各个角落，然而贱民生活并没有太大的改变，思想的变化和外部条件的刺激促使了贱民的觉醒。

（三）各个时期文学作品中体现的贱民意识

贱民文学虽然是20世纪的产物，印地语的贱民文学更是在20世纪中后期才产生，但是可以从印地语文学的早期、虔诚时期、觉醒时期及独立运动时期的文学作品中窥见贱民意识的痕迹。因此我们在这里对印地语文学早期、虔诚时期和觉醒时期、独立之后的现当代的反映贱民意识的文学进行简要介绍。

1. 早期和虔诚时期文学作品中体现的贱民意识

一般认为，带有贱民意识的诗歌创作始于虔诚时期的修士文学，这一时期在文化、社会、宗教和哲学领域产生了大量反对歧视和狭隘的意识。这一时期的无形派修士诗人为无形的神高唱颂神歌，宣扬不分种姓和教派的平等思想。

这一时期的代表修士诗人是格比尔，那姆德乌，莱达斯和达杜·达亚勒。他们的作品和无形派思想中充满着对种姓划分和教派的抨击，对旧社会顽疾和愚昧的反对，以及信仰一位无形的神的思想。来自低种姓的诗人们用他们的亲身经历告诉人们，种姓出身并不能决定人的伟大或渺小。这些诗人一次次地抨击种姓制度，宣扬人类社会的平等。出身低种姓的格比尔是这一时期的杰出代表，他的诗体现了他对种姓制度不遗余力的抨击和人类平等的思想。

2. 觉醒时期的贱民意识

觉醒时期的贱民意识与英国的统治有着密切关系。英国人的到来给印度社会的各个方面带来了极大的冲击，民主平等思想开始传播。这一时期开始了大量的宗教社会改革，从梵社、祈祷会到雅利安社，都对印度教社会的种姓制度、不可接触制进行猛烈的批判，同时开设了大批学校和高等教育机构，为贱民提供同高种姓一样的受教育的机会。雅利安社创始人达耶难陀·萨拉斯瓦提还认为，种姓制度不应基于人的出生而应由个人的业来决定，即人是根据自己的行为成为婆罗门、刹帝利、吠舍和首陀罗的，但是这四种姓是平等的，没有可接触不可接触之分（ग्रोवर,यशपाल，1997：275）。

觉醒时期的贱民诗人有赫拉·多姆、斯瓦米·阿丘特南德、斯瓦米·修德拉南德、阿约提那特·布尔哈马加利等，但很多诗人的作品都没有流传下来。这里仅讨论这一时期的代表人物赫拉·多姆和斯瓦米·阿丘特南德。

赫拉·多姆的诗是用印地语的婆吉布利语写的。在《不可接触者的抱怨》中赫拉·多姆深刻地表现了贱民生活的苦、痛和忧愁，对印度社会贱民生活的可怜处境进行了现实的描述，对印度教社会中贱民悲惨处境的控诉。诗人怀着激愤的心情向神抱怨，控诉这惨无人道的种姓制度。

与赫拉·多姆相比，阿丘特南德的诗中表现了更多的愤怒和反抗精神。阿丘特南德在自己的诗中对种姓制度进行了尖锐的批判。他在自己的歌和诗里以简练、直白易于理解的语言歌颂了贱民的光荣的历史，鼓励贱民摒弃自我轻视的思想，努力生活：在《戏剧之声》中，他在刻画当时的生活和社会时，对贱民生活进行了感人肺腑的描写。在《摩奴法论正在燃烧我们》一诗中，对为种姓制度的存在提供了坚实基础的印度教圣典《摩奴法论》进行了尖锐的批判。

3. 近现代和当代诗歌中的贱民意识

印度现当代贱民诗人为数众多。印地语贱民诗人中的主要代表有奥姆普拉卡什·瓦勒米基、莫亨达斯·奈米西拉易、加耶普拉卡什·格勒达姆等。近代贱民诗歌所发出的声音简单直接、深入主题，接近普通人的生活，因此易于普通人理解和接受，贱民诗歌能够超出以往只有一个阶层能够听说读写接受教育的限度，把自己所感知到的不平等以及从中产生的变革思想传播到社会底层。加耶普拉卡什·格勒达姆认为："贱民诗歌是由痛苦中诞生出来的，因为贱民忍受着数个世纪以来的痛，痛苦是他们的体验。除了痛之外贱民什么也没有得到。贱民诗歌主要在于对痛苦的表现。"（**जयप्रकाश कदेम**）贱民痛苦的来源是种姓制度，因此贱民诗歌的主题围绕种姓制度压迫下贱民悲惨的生活、贱民的感受、宗教改宗、社会变革等。除了这些，当代贱民诗歌还表现了对自由、独立、人权的向往。奥姆普拉卡什·瓦勒米基的《地主的水井》描述了贱民在社会中无可依靠的悲惨处境：

炉子是泥土做的/泥土是池塘里的/池塘是地主的/

饿了需要烙饼/烙饼是黍做的/黍是土地里种的/土地是地主的/

牛是地主的/犁是地主的/只有握着把手的手是自己的/

庄稼是地主的/水井是地主的/打谷场是地主的/

街头巷尾皆属地主/但什么是属于自己的呢？/村庄？/国家？……

独立之后，印度在政治意义上获得了独立，但在社会、经济、宗教层面，广大贱民并没有获得"独立"，没有获得作为印度公民和作为人应有的权利和平等，因此贱民诗人勒克西米那拉耶那写下这样发人深省的诗句：

你说独立了

我们到现在还没有感受到

仅仅是红堡独立了

虽然现在给贱民提供了或多或少的权利和生活便利，以安抚贱民，削弱他们的斗争意识，但是受贱民运动和自由平等思潮影响过的、受过教育的贱民有着极强的权利意识，他们要求得到应得的全部权利："不要屋顶上方的天空/我们需要天空的整个屋顶/我们需要辽阔的天空。"

贱民诗人勒克西米那拉耶那在自己的诗里表达了这样的思想：贱民诗歌的精神内涵是人道主义，而存在着种姓划分、高低贵贱和不可接触制的印度教社会中人道主义是极度缺乏的，他认为，只要种姓制度存在一天，不可接触制就不会被消灭，人类就不会繁荣。"消灭了资本主义，世界将会平等。消灭了婆罗门主义，人类将会繁荣。"只有从种姓压迫中解放人性，才能驱逐贱民生活的黑暗，迎来光明。

4. 短篇小说中体现的贱民意识

同诗歌一样，在短篇小说领域，贱民作家和非贱民作家以贱民生活为题材创作了大量作品。印地语中以贱民为中心进行短篇小说创作的传统由来已久，非贱民作家以普列姆昌德为代表，他的《冬夜》《毁灭》《半斤小麦》《地主的水井》《裹尸布》《牛奶的价格》《解脱》《神庙》等都属于批判种姓、宗教和封建制度的作品。从贱民意识的角度看，普列姆昌德的这些作品中体现了对贱民遭受剥削的深刻同情和对印度教婆罗门主义的抨击，但是这些作品中没有显示出贱民的斗争。在普列姆昌德之后，尼拉腊、拉胡尔·桑格利特亚因、耶谢巴尔等独立前的短篇小说家和马尔卡那德耶、阿马尔冈德、拉金德·亚达夫、乌达耶普拉卡什等独立后小说家的短篇小说也对贱民生活进行了描写。独立前的耶谢巴尔和拉胡尔·桑格利特亚因的作品中展示了贱民的反抗意识，但是独立之后的短篇小说对贱民反抗和斗争意识的表现更为出色，其中有马尔卡那德耶的《赫勒育格》，乌达耶普拉卡什的《德布就》，拉金德·亚达夫的《两个升天的人》等作品特别值得一提。

但是贱民作家和学者通常对非贱民作家创作的文学作品持否定态度。他们认为："这些作品中贱民意识极度缺乏，除了一些例外，这些文学作品中对贱民人物的描写、对贱民的处境及环境对描写都是畸形的。毫无疑问，非贱民作家的作品中对贱民遭遇到的痛苦、饥饿等悲惨境遇都作了描写，但斗争和贱民意识极度缺乏。这些作家并不试图反对种姓制度，相反他们的作品在一定程度上巩固了种姓制度。"（हिरनारायण ठाकुर，2014：420）

由贱民作家创作的短篇小说深受安倍德卡尔思想的影响。安倍德卡尔认为，贱民社会的最大需要在于塑造贱民丢失的自尊心和自尊意识。针对贱民和落后阶层安倍德卡尔提出"接受教育，组织起来，勇敢斗争"的口号。他认为贱民需要接受教育，需要以组织的形式进行斗争。

受安倍德卡尔思想影响的绝大多数贱民小说家在自己的作品中对自己长期以来遭受的现实压迫和剥削发出反抗之声。莫亨达斯·奈米西拉耶的短篇小说《自己的村庄》和加耶普拉卡什·卡尔达姆的《木棍》都是受安倍德卡尔思想影响的作品，认为贱民想要从剥削压迫中获得解脱，需要以组织的形式进行斗争；奥姆普拉卡什·瓦尔米基开启了印地语贱民短篇小说创作之门，他的短篇小说集《致敬》表现了贱民生活的斗争、痛苦和对种姓制度的反抗；《债务》是莫亨达斯·奈米西拉耶的第一篇短篇小说，其中对贱民生活的经济和社会层面进行了探讨。除此之外，还有杷拉赫拉德·金德尔达斯、达耶南陀·巴多赫、苏尔吉巴尔·觉杭等贱民短篇小说家也活跃在贱民小说创作的舞台上。值得注意的是，女性贱民小说家也参与了贱民小说创作，主要有勒贾塔·拉尼·米努、喀维丽、乌霞·金德拉、苏米塔拉·麦赫若拉等。女性贱民小说家在自己的小说中展现了双重斗争——一方面反对来自高种姓剥削的斗争，另一方面则是对贱民社会男权的反抗，这方面的作品有勒贾塔·拉尼·米努的《苏尼塔》、苏西拉·达卡珀蕾的《丝莉亚》、乌霞·金德拉的《民主制中的山羊》。

5. 自传体印地语贱民文学作品中的贱民意识

和其他贱民文学的体裁一样，自传体也是最先出现在马拉提语中。印地语的第一部贱民自传作品是莫亨达斯·奈米西拉耶的《各自的笼》，紧接着是奥姆普拉卡什·瓦尔米基的《剩饭》。虽然第一部贱民自传的出版到现在才23年时间，但是这一文学体裁表现了强大的活力。除上述两位作家的作品外，还有苏尔吉巴尔·觉杭的《被蔑视的人》，马闵·普勒萨德的《从茅屋到王宫》，D. R. 贾特乌的《我的旅途我的终点》，贾耶普拉卡什·卡尔达姆的《我的种姓》等。在这里仅就《各自的笼》《剩饭》和女性自传作品《双重诅咒》作简要讨论。

在《各自的笼》中，作家以感人肺腑的笔调描述了受种姓制度压迫的贱民备受歧视和忽视的生活，贱民的愿望、问题和斗争，描述了贱民的贫穷和没有文化以及贱民女性受到的性剥削和强奸。作者通过自传表达了这样的图景——无论是在农村还是在城市，无论是在印度教聚居区还是穆斯林聚居区，每一个角落生活着的贱民都饱受剥削、痛苦和耻辱。

在印度受到热议的《剩饭》是奥姆普拉卡什·瓦尔米基的自传作品，是到目前为止印地语贱民文学家所写的最成熟最具艺术性的自传体作品，这部作品所表现的贱民生活之痛极为震撼人心。《剩饭》中描写了因种姓出身而生活在社会边缘的贱民的悲惨处境，以及贱民的愿望、问题和斗争。作者通过《剩饭》"批判了印度社会、文化、宗教和历史中被视为神圣和崇高的三大象征——教育机构、老师和爱，并试图揭示贱民社会在个性塑造和社会发展过程中不得不直面这三大象征的消极影响。主人公在学校中经常挨打，但他没有放弃学业，因为他需要'读了书改善种姓地位'，但是种姓仅仅通过读书就能改善吗？读书之后确实可以在生活中找到一份职位，获取财富，但是社会的认可和荣誉又从哪里得来呢？"（देवेन्द्र चौबे，2009：58）

高瑟勒亚·歪森塔利的《双重诅咒》是贱民女性的第一部自传。所谓"双重诅咒"，其实就是作为贱民女性一方面要反男权社会的压迫，另一方面又要面对来自种姓制度的剥削。作家在自己的作品中向读者揭示了作为贱民女性遭受到的种种痛苦，结合自身经验，发出了呐喊——贱民女性要获得解放，只能依靠自己。

这些难道就只是主人公或者说作家的个人的感受吗？这是千千万万受种姓制度压迫的贱民的缩影，是千千万万贱民的代表。"贱民自传的特殊性在于其中充满了贱民生活的深刻的现实，这对印度文学来说是全新的。一般的自传中描述的是个人，而贱民自传却是整个社会的写照。"（हरिनारायण ठाकुर，2014：445）

6. 其他文学体裁中反映的贱民意识

关于印地语贱民文学的长篇小说和散文、戏剧，限于篇幅此处就不再赘述。总的来说，印地语的贱民文学创作主要集中在诗歌和短篇小说领域，自传因其特殊性也对它稍作了讨论。

四、结　语

贱民文学作为印度文学中独特的文学思潮，自产生以来广受争论，发展迅猛。今天印度各语言和地区都流行着贱民文学。这一新的文学丰富了印度文学，给印度文学带来了新的感受、新的理解、新的词汇和新的视野，贱民文学所表现出来的感受到今天为止还未在其他任何一种文学形态中表现出来。这种感受是基于种姓特殊性的感受（शरणकुमार लिंबाले，2016：44）。这种特殊性在于对整个印度教社会的彻底否定，对传统文本和文艺理论的批判，对宗教和传统的强有力的反对。

纵观印地语文学，不论是虔诚时期的修士诗中所体现的贱民意识，还是20世纪80年代产生的印地语贱民文学，都是以种姓为中心对印度教社会进行的批判，表现的思想是人道主义的。可以说贱民文学是人道主义的文学，是立足于现实的文学，是广大受压迫和剥削的贱民对种姓制度、社会不平等发出反抗之声的文学，在表达自身遭遇的同时，也表达了他们对生而为人、生而平等的基本权利的要求，对改善贱民处境的呼唤，对自由和独立的渴望。

参考文献

［1］ओमप्रकाश वाल्मीकि: दलित साहित्य का सौन्दर्यशास्त्र ［M］.राधाकृष्णा प्रकाशन, नयी दिल्ली, 2008; पृष्ठ -14

［2］शरणकुमार लिंबाले : दलित साहित्य का सौन्दर्यशास्त्र ［M］. वाणी प्रकाशन, नयी दिल्ली, 2016; पृष्ठ -42

［3］धनश्याम शाह:अस्मिताओं का सहअस्तित्व, 'आधुनिकता के आईन में दलित,' पृष्ठ 199

［4］बी .एल .ग्रोवर,यशपाल:आधुनिक भारत का इतिहास ［M］.नई दिल्ली . एस: कम्पनी चन्द एण्ड , 1997.पृ.275

［5］जयप्रकाश कर्दम:समकालीन हिन्दी कविता और दलित चेतना

［6］हरिनारायण ठाकुर:दलित साहित्य का समाजशास्त्र ［M］.भारतीय ज्ञानपीठ,नयी दिल्ली, 2014:420

［7］देवेंद्र चौबे : आधुनिक साहित्य में दलित विमर्श ［M］.ओरियट ब्लैकस्वॉन, 2009: 58

浅析法国浪漫主义文学对越南现代文学的影响

金 敏 张 程[*]

摘 要： 20世纪初，起源于西方的浪漫主义文学运动传入越南文坛。西方的民主自由之花在这片殖民封建的土地上曾一度得到绽放。作为法国殖民地，越南文学在很大程度上受到了法国浪漫主义的影响。本文从爱情主题、艺术形象和创作手法三个方面简要分析了20世纪法国浪漫主义文学对越南现代文学的影响。

关键词： 越南；浪漫主义；现代小说；影响

一、引 言

19世纪末，法国殖民主义的铁蹄踏入越南这片沃土，旧的体制还未完全消解，国家主权却已沦丧，越南沦为殖民封建国家。在法殖民统治下的越南与中国文化相割裂，旧的汉字形式被废除，拉丁文字得到推行。20世纪初越南爱国民主志士以潘佩珠和潘周桢为代表，通过中国和日本的渠道接受西方启蒙主义，相继发起了"东游运动"和"东京义塾"。西方的自由平等之风吹到了越南这片土地。可以说，拉丁文字的推广、社会形态的转变、抗法救国的维新运动以及西方新思想的输入，把越南一代作家推入了大规模的创作热潮中。这一时期，大量法国浪漫主义作家如夏多布里昂和雨果的作品得到翻译并传入越南。诞生于

* 作者简介：金敏，云南大学外国语学院助教，研究方向为越南文学；张程，毕业于广东外语外贸大学，越南语专业硕士。

大革命之后的失望情绪之中的法国浪漫主义文学以不满现实、追求理想为其主要特征。它一经传入越南，便在人们心中引起了巨大的反响。1930—1945 年间，越南文学相继出现了"新诗运动"和"自立文团"等多种文艺思潮和文艺团体。越南现代小说家们，如黄玉伯、一零、概兴等，都在不同程度、不同层面上受到了法国浪漫主义文学的影响。西方的民主自由之花在这片殖民封建的土地上一度得到绽放，越南文人们第一次开始寻找自我，要求个性解放。

法国浪漫主义对越南小说发起的冲击，主要体现为三点：一是在形式上，不再恪守儒家经典的章回小说体，以拉丁国语的自由创作打破了传统的时间、地点、动作三一律的框框。二是平等博爱之思想的传播，这主要体现在越南作家们开始注重作品中的自我表现和个人的抒情，爱情成为那一时期浪漫主义作家热衷描写的主题。三是在艺术形象上，越南作家们开始注重女性形象的描写，并注意典型人物的塑造。本文从爱情主题，艺术形象和创作手法三方面来分析法国浪漫主义对越南现代小说的影响。

二、新旧矛盾下的爱情主题

（一）爱情悲剧

浪漫主义文学热衷于描写个人失望与忧郁的"世纪病"，并颂扬以个人与社会的徒劳地对立为表现形式的反抗。法国早期的浪漫主义作家夏多布里昂建立了一整套适合贵族阶级的浪漫主义美学特征，他着重描写个人与封建宗教的不可调和的矛盾，表现得更多的是一种无奈的悲观情绪。他的小说《勒内》和《阿达拉》都描写了世俗爱情和宗教信仰的矛盾，悱恻缠绵。《勒内》通过反映在大革命浪潮冲击下丧失了一切的贵族青年，在现实生活里找不到自己的地位时那种悲观绝望的精神状态、郁郁寡欢的情怀，成为文学史上第一个"世纪病"的形象（陶玉平、陶玉华，1982）。

在越南，第一部产生深远影响的浪漫主义文学作品当属黄玉伯的《素心》。《素心》创作于 1928 年，该作一经发表就在越南文坛引起了不小的轰动。《素心》中那种对内心情感细腻的描写和感伤的基调取得了巨大的成功，成为越南浪漫主义文学之滥觞。黄玉伯创作的《素心》讲述的是一桩爱情悲剧。故事男主人公淡水是高等师范学校的学生，在一次丢失钱包后意外地遇见女主人公素心。两人都是受过西方新文化影响的新青年，他们在精神上找到共鸣，相知相识并相恋。然而淡水的家里已为他订下一门亲事，素心的母亲也希望她能嫁给一个秀才。他们相爱却始终不敢违背家庭，违背封建伦理道德。在爱情和家庭的纠结牵绊中，他们始终没有迈出那一步。后来，素心的母亲病重，素心只好违背自己的意愿与秀才完婚。婚后，素心忧郁成疾，不久便离开人世。淡水听闻素心的死讯也伤心欲绝。在黄玉伯的笔下，淡水与素心都有着不同于常人的形象，他们有着非凡的智慧，有着非凡的相貌，他们的爱情也是超凡脱俗的，不涉及任何肉体欲望的。而正是这种美好的、理想式的爱情遭到了现实最沉重的打击。也可以说是因为封建家庭的伦理道德对爱情的超负重杀死了素心。《素心》因其强大的悲剧力量震动了当时的青年。在这里，爱情主题的悲剧描写不仅向我们揭示了当时越南封建殖民社会中家庭伦理道德对自由人性的压制，也表达了作者对生命中这样自由、美好情感的期盼。然而，即便是期盼，作者也没有去设法争取。在小说中，我们看到的更多的是一种无奈的悲伤，是夏多布里昂所主张的个人爱情与社会的徒劳的对立为表现形式的反抗。《素心》以一个爱情悲剧为无数读者留下一个叹息，就好像文中素心给淡水的遗言"这是一个薄命人为爱情而终的墓地"。这同时也是以黄玉伯为首的早期越南浪漫主义文人的心境。在时代的十字路口前，他们不知走向何方。于是，早期的越南浪漫主义文坛中弥漫了悲观失望的情绪。

(二) 爱之反抗

人性的自由和尊严是爱情的基础，而在 20 世纪 30 年代的越南，殖民帝国主义和封建社会的双重压迫使人们早已没有了自由和尊严，爱情更像奢侈品一样存在。自力文团的作家们对爱情讴歌和颂扬，并以呼唤爱情的方式来呼唤人们对人性和自由的追求。雨果那种明快、激昂的风格受到作家们的青睐。

《半截青春》和《断绝》分别创作于 1934 年和 1935 年，其作者概兴和一零是越南留法归国的第一批知识青年。他们深受法国浪漫主义思潮的影响，在"新诗运动"全胜的背景下，他们满怀激情创立了"自力文团"，并发表了许多反对封建大家庭制度，提倡婚姻自主，批判封建礼教，宣扬个性解放、思想自由，带有浓厚的浪漫主义色彩的文学作品。不同于《素心》中悲观唯美的爱情书写，《半截青春》和《断绝》中的爱情更凸显了其反叛的意味。这也正是越南资产阶级浪漫主义文学发展的高峰期，文人们第一次赋予女性反抗的权利，他们颂扬女性，召唤最神圣的爱情。在《半截青春》中，父母早逝的阿梅与弟弟阿辉相依为命。在邂逅按察使夫人的儿子阿禄后，二人坠入爱河。阿禄害怕母亲反对便瞒着家人与阿梅成婚。后来母亲得知此事，硬是棒打鸳鸯，逼迫已怀孕的阿梅离开阿禄，逼阿禄另娶巡抚的女儿为妻。坚强的阿梅离开阿禄后，带着弟弟和儿子阿爱过上了平静安稳的生活。而婚后的阿禄依旧思念着阿梅。阿禄的母亲因其妻子不能生育而来找阿梅要把阿爱带回"接续香火"，阿梅拒绝了。得知真相的阿禄也前来向阿梅忏悔，阿梅虽然也爱着阿禄，但她并不接受做妾。在概兴的笔下，阿梅的爱情是有骨气的，它不会苟且于强权中，不向任何不合理的制度低头。正如阿梅对阿禄所说的："虽然不能在一起，但我们的心灵仍然彼此紧贴。"这份爱情并没有因为它的反叛而失去美好，它因反叛而变得更加神圣。在《断绝》中，虽小说主要围绕阿鸾婚后的不幸生活以及其奋起反抗的经历，但阿鸾和阿勇的爱情线也始终隐现于整个故事中。作者仿佛相信，爱情就是自由与美好的象征，只要你去反抗就必然会得到美好的童话般的结局。小说最后，正值除夕之夜，经历了太多苦难的阿鸾在得知阿勇仍然爱恋着她后是那样的欣喜和激动。仿佛那一切苦难早已过去，爱情正翘首盼望，等着她去领取。如果说爱情在《素心》里只是一句感伤的叹息，那么《半截青春》里它奋起反抗，维护了自己的神圣，到了《断绝》中，它便成了一场反叛后对未来世界的憧憬和期盼，与其交相辉映的是越南资产阶级浪漫主义文学的发展，在最初受到西方浪漫主义思潮的影响，到后来文人们不断宣扬民主、追求自由，使西方民主自由之花在越南这片殖民封建的土壤上得到绽放。

三、艺术形象的缔造

浪漫主义从理想出发塑造典型，而这种理想往往是作家本人首先为之感动、振奋，且和作家自己的世界观相一致的，因而浪漫主义作品中作家的激情与主人公融为一体（施昌东，1957）。法国浪漫主义文学在人物描写艺术对越南小说的影响体现在三个方面。

（一）自由女性的塑造

在儒家思想的影响下，女性在越南传统文学中不是贤妻良母就是才女佳人或者恶妇毒妇，没有女性作为个体的自然体现。浪漫主义思潮既是民主自由之风也是妇女解放之风。法国浪漫主义作家斯达尔夫人在《苔尔芬》和《柯里娜》中那种对社会偏见加在妇女身上的种种约束进行的大胆挑战，可以从自立文团的小说中找到强烈的反响。

最具特点的便是《断绝》中的女性形象——阿鸾。阿鸾是一个有知识的新型女性，虽已有心上人阿勇，但仍迫于母亲的压力，违心嫁给一个封建家庭的少爷阿申。婚后生活是痛苦的，婆婆对她百般刁难，小姑不时从旁挑唆，而丈夫对妻子的痛苦置若罔闻。阿鸾曾生过一个小孩，因婆婆的迷信治疗而丧命，与此同时，阿申还移情别恋另取一妾。在一次与婆婆、丈夫的口角中，阿鸾惨遭婆婆毒打，阿申也手拿一只铜瓶冲上来要打妻子。不料，误撞到阿鸾手里拿着的裁纸刀上，阿申一命呜呼。后阿鸾被送上法庭，她在法庭上大声疾呼："新女性要想幸福就要与封建大家庭'断绝'！"幸遇一位律师替她辩护才免于坐牢。在《半截青春》中，作者慨兴同样塑造了一个坚强、反叛、不向封建社会低头的女性形象。阿梅美丽、善良，因家庭背景的悬殊使她与阿禄的结合像极了灰姑娘的故事。然而这个灰姑娘战胜皇后的秘诀不仅仅因为她善良，还因为她所具有的反叛精神。在按察使夫人的威逼下，她为了爱情牺牲自己，但同时也表现了自己不为封建强权低头的决心。在按察使夫人要带回阿爱"接续香火"时，她再次拒绝向封建社会低头。即便是与阿禄相爱着，她也拒绝以做妾的方式延续这份情感。

《半截青春》和《断绝》都是在浪漫主义思想的主题下植入现实手法以更好地达成人物的塑造和戏剧冲突。阿梅和阿鸾的苦痛经历都是那个时期越南新女性生活的真实写照。她们善良、单纯而美丽，在封建社会的压制下她们又是那样坚强，绝不屈从于强权。我们看到作品中对这些女性本质的概括和她们鲜明独特的个性。在浪漫主义文人眼中，阿梅和阿鸾的单纯善良就是美丽的象征，他们尊崇女性，相信美即真。在遭遇不同的苦难后，阿梅和阿鸾又同样被文人们在美丽之上赋予了反叛的精神。这样，人物和作品本身便都具有了战斗性，正如诗人海涅所说："击鼓响起警报，把睡梦中的人从梦中唤起。"浪漫主义作品中的现实也是为其理想化的憧憬服务的，文人们相信人类的进步，肯定平等自由的人性。他们在给读者带来现实的不幸，同时也带来对未来美好的肯定。

(二)典型人物的刻画

我们看到，在爱情故事唯美书写的背后，越南浪漫主义文人在西方浪漫主义创作手法的基础上缔造了一个个鲜活的艺术典型。他们适时地运用虚构、夸张、幻想的手法为我们描绘了一幅幅美丽的爱情图景。

首先，《素心》最大的艺术特色是对人物的刻画。众所周知，浪漫主义"试图用美丽的理想去代替那不足的真实"。在黄玉伯的笔下，淡水与素心都有着不同于常人的形象，他们有着非凡的智慧，有着非凡的相貌，他们的爱情也是超凡脱俗的，不涉及任何肉体欲望的。这种理想式的人物设定更增添了人们对这种理想爱情的向往，并引起读者的强烈共鸣。这样的理想式的爱情在概兴的《蝶魂梦仙》中也得到体现，通过对理想人物的刻画营造了一种只在"灵魂中永远相爱"的理想爱情。与此同时，浪漫主义是由情生物、为情造物，其次，越南作家们开始以强烈的主观情感刻画了男女主人公的形象。在《素心》中，作者以第一人称的方式直接描写人物内心的活动，细腻地展示了男主人公淡水的内在特征。我们看到，在对素心的爱恋与对家庭的屈从选择之间，淡水经过了怎样痛苦的心理斗争。而对素心的刻画，则是以大部分篇幅让男主人公淡水复述素心的遭遇，最后又以她本人的日记更深地展示她的内心世界。通过情节、书信、日记等多种方法，作者展现给我们的是一个饱满的角色。在素心死后，我们又通过她潜存于书信日记的声音听她婉婉道来自己痛苦挣扎的心境。在这里，作者在人物和情节上都强调了自我意识的觉醒。也正呼应了越南浪漫主义文学所追求的"自我表现"，整部作品充满了"我"的自述，"我"的声音，一切都是关乎于"我"自己的感受。这里的"我"是淡水，是素心，是作者，也是生在作者那个年代的广大越南青年，同时也是你和我，是最为本质的人性描写。

（三）美与丑的对比

雨果说："丑在美的旁边，畸形靠近着优美，丑怪藏在崇高背后，善与恶并存，光明与黑暗相共。"就是说，在文艺作品中大量运用美丽、高尚与丑陋、卑贱的人物或意向作对比，以给读者造成强烈的心理反差，使故事情节更为跌宕起伏。这便是雨果的美丑对照原则（陈玉红，2009）。

在越南浪漫主义小说中，这种美丑对照的人物形象设定也得到了较多的应用。在《断绝》中的阿鸾、阿林夫妇，阿勇和他的朋友都是至善的形象，是新社会的代表。与此同时，女主人公阿鸾又是外貌美与心灵美的和谐统一，而其丈夫和婆婆则是封建大家庭恶势力的代表，在与妻子的矛盾冲突中，丈夫阿申和婆婆的狰狞面孔展露无遗，这与阿鸾单薄无助的形象形成鲜明对比。这种对立在冲突中愈演愈烈。阿申想拿足以致命的铜瓶去打妻子，自己却因用力过猛撞到了妻子手中的裁纸刀上。阿申的死成为小说的第一个高潮。而后转战法庭，旧势力与新力量的冲突对照再次被点亮。最终，法官对阿鸾表示同情，民主新力量获得胜利。

四、自我表现之创作手法

（一）艺术之为艺术

20 世纪 30 年代，越南文坛上曾出现了一场关于"艺术为人生"还是"艺术为艺术"的激烈论辩。浪漫主义倾向的越南文人们从西方美学体系中学习和借鉴一次次论证了"艺术为艺术"的文学观点。"艺术为艺术"之美即真的观念及自我抒情为主的文学创作成了 20 世纪越南浪漫主义文学最基本的风格特点。这一思潮以自力文团为中坚，几乎席卷整个越南文坛。他们的小说富有主观色彩，拥有着诗一般的美感，并擅长通过自然景物的描写抒发自己的情怀。

《素心》中高等师范学校的学生淡水和生活在河内封建大家庭的素心之间的爱情悲剧，《阿钗》中苦苦等待情人的绝望之情，《蝶魂梦仙》里阿兰和阿玉间纯洁的爱，以及《断绝》里新潮女孩阿鸾和理想青年阿勇之间的一波三折的爱情描写和《半截青春》里阿梅与阿禄饶有意味的爱情结局，无一不充斥着作者们强烈的主观抒情色彩。他们或是用略显悲伤的语调描写缠绵的爱情，或是用充满激情的语调让主人公奋起反抗旧时代、旧社会。这样以个人主义为中心的艺术表现形式在过去儒家经典禁锢下的文学创作中是没有的。它强烈地冲击了传统文学的文以载道和文以消遣的观念。与此同时，在黄玉伯的《素心》和世旅的《阿钗》中，我们还看到许多关于自然景物的描写。比如素心和淡水在星光笼罩下坐在美丽辽阔的大海边对人生的感悟，比如阿钗在等待阿晋眼前的一切悲伤的景物描写，等等。这种以美丽大自然作为爱情悲剧的陪衬手法显然是受到了法国浪漫主义作家卢梭的影响。卢梭的《新爱洛绮丝》以独有的清新笔调一扫多年来万马齐唱的沉闷空气，以他那对大自然的热爱和藐视世俗的偏见、听任感情奔放的浪漫风格，不但培育了一代法国浪漫主义作家，也深深地影响着越南无数的文人骚客。

（二）结构之转化

在西方浪漫主义文学的影响下，越南小说不再依循从前受中国古典小说章回形式和线状的叙事方式，受法国浪漫主义文学的影响，越南小说开始以人物的心灵为中心点，以人物的意识、心理活动为辐射线构成情节的网状结构。《素心》就被认为是越南 20 世纪的"心理小说"。有越南学者认为,《素心》的创作还受到了法国作家小仲马的《茶花女》的影响。二者都是以女主角的死与男主角痛彻肺腑的悔恨构成了以爱情悲剧为主线的对现实社会的映射。在结构上,《素心》以女主人公的生活经历为主线,采用第一人称的写法,真实生动地描写了一位外表与内心都那样纯洁的美丽少女被摧残致死的故事。无论是在法国还是在越南,这种描写都引起人们强烈的共鸣,并且受到普遍的欢迎。作品在艺术表达上独特而新颖。组织情节时,用了追叙、补叙、倒叙,手法多变,生动有致。一个个悬念的设置,扣人心弦,使人不忍释卷。特别是作品洋溢着浓烈的抒情色彩和悲剧气氛,有感人至深的艺术魅力。作品承袭《茶花女》中以大部分篇幅让阿尔芒复述女主人公的遭遇,最后又以她本人的日记更深地展示她的内心世界。这种叙事方式使读者感到格外亲切。通过情节、书信、日记等多种方法,作者展现给我们的是一个饱满的角色。在素心死后,我们又通过她潜存于书信日记的声音听她婉婉道来自己痛苦挣扎的心境。

法国浪漫主义大师们在创作中追求宏大的结构。他们在结构上很大的一个特点是各部分单独成篇,却始终有一条中心线索贯穿。各部分散而不乱,在分散中有统一,在统一中又保持独立。在法国文学影响下的越南作家一零也特别讲究小说的结构布局。在《断绝》中,作者以新型女性阿鸾最终战胜了封建势力赢得爱情的美好结局为中心,以阿鸾和误杀自己的丈夫被送入法庭为主要情节线索,在这条主线下又发出许多枝干。阿鸾与代表封建大家庭势力的丈夫与婆婆间的矛盾,与自己的母亲之间的矛盾,在法庭上与旧势力代表之间的矛盾,同时又与阿草夫妇的支持和法庭上进步人士的支持并行。小说中的矛盾杂而不乱,始终以阿鸾为核心,以她作为新女性的身份为焦点展开,最后归结为新与旧的矛盾,民主思想与封建旧势力的矛盾。最后,新力量还是战胜了旧势力。一零小说的结构艺术给他的作品增加了吸引力和感染力。

五、结 语

1936 年以后,越南浪漫主义文学由积极转向消极。"自我表现"与"个人主义"越来越走向极端。也有学者认为这些文人受到法国消极浪漫主义的影响。如阮遵后期在 1941 年创作的《花生油灯》《花生油灯灭了》和《螃蟹眼香炉》等作品中都表现了作者纸醉金迷的极端享乐主义,受到主流社会的否定。代表积极浪漫主义的自立文团也于 1942 年解散。主要创始人—零和概兴先后加入亲日政权，与"越盟"对立。也正因为此，"自立文团"的作品长期以来被禁封，直到20世纪80年代，越共"六大"后才得以重印再版，出现在读者面前。越过历史的乌云，《素心》《半截青春》《断绝》等浪漫主义文学作品在今天得到了较为客观的评价。人们在肯定了作品中反封建的内容同时也指出它们的局限性。人们认为浪漫主义不如现实主义那样具有深刻的反叛性，浪漫主义所营造的乌托邦过多地脱离了现实社会。在这里，我们看到中越浪漫主义发展的相似性。在儒家正统思维的影响下，浪漫主义文人对自由民主精神的追求终究要回到儒家积极入世、参与现实的精神归宿中来。他们并未完成"人文主义启蒙"的使命。就这样，西方浪漫主义文学的东方之子，他们或者转型，或者不适应而夭折。归其原因还是因为这并不是文学循序渐进的自觉行为。因为没有工业文明，没有关于人道主义透彻的理解，缺少历史文化背景而显得盲目和突发。

然而从共时性角度看，浪漫主义和古典主义、现实主义、现代主义等都只是文学中的一种思潮流派，它们都在很大程度上有意无意间承继了浪漫主义文学(胡正学，1990)。我们需要肯定的是，法国浪漫主义文学对越南文学的影响是多方面的：诗歌、小说、戏剧、散文可谓无所不及。他们是越南文学现代化转型的重要力量，是越南现代文学成长的重要推力。

参考文献

[1]Phan Ngọc. Bản sắc văn hóa Việt Nam[M]. HN: Nxb Văn học, năm 2002.

[2]Tổng Tập Văn Học Việt Nam[M]. Nxb Khoa học Xã hội, năm 2003.

[3]于在照. 越南文学史[M]. 北京：军事谊文出版社，2001.

[4]刘捷，邱美英，王逢振. 20世纪西方文论[M]. 北京：外语教学与研究出版社，2009.

[5]杨乃乔. 比较文学概论[M]. 北京：北京大学出版社，2005.

[6]胡正学. 论法国浪漫主义文学的演进及其深远影响——国内外第一部《西方浪漫主义文学史》中的新颖见解之一[J]. 法国研究，1990(2).

[7]施昌东. 试论浪漫主义的创作方法[J]. 学术月刊，1957(4).

文学理论研究

从审美生活的虚无到伦理人格的建构

——论克尔凯郭尔思想的现实意义

邢 凌[*]

摘 要：本文通过对克尔凯郭尔《非此即彼》的文本分析来探讨其对审美生活的批判，并对他所谓审美的、伦理的、信仰的生命之三阶论加以探究。审美生活的绝望是通往真正精神生活，即伦理的和信仰的生活的起点。精神生活的建构以内在的真挚和激情为条件：信仰的生活并不是漂浮在空中的，或停留在对最高神圣存在的仰望，它要落实在具体的伦理情境中，即信仰者要在婚姻生活的烦琐中接受考验，以爱的责任来建构人格，以人格来抵抗时间对生命的损毁。真正的伦理之爱又必须以信仰为前提。

关键词：克尔凯郭尔；审美；伦理；信仰

一、前 言

克尔凯郭尔（1812—1853）是西方存在主义哲学、美学、神学的先驱，其思想至今仍然具有极强的在场性。他批判黑格尔体系哲学及理性神学对个体生存经验的压制，讥讽其为"辩理的废话"。克尔凯郭尔揭示了个体存在的诸多秘密经验，诸如"无聊""乌有""绝望""畏惧""恐惧"等。我们能够从 20 世纪存在主义大师如海德格尔、萨特那里听到来自克尔凯郭尔思想的各种回声。昆德拉所谓的"生命不可承受之轻"几乎就是克氏对审美生存之虚空的论述的翻版：审美者的生活不断地为时间所吞噬，无意义的空虚就成为一种无法承受的"轻"。

* 作者简介：邢凌，云南大学外国语学院讲师，研究方向为英美文学、美学、哲学。

事实上，对一个生活在祛魅世界的现代人来说，神圣价值的消失留给我们的就是意义的缺乏。正如昆德拉笔下的人物拉蒙所说："无意义，我的朋友，这是生存的本质。它到处、永远跟我们形影不离。"（米兰·昆德拉，马振骋译，2014：127）只不过作为现代人的昆德拉试图发现这种"无意义"的伦理价值，而克尔凯郭尔则批判这种无意义的审美生活，并向我们揭示出超越"无意义"的、碎片式的审美生活，通往那种能够聚拢时间、建基于坚实人格性之上的伦理生活的道路。

克尔凯郭尔所谓的生命的三个阶段，即审美的、伦理的、信仰的，其实可以压缩为两个阶段，即审美的、伦理的/信仰的，因为在审美的与伦理的生活之间有本质的区分，而在伦理的与信仰的生活之间则并没有实质性的区分：只有一个人具有纯正的基督信仰，他才能过一种伦理的生活；反之，如果一个人要过一种真正的伦理生活，他必定要有基督信仰。这种论断与克尔凯郭尔自身的基督信仰相关。不可否认，克尔凯郭尔的思想是从其自身的个体生存视角出发，必然带有其自身的"偏执"，但他对生活之意义丧失的批判，仍然会给我们带来巨大的思想震撼。

二、审美生活及其虚无本质

克尔凯郭尔所谓的从审美生活向伦理生活的跳跃，依托的主要文本是《非此即彼》。它是克尔凯郭尔最重要的作品，文体独特，其中既有碎片、散文，也有文学评论、书信。这部作品的上半部分是对审美者心境加以模拟的文字，下半部分是对置身于婚姻关系中的伦理者生存信念的模拟。整部作品署名为"出版者：维克多·艾莱米塔"，所署之名意为"胜利的隐士"，也就是说，这是克尔凯郭尔以假名发表的作品。克尔凯郭尔之所以匿名写作，主要原因是意欲实现一种间接沟通，保持一种叙事距离。《非此即彼》是一部对话体的作品，即由一个无名的审美者与一个伦理者——名字叫威尔海姆的法官的非现场、非同时的对话所构成的作品。年青审美者的心境向读者作了完全的展示，而年老的伦理者则从自己的信仰出发，对审美者的生活进行了带有"爱"和拯救决心的批判。真正的作者克尔凯郭尔将自己隐藏在出版者以及审美者、伦理者之后，并没有站出来支持审美者或伦理者。这种隐身意味着个体不能逃避亲自做这一事关重大、根本性的决断：到底是过一种审美的生活，还是过一种严肃的伦理生活？

克氏对 aesthetic（审美的，美感的）一词的使用并非现代美学学科意义上的

"审美"，而是沿用 aesthetic 的原意，即指感性的、感官性的，审美者即感官性的生存者，他追求瞬间的感官性的陶醉、快乐。审美者的感受力极其敏锐，鉴赏力与趣味也绝非粗俗，但他却似乎看穿了一切，看轻了一切。伦理之于审美者不过是枷锁和欺骗，信仰则和他的生活格格不入。审美者的生活是一场无尽的追逐，他不断追求感官的享受，不断地引诱和被引诱。一旦这种引诱和被引诱的过程中止，他就会陷入难以忍受的无聊、空虚。今天，我们把人们对文学、艺术的需求界定为"精神需求"，而在克尔凯郭尔看来，这种需求实际上和精神毫无关系，它仍然是一种感官需求。审美者生活的重心是情欲之爱，他追求情欲之爱，但绝不陷入；他精致享用情欲之爱，但绝不会被情欲之火吞噬。在情欲之爱走向婚约的缔结之前，审美者就会主动撤退，然后再寻求新的猎物，重新开始下一轮新的调情，此乃审美者生命的"轮作"本质。

在歌剧评论《那些直接的爱欲的阶段或者那音乐性的——爱欲的》（后简称《直接的》）中，审美生活的本质得到了具体的描述。《直接的》一文是审美者 A 对莫扎特的歌剧《唐璜》的评论。A 对这部歌剧给予了高度评价，原因是音乐远比语言更适合表现生命冲动，爱欲的直接性，受激发性和瞬间性，而这恰恰是唐璜的本质。唐璜代表的是"不断被建构而又完成不了的个体"[克尔凯郭尔，京不特译，2009（上）：97]，也即他不是一个个体，他只是并且完全是感官性的欲求。他诱惑了 1003 个女人[克尔凯郭尔，京不特译，2009（上）：98]，"在这之中有着感官性的理想化的权力，借助于这种权力他同时美化和征服自己的猎物"[克尔凯郭尔，京不特译，2009（上）：105]，唐璜只是欲求，"他享受欲求的满足，一旦他享受了这个，他就又去寻找新的对象，并且这样无穷无尽地继续下去"，这是一种诱惑和欺骗，但不是以这样一种"'他在事先设计好了自己的骗局'的方式"[克尔凯郭尔，京不特译，2009（上）：104]、"他没有用来设计出计划的时间，也没有用来意识到自己行为的时间"[克尔凯郭尔，京不特译，2009（上）：104]，因为他是那感官性的爱欲，"灵魂性的情欲之爱在时间里持恒，感官性的情欲之爱在时间里消逝"[克尔凯郭尔，京不特译，2009（上）：101]，"唐璜（如果我敢这么说的话）就是肉体的化身，或者肉体的'由肉体自身的精神'所达成的化身"[克尔凯郭尔，京不特译，2009（上）：93]。A 认为音乐在表达欲望的直接性、冲动性、节奏性等方面天生的优于文字。莫扎特天才地发挥了音乐的神奇魅力，完美地表现了唐璜的属性，因此 A 认为音乐里的唐璜优于诗歌作品里的唐璜。

　　《诱惑者日记》是克氏用来描述一个极端审美者的小说，记述了一个奇特的爱情故事。故事的叙述者约翰纳斯温文尔雅、学识渊博，谈吐兼有智慧和幽默，他爱上一个纯洁美好的女孩考尔得丽娅。他被女孩的纯洁和美好感动着，他在月亮下流着泪思念着这个女孩。可是，他带着令人难以想象的疏离心和设计心去让女孩爱他，仿佛自己并不是爱上女孩的那个人。他对和女孩的未来没有任何期待，只是享受面对并改造一个美好生命的过程；订婚是他用来推进这一审美过程的手段，他实现了与她订婚，继而又设计与其解除婚约，在他看来，当"婚约作为不完美的形式爆裂掉"时，"她将学着爱"他［克尔凯郭尔，京不特译，2009（上）：461］。然而，在考尔得丽娅委身于他之后，他却决然无情地当晚就抛弃她，这并非他对女孩有任何不满，而是因为他对女孩所代表的一种美好生命的审美过程已经完成，情感的推进也已结束。"去爱"才是美丽的，当它已停止，于审美者而言这爱就是虚弱和习惯。欲望满足之后没有剩下什么可继续的，只有厌倦。他自始至终不打算进入婚姻，审美者和伦理性的婚姻是不可避免地冲突的。约翰纳斯是一个不断猎取、追求感性美和生命刺激的审美生活的极端代表，他的所有行为都是为了获得一种格外充盈的审美过程。

　　对现世的物质满足的追求，浮生虚荣的追求，都是追求感性的满足，一个追求得到满足，又开始下一个追求。或者满足，或者厌倦，美感生活就是满足和厌倦的交替过程。美感生活的形式虽然是多样化的，但得到满足的条件都是外在的条件。不管是肉体的健康、美貌，还是诸如商业、数学、诗歌、艺术等能力（talent）之于个体身上的存在，都具有偶然性，都会受到个体基因及外部环境的诸多限制。所以自然力在审美生活的满足中起决定性作用，而非精神性的反思、选择。审美者的生活完全借助于这种被给定之物而获得满足，精神性被遗忘殆尽，那么这种生活与动物性的生活又具有何种本质性的差异呢？差异确实有：动物只有欲望的直接表达形式，而审美者尽管尚未上升到精神的存在，但尚有敏感的自察能力，他在满足与厌倦的交替中，在"人生如梦"的感叹中对自己的存在之轻感到焦虑，甚至于绝望。不过审美者在走向绝望之前就停住了反思的脚步而折返，停止了对"精神性"的追求。相较于人群中那些粗俗而麻木者，审美者显得更有灵性，他不是一口吞下欲望之物，而是精细地控制享用的过程，并且更具有走向"精神觉醒"的潜能。

　　《间奏曲》是 A 的独白性随笔。在这里 A 坦露了一个审美者内心深深的厌倦和虚无感。"在一只蜘蛛从一个固定的点上向下坠到它的目的地的时候，它持恒地看见自己面前的一个虚空，在此之中它无法找到落脚点，不管它怎样伸展挣扎都没有用。如此也是我的状况；持恒地面对一个虚空，那驱动着我向前的，是一个我已经达到而留在了身后的目的地。这一生活是反向而可怕的，无法让人忍受。"［克尔凯郭尔，京不特译，2009（上）：9］"我的生活是完全的无意义的"［克尔凯郭尔，京不特译，2009（上）：24］，"无聊是多么的可怕——可怕的无聊""结婚，你会后悔；不结婚，你也会后悔；结婚或者不结婚，两者你都会后悔"。克氏在《非此即彼》（上）里对审美的生活做了不动声色却扣人心弦的描述，审美生活就是任生命被没有尽头的欲望锁链捆绑，被时间吞噬，精神失落，存在丧失激情并陷入虚无中。

三、伦理生活对精神的牵引

审美的个体由于对欲望的追逐感到失望和厌倦，对役于欲求之物的状态感到绝望，放弃纯粹的审美生活，转而主动选择婚姻，承担伦理的义务和责任，进入伦理的生存阶段，内在自我和精神从而得到重要发展。在克尔凯郭尔之后，诸多西方哲学家把伦理规范看作是应当加以批判乃至否定之物。如尼采认为基督教道德是一种奴隶道德，西方的那种基于形而上观念的道德强调欲望的净化，实际上是借助于高贵的谎言来实行对生命的治理，这种治理又是以道德审判的形式来实施，阴暗之物如嫉妒、怨恨寄生在其中。萨特也视道德规范为压制性的力量，认为个体把一切都诉诸伦理规范，是在"自欺"。更不用说后来的福柯、巴塔耶、巴尔特等后尼采主义者对道德的否弃。然而，当道德的实在性遭遇如此否定之后，人类必定面对"虚无主义"：生活的价值和意义也不再具有实在性，如何生活就变成了一个个人的、品味的选择。

正是在这个时刻，克尔凯郭尔的审美批判的价值就会突显出来。我们真能在无意义的生命之轻中快乐的生存下去？难道所谓的"精神"真的是形而上的幻觉？克尔凯郭尔这位开启了现代思想的前现代思想家绝不这样认为。他强调了人类存在的精神维度，强调了伦理、信仰的实在性和普遍性："作为那普遍的，它对每一个人都是有效的……它在每一个瞬间都是有效的。它内在地立足于自身，没有它之外的东西作为目标，相反它是它之外的一切东西的目标。"（克尔凯郭尔，京不特译，2013：51）克尔凯郭尔指的是普遍的道德律，是一切人和时代都应当遵从的，违反之就是恶。对普遍道德律的坚定认可和接纳跟他作为一个虔诚的路德宗基督徒是不无关系的。他强烈反对建制宗教，但是却始终把圣经奉为圭臬。对普遍道德律的不离不弃当源于其对圣经教导的持守。克氏并不认为个体精神的发展应该或者可以从普遍的伦理价值中剥离出来，相反，他认为伦理对个体精神的成为有积极作用。选择伦理就选择了善恶的标准，善恶标准的确定发生在精神成为的过程中，帮助树立具有更清晰的理想和目标。

婚姻最能表达伦理的普遍性，在很大程度帮助人克服审美生活的虚无感。恋人们很多的亲昵行为其实是渴望爱的永恒，但初恋只能把这样的渴望变成绝望，只有婚姻能够给这种渴望提供保障，以伦理纯化感情，以从容取代偏执。"义务使得爱情成为那真正温和的气候。"[克尔凯郭尔，京不特译，2009（下）：152]婚姻生活也因此构成人的永恒性因素。"婚姻建立在一个决定之上，但一个决定并非理所当然地就是情欲之爱的直接性导致的结果。"（克尔凯郭尔，京不特译，2017：137）克氏认为，进入婚姻的决定是依据审思而发生，如果这审思没有周密详尽地考虑遍所有想法，那就不是一个决定。当个体经过反思，放弃审美的生活，带着内心里的真诚和激情，带着对全新生活方式的理解，带着接受未来可能性的勇气，主动选择婚姻时，他是在选择"他自己""这'去选择'给予人的本质一种庄严性、一种宁静的高贵"[克尔凯郭尔，京不特译，2009（下）：228]。他的人格发生转变，在婚姻中得到强化巩固，精神也在进一步的占有世界。反之，没有经过审思而开始的婚姻是不伦理的，在本质上仍然是审美的，也是缺乏真诚和激情的。

克氏同时强调伦理的个体主观性，指出伦理规范的强制性必须通过个体的主观性才能得到真正发挥。伦理的普遍性只有和个体特殊性结合在一起才是真正的伦理，没有特殊性参与，任何强制的规范都是无用的、不伦理的。伦理的义务和责任都是针对个体的。如果个体把这种义务和命令与自己关联起来，就会为这种义务献身。伦理规范之所以能在婚姻中实现，完全取决于人们对义务的认同。个体面对伦理义务的要求时，面对"你应当"的要求时，必然要在内心深处作出是否尽这种义务的决心。这种决断就意味着要战胜一切外在的危险和诱惑，"把义务从那外在的转设为那内在的"[克尔凯郭尔，京不特译，2009（下）：154]。伦理义务也具有特殊性，克尔凯郭尔借威廉法官之口说"我从来不说一个人尽义务，而是说他尽他的义务。我说'我尽我的义务，你尽你的'"（克尔凯郭尔，京不特译，2009（下）：318）。伦理并非只是一般性地提出要求，义务总是个体的义务，需要个体自由的前提来保证义务的践履。感性生活中，美丑、门户、物质条件之类的东西都会改变爱的情境，但在伦理的婚姻中，义务感和献身精神才是爱的维系，个体的主观决断是关键。可以说，在普遍性的旗帜之下生活，他追求的却是理想的自我。"伦理地考虑生命的人，他看见'那普遍的'，而伦理地生活的人，他在他的生活中表达出'那普遍的'，他使自己成为'那普遍的'，不是通过从自己身上脱去自己的具体——因为那样的话他就成为乌有。而是通过让自己穿戴着这具体并且用'那普遍的'来渗透这具体。"[克尔凯郭尔，京不特译，2009（下）：309]

进入婚姻，保持婚姻，与个体精神的发展是相伴相生的。在婚姻生活中，个体将要面对的也是不断地选择，透过婚姻生活可以看到全部生活的本质。个体的理想自我与对婚姻的责任是紧密关联的。当一个丈夫为了家庭努力奋斗时，他的自我理想不断清晰和趋近，这是一种内在的活动，一种只关涉自己的独特处境。热情和激情调动心智全力以赴的关注伦理目标，决断和选择促使个体在伦理中实现自我理想。在此过程中，外在的活动只具有美感意义，伦理的个体对内心自我的诉求，精神的生成，才是存在的意义所在。伦理个体如静水深流，美感个体则是随波逐流。能够产生意义的不是审美，而是伦理的选择。

伦理的生活依然会受到审美生活的诱惑，伦理生活的单调和负重也可能使个体抛弃自己的伦理责任，重新沉入到感性的放纵和沉沦中，从而中断个体精神的建构过程，内在重新趋向虚空。在克尔凯郭尔的精神哲学中，伦理的生活需要信仰的牵引和保障，将个体精神的有限和神性的无限相结合，实现人性自我向神性自我的转换，精神才能发现真正的参照物，切实克服声声叹息的虚无感。

四、焦虑、恐惧和精神建构的过程

审美者的生活是由一个个欲求构成的，因而是片段性的、支离破碎的，是纯粹感官性的（无精神性）、心境式的。审美者从来不行动，不参与社会事务，不关心他者，缺少爱的能力，与道德伦理的责任绝缘，他只是为自己的、自我中心的存在。审美者从来不与他人发生真正的关系，他只与欲望对象调情以缓解死亡的焦虑。

在审美生活的虚无之处，审美者产生出"忧郁""恐惧""悲哀"，若他能够直面审美生存的各种"恐惧""悲哀"而不是急于摆脱，他就会遭遇"恐惧"。当审美者意识到自己受外在条件和环境的束缚，对自身的存在状态进行反思，思考在感官满足为什么缺少意义时，会产生"恐惧"（Angest，也有人译作"焦虑"）。恐惧在本质上是对自由的眩晕，是对未来可能性的惶恐和不知所措。克氏把"恐惧"和基督教的原罪联系起来解释，认为恐惧就是基督教"原罪"的心理状态，同时也是自由意志的初期表现，是精神的起点。没有上帝的命令，亚当、夏娃就没有违抗的意识，恰恰是禁令给他们带来了可能性。对可能性的思考和不确定感就是他们自由意志的初显，也是原罪的初显。

唯有直面存在的恐惧，才有绝望，唯有绝望才有新生，"精神"只能在"绝望"之后出现。"为什么他们绝望，是因为他们发现，他们用以建筑他们的生活的基础是无常流转的……每一种审美的人生观都是绝望，而每一个审美地生活的人都是绝望的。"[克尔凯郭尔，京不特译，2009（下）：244]绝望并非因为欲望对象的匮乏，而是生命意义的匮乏，生命感觉的迟滞，内在激情的受阻。生命的意义并非来自理性的发明，而是来自于爱与被爱。在爱与被爱的关系中，我们并不是因为对方值得爱才去爱，而是我必须爱。爱是一个神圣的、绝对的命令，不过，这个命令并非来自于道德理性，而是来自于信仰。"每一个人，如果他没有尝到过绝望的苦涩，那么他就总是会搞不明白生活的意义，尽管他的生活也许会是那么美丽、也许会是那么富足于喜悦。……如果一个人对于一件具体单个的事物绝望，他所面临的危险就是：他的绝望没有变得真实和深刻，这是一种幻觉、一种对于具体单个的事物的悲哀。"[克尔凯郭尔，京不特译，2009（下）：259 - 260]这种对单个事物的绝望必须升级转向为内在的绝望，即对有限的自我的绝对绝望，并在信仰的跳跃中与无限综合，才能实现其精神的定性和存在的本真性。

克尔凯郭尔认为"人就是精神"，"精神就是自我"（克尔凯郭尔，京不特译，2013：419）。"但自我是什么呢？自我就是一种使自己和自己相关联的关系，或者说是在关系中使自己与自己相关联，如果不是在关系中使自己与自己相关联，自我就不是关系。人是有限与无限，自由与比然的综合，简言之，就是综合。从这个方面看，人还不是自我。"（克尔凯郭尔，京不特译，2013：419）

克尔凯郭尔所谓的"精神"强调了生命的自我建构性。这显然不同于黑格尔的"精神"：黑格尔把"精神"当作宇宙万物的共同本质和基础，当作万物的归宿，尤其体现在人类对理念的追求上。克尔凯郭尔没有把"精神"如此普遍化，他只是把"精神性"视为人类对"感性生存"厌倦，乃至于绝望后所必然遭遇之物。人们往往肤浅地把感性生活、审美生活视为对生命的享用，但却自欺地忽视了这种"享用"不过是纵容时间对生命的"损毁"：在感性生活中，时间对生命的侵蚀会使个体感受到生命的虚空，而这种空虚感又使得个体对感受享受更加贪婪，如此乃恶的循环，焦虑及虚空如影随形。此时，生命需要纵身一跃来实现其精神性的蜕变。人格不是人与生俱来的，它是伦理生活的副产品，精神也并非生而有之，它是作为生命的"潜能"存在着，或者说，个体生存的"原罪"迫使他或她不得不走向其作为精神性存在以获得救赎。只有当感性生活经由反思的渗入，个体对自身感性生存的罪性有了确切的觉察，精神才开始在他或她身上出现并生长起来。诞生于审美生活之虚无中的恐惧可以绝望，绝望因而是精神出现的可能性，也是自由的可能性。绝望可能使人沉沦，沉入渊底；也可能激发更高的生存激情和决断意志，并在选择中生成精神和自我。存在充满了选择，自我和精神伴随着个体的选择、决断而生成。人因此必须进行选择，在对可能性的选择中发展自我。在对结果的预测、期待、惶恐的坚持，乃至勇敢承担中，精神焕发出活力，真正成为人性的精灵。

克氏的精神之路不是逻各斯之路，而是信仰之路。当感性生存不能提供生命的"意义"的基石，理性对此也无能为力时，信仰就出现了。信仰并非是一种盲目的激情、冲动，上帝并非至高的理性存在，而是一种神圣存在。上帝的神圣性就在于它能够赋予人以无条件的爱的能力。没有这种爱的能力，生命不过是一场无法止损的损耗，而所谓的爱就不过是一种交易。因此，克尔凯郭尔所谓的"精神"就是"去爱"的能力。在此精神的引领下，人们才能走出自我中心主义的藩篱，进入现实的、伦理的场景，进入家庭和社会。他不再是生活的聪明的、冷嘲热讽的旁观者，而是参与者和行动者。他主动做出各种伦理选择，并有能力承担伦理选择的"重负"，这种能力的持恒性源于与神圣的无限性的依托和综合。精神一方面是自我人格生成、自我创造的产物；另一方面，它又是自我人格生成中的调节力量，是个体内部综合协调的源泉。"精神即自我"表达了两者间的辩证关系，"精神不存在于成为自我之外；自我理想的建构过程也不是非精神的，其目标不在精神之外"（杨大春，1995：41）。

五、结　语

如上所论，克尔凯郭尔在"感性学"（Aesthetic）的意义上使用"审美"这个词，所谓审美的生活即是满足感官之欲的生活。事实上，各种形而上的哲学都对感官之欲作了批判，比如柏拉图，我们从他那里看到了柏拉图《会饮》中"第俄提玛教诲"的影子。克尔凯郭尔的文本不是枯燥的说教，也非逻各斯的运动，而是文学性的、细腻生动的"召唤"。他向我们揭示了生命中的"自欺"和"罪性",即"不愿意深刻和真挚"。当我们在纯粹的感官生活中感受到无聊和厌倦时,我们不应该通过让自己奔向新的感官享乐的目标而摆脱它们,因为我们无力摆脱,新的享乐仍然会向我们揭示感官生活因缺乏"精神性"而无法承受的"轻"。人需要面对自身作为具有"精神性"和"意义需求"的"原罪",我们如果不愿面对这种存在的"原罪",我们就必定要生活在"沉郁"当中。我们今天仍然面临着这一最基本的选择:感官生活或精神性的生活,或此或彼。

参考文献

[1]克尔凯郭尔.非此即彼(上卷)[M].京不特译.北京:中国社会科学出版社,2009.

[2]克尔凯郭尔.非此即彼(下卷)[M].京不特译.北京:中国社会科学出版社,2009.

[3]克尔凯郭尔.畏惧与颤栗·恐惧的概念·致死的疾病[M].京不特译.北京:中国社会科学出版社,2013.

[4]杨大春.沉沦与拯救——克尔凯戈尔的精神哲学研究[M].北京:人民出版社,1995.

[5]克尔凯郭尔.人生道路诸阶段[M].京不特译.北京:商务印书馆,2017.

[6]米兰·昆德拉.庆祝无意义[M].马振骋译.上海:上海译文出版社,2014.

巴赫金读者主体性思想浅议

——兼与接受美学比较

傅　璇*

摘　要：20 世纪俄国著名文学理论家米哈依尔·巴赫金提出的对话理论、复调小说理论、狂欢化理论广受学界关注，由其对话理论衍生出的读者主体性思想则鲜有研究。巴赫金虽未就该问题进行过系统性论述，但其 20 世纪 30 年代提出的相关思想已极具深度和广度，影响并引导了 20 世纪 60 年代诞生的德国接受美学。本文拟对巴赫金的读者主体性思想进行简要分析，并比较其与接受美学的异同。

关键词：巴赫金；读者主体性；接受美学

一、引　言

　　米哈依尔·巴赫金是 20 世纪俄国著名文学理论家，他提出的对话理论、复调小说理论、狂欢化理论对后世文学影响深远。本文将要探讨的是巴赫金理论体系中一个不甚为人关注的部分：读者主体性思想，这一思想的提出，将读者从背景推向了前台。早在 20 世纪 30 年代，巴赫金就提出了"积极理解""统觉背景"等相关问题，与德国接受美学有概念交叉之处，且比德国接受美学更具深度和广度（董小英，1994：40）。德国接受美学兴起于 20 世纪 60 年代中期，代表人物是被称为"双子星座"的姚斯和伊瑟尔。姚斯受到伽达默尔阐释学的影响，注重读者对文本接受问题的研究；伊瑟尔则借鉴了胡塞尔、英伽登的现象

---

　　* 作者简介：傅璇，云南大学外国语学院教授，研究方向为俄罗斯文学。

学理论，关注读者对文本的反应研究（朱志荣，2007：375）。从接受美学文论中可以看出，巴赫金对其诞生也起到了引导作用。本文拟从"读者与作品的关系"和"读者与作者的关系"两个方面入手，简要分析巴赫金的读者主体性思想，并与接受美学进行比较。

二、读者主体性思想的提出

"我"与"他者"的关系是巴赫金思想的核心，对话理论、复调理论和狂欢化理论皆由此衍生，读者主体性思想也不例外。巴赫金认为"自我存在于他者意识与自我意识的交界处"（巴赫金，1998：387），而这两种意识之间的互动方式就是对话。对话是思想产生的源泉，是生存的最低条件。与作者、作品互为他者的读者，自然也应当在文学作品的创作与接受过程当中、在三者的对话当中扮演重要的角色。

在 1926 年署名沃洛希诺夫发表的《生活话语与艺术话语》一文中，巴赫金首次提出了"三主体"的思想。他指出，"任何现实的已说出的话语（或者有意写就的词语）而不是在辞典中沉睡的词汇，都是说者（作者）、听众（读者）和被议论者或事件（主角）这三者社会的相互作用的表现和产物"（巴赫金，1998：92）。可见，巴赫金文论区别于历史文化学派、形式主义、接受美学等派别的一个重要特征，就是强调作者、读者与主人公三个主体的共同作用，而非将其中任一作为研究的中心。这与其对话思想是一脉相承的。

在 1934—1935 年写作的《长篇小说的话语》一文中，巴赫金开始探讨说者与听者（即作者与读者）的关系，是为巴赫金关于读者主体性最为重要的论述，其他相关论述散见于各个时期的著作中。

三、读者与作品的关系

早在 1921 年写就的《论行为哲学》一文中，巴赫金就以"自我—他者关系"为哲学基础，提出了与李普斯"移情说"有所不同的独特审美移情观。他认为，将自身置于他者的位置、移情感受之后，应进行"客观化"，即"把通过移情所理解的个体置于自己身外，复归于自我"（巴赫金，1998：17）。在晚年的笔记中，巴赫金再次强调："（空间的、时间的、民族的）外位性是读者的优势所在。"（巴赫金，1998：405）读者如按照李普斯的移情方式，将自我融于他者之中，就会失去自我、失去外位性，"自我"与"他者"之间的对话无从实现，也就不能达到真正的理解。德国接受美学的代表姚斯十分赞赏巴赫金的"双向运动"移情观(汪洪章,2008:22)。姚斯偏重于文学作品的社会接受等宏观角度,并未对读者的阅读行为这一微观问题进行研究。伊瑟尔虽涉及了文本意义在读者阅读过程中的变化等问题,但未探讨与"移情"相类似的最为基本的阅读接受行为。

巴赫金中后期著作中的读者主体性思想有所深化,提出了积极理解与创造性接受的观念开始强调以"评论""回应"为特征的"积极理解"。他指出,读者的理解能够充实文本,读者也参与文本的创造,构成文本的组成部分(巴赫金,1998:198、331、405)。"读者充实文本"的观点与强调读者能动性的接受美学已十分接近,"读者构成文本组成部分"的论断也让人联想到伊瑟尔提出的"隐含读者"(伊瑟尔,1991:43)。但伊瑟尔是从读者对文本"空白"的"填补"反推出文本中"隐含读者"的存在;巴赫金则是从对话理论出发,将文学作品视为作者、文本与读者之间的对话,强调读者是这一对话即作品的组成部分,与伽达默尔的"理解即问答"较为相似,具有更为深刻的哲学内涵。

关于读者接受的历史性问题,巴赫金认为,伟大的文学作品都经过了若干世纪的酝酿,植根于遥远的过去,并且能够打破时代的界线,在未来的"长远时间"之中流传(巴赫金,1998:366),伟大的作品绝不仅仅属于现在。因此,"如果只根据创作时的时代条件去理解和阐释作品,就永远不能把握它的深刻内涵"(巴赫金,1998:366)。这一观点是对主张"外部研究"的实证主义和强调"内部研究"的形式主义的反拨,认为读者既不能脱离历史,也不应囿于时代去考察作品,而应当在"长远时间"中去积极发现作品的潜在意义。在晚年的笔记中,巴赫金又指出了对话的无限性,强调读者对作品的阐释无穷无尽。姚斯的文学接受史思想中也间接涉及了作品与读者接受的历史性等问题。他反对实证主义和形式主义的文学史观,主张通过研究读者在文学阅读中的作用来书写文学史(朱志荣,2007:372)。相较而言,巴赫金的观点更具本体论意义,姚斯的主张则具方法论意义。

四、读者与作者的关系

根据巴赫金在《陀思妥耶夫斯基诗学问题》中提出的内在对话性的观点,每个人的个性话语中都渗透着"他人话语",都是"双声"。"双声"在陀氏的小说中体现为"主人公话语 + 他人话语",例如,《穷人》中杰符什金的一段独白就是主人公与隐在的另一主体之间的对话（巴赫金，1998：280）。在《长篇小说的话语》一文中，巴赫金发现托尔斯泰的作品——典型的独白小说中也存在一种特殊的"双声"现象，表现为"作者话语＋读者统觉背景中的他人话语"，巴赫金称之为"内在对话性"。巴赫金认为："话语在已有之言的氛围中形成，同时又受到未发待发、已在意料之中的答话的决定。"（巴赫金，1998：59）因此，以托尔斯泰为代表的独白小说作者，是"以辩论的态度深入到读者观察事物和评价事物的视野中，以图破坏读者积极理解所依赖的统觉背景"（巴赫金，1998：63）。

"内在对话性"实现的前提是读者的"积极理解"。"积极理解"（包含评价、质疑及回应，指向内涵意义的理解）与"消极理解"（只理解字面意义）相对，这一对范畴中隐含了巴赫金的"超语言学"思想。作者预设读者会进行"积极理解"，所以才会"刺激回答，揣测回答，并考虑回话来组织自身"（巴赫金，1998：59）。换言之，正是读者的积极理解促使作者完善文本，"内在对话性"之中蕴含了三个主体的互动。伊瑟尔的"空白"理论同样涉及三者的互动，他认为作者在文本中留出"空白"，以刺激读者的想象。相较于伊瑟尔的"作者揣测—作者留白—读者填补"模式，巴赫金的"作者揣测—作者反驳—读者统觉背景被打破"模式中隐含了读者的声音，是作者与读者之间的"内在对话"，互动机制更为复杂。

在读者的观点上，巴赫金与伊瑟尔均否认"理想读者"的存在，两人的观点极为相似，都认为一个能够理解作品全部内涵的读者实质上等同于作者，作者与这样的"理想读者"之间没有相异性，也就不能产生相互作用（伊瑟尔，1991：37），对于作品完善无益。因此，没有必要假设"理想读者"的存在。

在否认了"理想读者"之后，巴赫金提出了一个独特的概念——"超受话人"。"超受话人"是对话中的"第三者"，高踞于所有对话参与者之上，做出"绝对公正"的"应答性理解"。这种"应答性理解"是对作品最终的、公正的裁决，"预料应在玄想莫测的远方，或者在遥远的历史时间中"（巴赫金，1998：335）。巴赫金指出，"超受话人"的提出源自话语的本质。"话语希望被人聆听、让人理解、得到应答"（巴赫金，1998：337），相应地，作者也并不满足于近期受话人所做的带有局限性的理解，而始终遥想至高的"超受话人"能够在渺远的未来对自己的作品做出最公正的评价。"超受话人"的概念显然已经超出了接受美学所涉及的各类读者的范畴，而进入了哲学的领域。

五、结　语

巴赫金于 20 世纪 30 年代提出读者主体性思想，启发并引导了 20 世纪 60 年代诞生的德国接受美学。随着巴赫金读者主体性思想的发展，他在后期的著作中开始强调读者的能动接受，呈现出与接受美学核心主张融合的趋势。但通过对巴赫金相关思想的分析以及与接受美学的对比，仍可看出巴赫金的思想更具深度和广度：

其一，巴赫金的读者主体性思想根植于其对话哲学。"自我—他者关系"以及"对话"贯穿巴赫金所有关于读者的论述中，大大深化了其读者主体性思想。相较而言，接受美学的"双子星座"姚斯和伊瑟尔虽分别借鉴了伽达默尔和英伽登的理论，但同时也受到其他许多学者的影响，导致其缺乏一以贯之的理论基础，甚至出现了概念模糊等问题（霍拉勃，1987：341、369）。

其二，巴赫金将作者、文本、读者视为文学作品创作与接受过程中的三个主体，始终关注三者的相互关系及互动，较为全面。而接受美学虽然同样强调上述三维之间的关系，但在文论当中对作者着墨较少，过于偏重对读者和文本的研究。

巴赫金基于哲学思想提出的一系列文论，尤其是"读者主体性思想"均产生于 20 世纪 30 年代，不仅比兴起于西方德国 20 世纪 60 年代的接受美学时间早，而且在理论架构的完整性和深刻性上是后来的接受美学所不能达到的。可见，巴赫金对后来西方文论的发展是有引领性贡献的。但奇怪的是，更多人知道并谈论更多的是姚斯和伊瑟尔是德国接受美学理论创始人，却鲜有人知巴赫金的"读者主体性思想"理论，于此，我们对巴赫金的研究尤其是对西方接受美学产生深远影响的理论研究应该还有很大的空间。

参考文献

[1]巴赫金.小说理论[M].白春仁，晓河，译.石家庄：河北教育出版社，1998.

[2]巴赫金.周边集[M].李辉凡，等，译.石家庄：河北教育出版社，1998.

[3]巴赫金.诗学与访谈[M].白春仁，顾亚铃，等，译.石家庄：河北教育出版社，1998.

[4]巴赫金. 哲学美学[M]. 晓河，等，译. 石家庄：河北教育出版社，1998.

[5]巴赫金. 文本、对话与人文[M]. 白春仁，等，译. 石家庄：河北教育出版社，1998.

[6]托多罗夫. 巴赫金对话理论及其他[M]. 蒋子华，张萍，译. 天津：百花文艺出版社，2001.

[7]伊瑟尔. 阅读活动——审美反应理论[M]. 金元浦，周宁，译. 北京：中国社会科学出版社，1991.

[8]H. R. 姚斯，R. C. 霍拉勃. 接受美学接受理论[M]. 周宁，金元浦，译. 沈阳：辽宁人民出版社，1987.

[9]伊格尔顿. 20世纪西方文学理论[M]. 伍晓明译. 北京：北京大学出版社，2007.

[10]朱志荣. 西方文论史[M]. 北京：北京大学出版社，2007.

[11]董小英. 再登巴比伦塔. 巴赫金与对话理论[M]. 北京：生活·读书·新知三联书店，1994.

[12]杨春时，简圣宇. 巴赫金：复调小说的主体间性世界[J]. 东南学术，2011(2).

[13]汪洪章. 巴赫金复调小说理论中的阐释学含义[J]. 复旦外国语言文学论丛，2008(2).

[14]刘纯德. 姚斯、伊瑟尔及其他——漫谈接受美学[J]. 天津外国语学院学报，1994(1)：64.

[15]方维规. 文学解释学是一门复杂的艺术——接受美学原理及其来龙去脉[J]. 社会科学研究，2012(2).